KB020847

따거운 가슴으로
차가운 머리로

뜨거운 가슴으로
차가운 머리로

2019년 6월 1일 1판 1쇄 인쇄 / 2019년 6월 11일 1판 1쇄 발행

지은이 이종원 / 펴낸이 임은주
펴낸곳 도서출판 청동거울 / 출판등록 1998년 5월 14일 제406-2002-000128호
주소 (10881) 경기도 파주시 문발로 115 (파주출판도시) 세종출판벤처타운 201호
전화 031) 955-1816(관리부) 031) 955-1817(편집부) / 팩스 031) 955-1819
전자우편 cheong1998@hanmail.net / 네이버블로그 청동거울출판사

책임편집 서강 / 그림 인강 신은숙 / 제작 상지사P&B

책값은 뒤표지에 있습니다.
잘못 만들어진 책은 바꾸어 드립니다.
지은이와의 협의에 의해 인지를 붙이지 않습니다.
이 책의 내용을 재사용하려면 반드시 저작권자와 청동거울출판사의 허락을 받아야 합니다.
ⓒ 2019 이종원

Written by Lee, Jong-won.
Copyright ⓒ 2019 Lee, Jong-won.
All rights reserved.
First published in Korea in 2019 by CheongDongKeoWool Publishing Co.
Printed in Korea.

ISBN 978-89-5749-213-0 (03810)

이 도서의 국립중앙도서관 출판시도서목록(CIP)은 서지정보유통지원시스템 홈페이지
(http://seoji.nl.go.kr)와 국가자료공동목록시스템(http://www.nl.go.kr/kolisnet)에서
이용하실 수 있습니다. (CIP제어번호: CIP2019021545)

뜨거운 가슴으로
차가운 머리로

경제학자 이종원의 인생 에세이

청동거울

30여 권에 달하는 경제학 전문 서적을 출판하였으나 문학에 대한 소양이나 관심도가 매우 낮아 문학적인 글을 써본다는 생각은 꿈에도 가져본 적이 없었다. 심지어 늦깍이 시인으로 등단한 선배들이 자작 시집을 보내올 때마다 속으로는 무엇 하러 이토록 비생산적인 일에 말년 인생을 허비하나 싶은 불측한 생각까지 했었다. 이러한 생각이 얼마나 황당하고 터무니없는 무식의 소치였는지를 깨닫게 된 것은 정년 이후 제2의 인생을 구상하면서부터였다.

직업 전선 일선에서 물러나며 자연스레 자신의 인생역정을 되돌아보고픈 생각이 들었다. 남들처럼 세속적인 명성을 얻은 것도 아니고 자녀들에게 물려줄 재산마저 거의 전무하다는 사실을 직시하게 되면서 허망감에 빠지기도 하였다. 그러던 어느 날 심지어 나의 자녀들마저 내가 어떤 사람이고 또 어떻게 살아 왔는지에 대해 구체적으로 알지조차 못하고 있다는 사실을 발견하게 되었다. 물려줄 물적 재산이라야 초라하기 이를 데 없지만 적어도 이들이 앞으로의 삶을 영위해 나가는 과정에서 참고가 될 만한 나의 인생역정을 기록해 남겨주고 싶다는 생각이 들었다. 아울러 이 세상 다녀간 흔적을 어떤 형태로든 남기고 싶다는 욕망이 강하게 솟구쳤다.

그렇다고 자서전을 쓰는 일은 내키지 않았다. 일반 독자들이 관심 가질 만한 유명인사도 아니고 정치 사회적 사건에 대한 숨은 일화를 전할 수 있는 배경도 없기 때문이다. 그래서 생각해낸 것이 자전적 수필집의 발간이었다. 문학적 수사력이나 문장력은 부족하지만 담백하나마 메시지 전달에 초점을 맞추어 쓰다 보면 인생의 본질적 고뇌와 사유 내용을 독자들과 공유할 수 있으리라 여겨졌다.

이러한 계획을 실천하기 위해 우선 성남시가 주관하는 문학 강좌에 등록하고 글쓰기 공부를 시작했다. 놀랍게도 이곳에서의 수업은 내게 단순히 시나 소설 그리고 수필을 쓰는 기본적 자세와 방법을 가르쳐 주는 이상의 변화를 가져다주었다. 나 자신과 주위 사람들 그리고 자연에 대한 관심과 애정이 커져가는 정서적 성숙을 체험하게 되었던 것이다. 늦게나마 문학이 인간에게 베푸는 윤택한 일상과 즐거움을 경험하게 되면서 문학에 대한 무식한 편견도 말끔히 탈피할 수 있었다.

어느덧 나의 글쓰기 공부는 하루에 한 편 정도의 수필을 쓸 정도로 내 삶의 중요한 일부가 되었다. 그리고 마침내 수필을 지도하던 박덕규 교수의 권유로 매일신문이 주관하는 시니어 문학상 공모전에 투고하게 되었다. 단지 희망사항일 뿐이었는데 논픽션 부문 당선작으로 선정되었다는 소식을 듣게 되었다. 솔직히 기쁨보다는 문단에 대한 송구스러움이 앞섰다. 과연 내가 이러한 영예를 안아도 될까 싶어서였다. 문학에 대한 이해가 턱없이 부족한 이성 위주의 경제학자가 단지 자신의 생각을 논문 쓰듯 정리한, 말하자면 '문학형식으로 포장한 이성'

내지 '감성으로 도금한 이성' 수준의 글에 불과하다는 자책감을 갖고 있었기 때문이다. 여하튼 이것이 계기가 되어 자전적 수필집 발간에 박차를 가하게 되었다. 그리고 단 6개월 만에 200자 원고지 2000매 분량의 수필을 쓰기에 이르렀다. 통상적인 분량의 수필집 3권이 나올 정도다.

막상 수필집으로 출간하기 위해서는 원고를 절반 정도로 줄여야 했다. 그리고 문학상에 출품했던 내용을 그대로 전재하여 활용하기 위해 나머지 글들도 몇 개의 주제를 중심으로 재편해야 하는 고충이 따랐다. '앙가주망으로 거듭난 후레자식'으로부터 시작해서 '월남자의 애환', '종교 문제', '대학생활기', '신대륙 체험기', '인연과 필연으로 맺어진 가족 및 지인들에 관한 숨은 얘기', 그리고 '정년 이후의 삶' 등으로 구분하였다. 단 이 과정에서 본의 아니게 당사자들에게 피해를 줄 수 있는 글을 전부 제외시켰고 채택한 글도 실제보다 완곡하게 표현하려고 노력하였다. 그럼에도 불구하고 피해의식을 느끼는 지인이 있다면 사전에 본 지면을 빌어 양해를 구해두고 싶다. 또한 기억력의 한계 때문에 실제와 달리 기술했거나 자신의 입장을 강조하는 과정에서 스스로를 미화하지는 않았는지 우려가 앞서기도 한다.

이제 본서의 기조를 이루는 기본적 관점을 앞서 소개하자면 저자가 대학시절부터 심취해 왔던 행동적 실천철학자 사르트르의 '참여문학론(앙가주망)'이라 할 수 있다. 물론 나는 이러한 사르트르의 '참여'이념에 충실해 왔다고 생각하지는 않는다. 저항이라 해보았자 그저 소극적이의 제기 정도에 머무는 경우가 많았다는 생각이 들기 때문이다. 말하자면 연약한 갈대가 바람에 넘어지지 않으려 애쓰는 정도, 아니면 스스로의 존재감을 자신에게나마 확인시키고 싶은 욕구의 분출 정도에 불과했다고나 할까? 더구나 그 정도의 저항도 때로는 두려움 때문에 망설여지곤 했던 경우가 허다했을 것임을 부정하기 어려웠다. 뿐만 아니라 이런 저항이 과연 무슨 의미가 있을까 하는 의문까지 들기도 했고 개인적 저항이나 희생만으로 세상이 바뀔 리 없다는 생각이 들다 보면 소극적 저항 의지마저 여지없이 스러지곤 하였다.

이러한 인식으로 인해 나는 인생 후반기에 들면서 보다 능동적이고 실효성 있는 '참여(engagement)' 방안을 모색하게 되었다. 물론 자신은 사회변화를 선도할 만한 지혜나 용기가 부족하고 적극적 사회운동가로 나서기도 어려울 뿐 아니라 다소의 사회적 부조리쯤은 과감하게 포용해가며 새로운 질서를 주도해 나갈 관리능력도 없다는 스스로에 대한 평가에서부터 시작하였다. 이러한 과정에서 나는 공감할 수 있는 현실적 대안을 제시하고 실천해 나가는 일을 남들과의 협력을 통해 추구하되 자신은 주로 이들을 후원하고 격려하는 일에 전념하는 것도 보다 성숙된 단계의 앙가주망이 될 수 있을 것이란 결론에 도달했다.

나는 이러한 행위를 현대적 리더십 또는 '서번트십(servantship)'이라 명명하고 인생 후반기의 행동지침으로 삼게 되었다. 동시에 나는 전보다 더 주위 사람들에 대해 관심을 갖고 배려하는 방식으로 생활 패턴을 정착해 나갔다. 비록 작은 일이라 하더라도 이것이 남은 여생 동안 내가 가장 잘할 수 있고 또 하고 싶은 능동적 참여의 길이라 믿게 되었던 것이다. 특히 문학 강좌에 참여하며 터득한 지혜가 이러한 인식의 생활화를 가속화시켜주었다는 생각이 든다.

한편 이러한 인식의 전환은 아마도 내가 경제학도로서의 길을 선택했던 시절부터 잠재해 있던 인식과 일맥상통한다는 생각이 든다. 대학 재학시 Alfred Marshall(1842~1924: J. M. Keynes가 등장하기 이전까지 대표적 경제학자)의 저서 *Principles of Economics*(1890)를 읽으면서 접했던 "warm heart and cool head(뜨거운 가슴과 차가운 머리로)"라는 짤막한 경구가 평생 나의 뇌리를 떠난 적이 없었기 때문이다. 냉철한 이성으로 경제 문제를 연구하되 어디까지나 인간에 대한 애정을 바탕으로 해야 한다는 의미로 해석되며 인간에 대한 관심과 애정을 제대로 실천하는 길은 바로 인간에 대한 올바른 섬김(servantship)에 있다는 것으로 인식할 수도 있기 때문이다. 이런 측면에서 보면 나는 부지불식간에 이미 능동적 차원의 앙가주망 이념에 근거한 경제학자로서의 길을 걸어왔다는 생각도 든다. 그런 차원에서 본서의 제목으로 "뜨거운 가슴과 차가운 머리로"라는 경구를 택하게 되었다.

본서의 출간은 앞에서도 언급했듯이 지난 3년여 기간 동안 성남시가 주관한 문학 강좌에 힘입은 바 크다. 본 지면을 통해 감사드리고 싶다. 그러나 무엇보다도 그곳에서 수필·소설 쓰기를 지도해 주신 단국대학교 박덕규 교수의 관심과 배려가 없었더라면 본서의 출간은 불가능했다는 점을 밝혀두며 진심으로 감사의 마음을 전하고 싶다. 한편 본서를 계획하고 출판하기까지 교정과 편집 등 전 과정에 걸쳐 자신의 일처럼 애정을 쏟아줌은 물론 지치고 힘들 때마다 용기를 북돋아 준 아내 박상옥 교수에게 고마움을 전한다. 마지막으로 부족한 글을 출판할 수 있도록 용단을 내어 주신 청동거울 출판사 조태봉 편집주간과 수준 높은 그림으로 본서의 품격을 높여주신 인강 신인숙 선생께 감사드린다.

2019년 봄
이종원

머리말 ● 4

제1부 '앙가주망'으로 거듭난 후레자식

애비 없는 후레자식 ● 14 | 돌대가리 교장선생님 ● 17 | 시련의 대학 1년 ● 18 | 자원입대 ● 20 | 향도 ● 23 | 1960년대 군대문화 ● 26 | 한국은행은 '을'이었다 I ● 29 | 한국은행은 '을'이었다 II ● 32 | 공무원의 갑질 ● 35 | 단지 외국인이라서 ● 37 | 선생님도 도끼 가지고 다니십니까? ● 43 | 예상 못한 귀국 후유증 ● 49 | 저는 고대생입니다 ● 51 | 정신개조교육 참가기 ● 52 | 고함은 쳐보았으나 ● 59 | 남영동에 다녀오다 ● 62 | 폐과라니요? ● 63 | 김귀정 영결식 ● 69 | 평창면옥 사건 ● 72 | '앙가주망'으로 거듭나다 ● 75

제2부 월남자의 애환

팽이의 꿈 ● 78 | 홍이동주(洪李同舟) ● 81 | 병원 사택과 구렁이 ● 86 | 인천 상륙 작전과 아버지 ● 89 | 소래다리의 추억 ● 92 | 인천 성냥공장 ● 95 | 왕초 C군 ● 97 | '쑈리' 아저씨 ● 101 | 북파공작원 ● 106

제3부 어떻게 믿을 것인가?

백일기도 ● 110 | 무당 ● 113 | 흉가 ● 117 | 외면 받은 어린 양 ● 121 |
신앙촌 ● 122 | 천벌 ● 124 | 유니테리언 교회 ● 128 | 김수환 추기경 ●
132 | 종교는 선택일 뿐 ● 135

제4부 대학이 내게 준 선물

벌새가 되어 세계로 날다 ● 140 | 월간 다리의 영욕 ● 144 | 내 이름은 '이
흐이승'이다 ● 146 | 창의성의 대가, 월탄 ● 148 | 지당의 96점 ● 150 |
지당 기념 세미나로 사은하다 ● 154 | 인간 자본론 ● 158 | 내게 대학은?
● 160

제5부 신세계 체험기

상상을 초월한 자연의 위력 ● 164 | 성 문화 충격 I ● 168 | 성 문화 충격
II ● 171 | 스트리킹의 원조는 한국? ● 174 | 켄트주립대학과 공권력 ●
176 | 정신과 의사의 우월적 지위 ● 179 | 이 사범과 '마틴스빌' ● 182 |
안젤라 오 ● 188 | '항기스토' 경찰서장 ● 192 | IMF 처방은 과연 옳았는
가? ● 195 | 신세계의 이면 ● 198

제6부 인연과 필연

운명의 여인 ● 202 | 피아니스트의 길을 간 큰딸 ● 205 | 토마토케첩 같은 막내딸 ● 209 | 첫사랑 ● 212 | 배짱과 결단의 지혜를 가르쳐 준 이 선배 ● 219 | 껄떡이 ● 225 | 코다리 ● 229| 기인, 장 선생 ● 235 | 나의 인생 교향악단 ● 241

제7부 인생에 정답은 없겠지만

이별은 극복했으나 ● 246 | 치매와 우울증 ● 248 | 정년퇴임 ● 253 | 차라리 '문·사·철'을 공부할 걸 ● 257 | 작곡가의 꿈을 펼쳐 보며 ● 259 | 문학 강좌가 깨우쳐 준 사실 ● 263 | 아름다운 노을이기를 ● 266

'앙가주망'으로 거듭난 후레자식

'앙가주망'으로 거듭난 후레자식

1. 애비 없는 후레자식

"누구야, 대리 대답한 놈이?"

몇 초간의 정적이 흐른 후 한 친구가 고개를 수그린 채 마지못해 손을 들었다. "당장 앞으로 나와"라는 호통에 친구는 겁에 질린 채 교탁 앞으로 머뭇대며 나갔다. 그 순간이었다.

"너 아버지 계셔?"

"아니요, 돌아가셨습니다."

친구의 답변이 끝나기가 무섭게 선생님은 어처구니없게도 "이런 애비 없는 후레자식 같으니라고"라는 말을 내뱉었다.

원래 '후레자식'이란 '홀(로 된 어미)'의 자식에서 유래한 것이고 이것이 '호래자식'이 되었다고 전해진다. 그러다가 언젠가부터 '후레자식'으로 표기되며 전혀 다른 의미, 즉 예의가 없는 아이라는 의미로 변질되었다는 주장이 있다. 이렇듯 애비 없는 자식을 예의가 없는 후레자식이라 부른다는 생각이 뇌리를 스치면서 선생님 말씀이 더욱 충격적으로 다가왔다.

고등학교 2학년 시절인 1963년 6·25전쟁기념일 날의 일이었다. 초여름 화창한 오후 첫 시간에 교감선생님이 담당한 도덕시간이 있었다. 안 들어도 뻔히 다 알만한 얘기를 지겹게 들어야하는 일은 혈기왕성한 10대 후반의 학생이 아니더라도 매우 따분한 일에 틀림이 없었다. 더구나 점심을 먹고 난 직후여서 식곤증이 엄습해오는 시간이었다. 이미 초록이 짙은 학교의 동산은 우리를 불러내기에 충분히 유혹적이었고 결국 서너 명이 수업을 빼먹고 교내동산에서 초여름의 싱그러움을 만끽하고 있었다.

일부 자리가 빈 것을 알아차린 선생님은 출석을 부르기 시작했다. 네 자리가 비었는데 출석에 답변하지 않은 학생은 세 명뿐이었다. 결국 대리 대답을 한 학생이 있다는 것이 확인된 셈이다. 그런데 대리 대답한 학생이 아버지가 안계시다는 사실을 고하는 순간 선생님은 결코 교육자로서는 해서는 안 될 폭언을 거침없이 쏟아내었던 것이다.

6·25때 아버지를 잃은 후 가정 자체가 붕괴되다시피 한 환경에서 힘겨운 나날을 버텨가던 나로서는 비록 그것이 내게 던져진 질타는 아니었지만 감내하기 힘든 말이었다. 그래서 "아버지가 안 계신 것도 서러운데, 후레자식이라니요, 어떻게 그런 말씀을 하시나요, 더구나 도덕 시간에?"라는 말이 나도 모르게 튀어나왔다. 3·8따라지라는 꼬리표가 줄곧 따라다니던 피난민으로써 알게 모르게 차별받는 일도 서글펐지만 아버지가 안 계셔서 겪은 서러움은 더욱 컸기 때문에 이러한 잠재적 피해 의식이 조금의 망설임도 없이 반발로 이어졌던 것 같다. 순간 교실이 싸늘한 정적에 빠졌다.

"넌 또 뭐야, 이리 나와."

내가 교탁 앞으로 나가자마자 선생님은 따귀를 때리며 잘못했다고 용서를 빌라 다그쳤다. 나는 고개를 꼿꼿이 세우고 완강히 거부했다. 그러자 이번에는 주먹으로 고개가 돌아갈 정도로 세차게 때렸다. 그래도 분이 안 풀렸는지 엎드려뻗쳐라고 하고는 마구잡이로 구타를 가해 왔다. 그러나 나는 끝까지 용서를 빌지 않았다. 단지 이를 악문 채 결코 교감선생님 같은 교사가 되어서는 안 되겠다는 다짐을 스스로에게 했을 뿐이다. 그런데 비록 후일의 일이지만 애비 없는 후레자식이란 말이 결코 틀린 말만은 아닐 수도 있다는 것을 깨닫게 되었다.

나는 중학생 때부터 가정교사를 하거나 신문 배달하는 일 등으로 학비를 마련해가며 고학을 했다. 그리고 아버지가 안 계시는 상황에서 어머니는 집안 대소사를 나와 상의하곤 하여 어린 나이인데도 누구도 내게 이래라 저래라 하는 사람이 없는 환경에서 성장하게 되었다. 그러다 보니 남으로부터 간섭을 받는데 적응이 잘 안 되었던 것 같다. 결국 꾸짖거나 훈육해 줄 아버지 없이 성장하면서 인내할 줄 아는 지혜를 터득하지 못했다는 생각이 든다. 고2 때 교감선생님께서 그런 거룩한 가르침을 주시려 했던 것은 아니었겠지만 애비 없는 후레자식이란 말이 일면 일리가 있다는 생각이 들게 된 것은 이러한 이유에서였다.

되돌아보면 나는 평생 원칙과 명분에 어긋나는 일에 지나치도록 민감하게 반응하는 행태를 보여 왔다는 생각이 든다. 심지어 자기희생이 뒤따를 것을 뻔히 알면서도 고양이 목에 방울 다는 일마저 서슴지 않았다. 그러다 보니 훗날 보다 의미 있는 일을 도모할 수 있는 기회를 스스로 날려버리는 우를 범하고 말았다는 자책감이 들기도 했다. 그럼에도 불구하고 결국 나는 평생 후레자식으로 남았던 것 같다. 왜 그랬을까? 아버지 없는 가정환경이 원인을 제공한 측면이 분명 있었다. 그러나 그보다는 중·고등학교 시절 받은 교육의 영향이 오히려 컸다는 생각이 든다.

2. 돌대가리 교장선생님

나의 중·고등학교 교장선생님의 별명은 돌대가리였다. 원칙과 명분이 분명했고 청렴과 양심이 일상화된 분이었다. 특히 불의나 부정부패를 절대로 좌시하지 않는 분이었다. 해방과 한국전쟁을 전후한 시기여서 입시와 관련하여 부정이 판치던 시기였으나 모든 유혹을 물리치는 솔선수범을 보여주었다. 어쩌다가 선물을 보내오는 학부형이 있으면 이를 공개적인 경로로 돌려주어 간접적으로나마 모욕감을 주다 보니 돈으로 특혜를 보려했던 사람들이 혀를 내두르며 "이 사람은 도무지 얘기가 안 통하는 돌대가리야"라고 선생님을 빗대어 부른데 연유하여 생긴 별칭이었다.

선생님은 "유한흥국", 즉 땀을 흘려 국가를 흥하게 하자는 교훈을 내걸었고 이를 선도해 나갈 젊은이들의 학식과 양심을 강조하였다. 그리고 학식은 사회의 등불이 되고 양심은 민족의 소금이 된다고 가르쳤다.

선생님의 양심적인 인간 만들기 교육의 대표적인 사업은 한국 최초이며 유일한 무감독시험의 실시였다. 제물포고등학교(이후 제고)를 설립한지 불과 2년 만인 1956년에 감독교사 없이 학생들이 스스로 시험을 치르게 한 제도이다. 주위 사람들의 우려와 달리 제도시행 후 전교생 569명 중 낙제생이 무려 53명이나 생겼다. 선생님은 이들 낙제생들의 자존감과 양심적 행동을 크게 치하하였다고 기록되어 있다. 그리고 이 제도는 이후 60여 년을 지나오면서도 굳건히 유지되고 있으며 모든 제고인의 명예와 자존감으로 남아 있게 된 것이다. 아마도 이와 같은 교육에 힘입어 제고 출신들은 비록 실리는 잘 챙기지 못하지만 스스로의 양심에 부끄럽지 않게 사는 건전한 사회인으로 성장하였던 것 같다. 그 결과 교육계와 법조계 그리고 언론계에 상대적으로 많은 인재를 배출하게 되었다.

감수성이 가장 민감한 나이에 선생님의 가르침에 따라 양심선서를 한 후 선배들이 모표와 배지를 직접 달아 주었고 이어 중학교 운동장에서 고등학교 건물로 오르는 긴 계단 양 옆에 도열한 또 다른 선배들이 박수로 입학을 축하해 주었던 기억은 이후 내 인생행로에 큰 버팀목이 되어 주었다. 아마도 이러한 선생님의 교육철학이 일면 나로 하여금 때로는 마치 후레자식처럼 처신하도록 만들어준 것이란 생각이 든다. 그렇지만 나는 돌대가리 교장선생님의 제자로 평생을 살 수 있어 행복했다.

3. 시련의 대학 1년

1960년대 대학 입시제도는 1차로 입학시험을 보는 서울대 및 연고대 등 몇몇 대학을 제외하고는 거의 대부분 후기에 모집을 하였다. 기회는 단 한 번뿐이었고 시험에 실패하면 후기대학을 가거나 아니면 일년 재수를 하는 것이 관행이었다. 뜻하지 않게 1차 대학 입시에서 낙방하였으나 운 좋게도 성균관대학교에 전교 수석으로 합격하여 입학금과 수업료 면제 혜택을 받게 되었다.

그런데 비록 학비는 면제되었지만 우리 집은 내가 가정교사를 해서라도 돈을 벌어야 집안 살림이 가능한 형편이었다. 그런데 성대 재학생으로 가정교사직을 얻는 게 불가능하다는 사실을 뒤늦게야 깨닫게 되었다. "성대 수석입학, 제물포고 출신, 성실지도"라는 광고 문구를 세로로 두 줄 써서 신문에 내고 친구 집에서 전화오기를 기다리는 일을 거의 한 학기 내내 해보았지만 한통의 전화도 받아보지 못하고 만 것이다. 무엇보다 감당하기 어려웠던 점은 친구 집 윗목에서 눈치를 봐 가며 울리지도 않는 전화기만 온종일 쳐다보며 앉아 있어야 했던 비참한 순간들이었다.

점차 학업에 대한 집중력은 흐트러지기 시작하였고 대부분의 시간을 운동시합과 술 마시는데 보냈다. 이러한 나의 일탈 행위는 점차 도를 더해갔는데 그중 하나는 수업을 빼먹고 창경궁 담장을 넘어 들어가 하루를 소일하는 일이었다. 입장료가 아까워서라기보다는 이런 식의 일탈을 하지 않고서는 못 배길 것 같은 심정이었고 그렇게 해서라도 마음속 응어리를 풀어보고 싶었던 것이다. 말하자면 심리적 자학을 통한 카타르시스가 목적이었다고나 할까?

성대 학생들의 빈번한 담치기 때문에 봄철이면 창경궁 직원들이 담장 근처 순찰을 강화하곤 하였다. 이런 상황에도 불구하고 마치 무용담이라도 떨치려는 듯 담치기를 계속하였다. 결국 나는 여러 차례 직원에게 발각된 끝에 상습월담 자 명단에 포함되어 학교로 이첩되었고 학생처장실로 소환까지 되었다.

이렇듯 영혼 없는 방황 속에서 나는 당시 대학가에 유행처럼 번지고 있었던 실존철학 논쟁에 자주 참여하게 되었다. 혼돈 속 대학생활에서 탈피시켜줄 수 있을 뿐 아니라 궁극적으로는 새로운 이념 및 가치의 추구라는 지적 호기심을 충족시켜 줄 수도 있으리란 기대에서였다. 그런데 놀랍게도 어쭙잖게 시도한 설익은 실존철학 공부였지만 나름대로 새로운 차원에서 세상사를 관조할 수 있는 가치관이 자리 잡기 시작했다. 당시 나는 무엇보다도 참여('앙가주망') 개념을 통해 개인의 자유에 기반을 둔 현실 세계 비판과 새로운 세계를 향해 자기 자신을 내던지는 실천적 행위를 옹호했던 사르트르의 철학이념에 심취하게 되었다.

바로 이러한 관념에 쉽게 동감하고 다가설 수 있었던 것은 '양심과 사회를 선도할 지혜로서의 학식'을 강조했던 중·고등학교 교육 배경에 기인한바 크다고 본다. 여하튼 이러한 관점의 정착은 평생 내가 삶을 영위해 나가는 데 근간이 되어 주었다. 또한 이는 파스칼이 그의 저서 『팡세』(Pensee)에서 언급한 '생각하는 갈대'처럼 소극적 차원의 실존적 인간으로 존재하는 대신 보다 능동적인 참여와 비판을 생활화 하려는 사고를 내 마음속 깊은 곳에 뿌리내리게 해주었다. 그리하여 이후 나의 행보는 단지 생각하는 갈대의 수준을 넘어 행동하는 갈대로 자리 잡게 되었던 것 같다. 애비 없는 후레자식이 앙가주망으로 거듭나게 된 것이다.

결국 대학에서의 정체성 위기를 극복하기 위해서 송두리째 내 마음을 사로잡았던 철학적 관념을 스스로에게 체화시킬 특단의 체험을 하고 싶어졌다. 그래서 선택한 것이 군 입대였다. 군대와 같이 특수한 사회에서 자신의 의지를 끝까지 지켜낼 수 있다면 더 이상 방황에서 허우적거리지는 않을 것이라는 생각이 들었기 때문이다.

4. 자원입대

의정부에서 입대할 장정들이 모인다고 하여 아침 일찍 서둘러 인천 집을 나섰다. 그런데 걱정거리가 하나 있었다. 자원입대 신청을 대신해 주었던 친구로부터 입영 허가가 났다는 얘기를 전해 들었지만 떠나는 날 까지 입영 통지서를 받지 못했기 때문이다. 살고 있던 집이 남의 집 대문을 거쳐야 찾아낼 수 있는 곳이어서 우편물이 배달되지 못하는 일이 자주 있기는 했다.

○○학교 운동장에 모인 수많은 젊은이들은 일단 지역 별, 동 별로 일차 분류되고 입영 통지서와 인사 기록부를 대조한 후 순차적으로 열차에 태워졌다. 입영 통지서를 지참하지 못한 사유를 인솔자에게 설명했더니 통지서가 없으면 곤란하니 다음 기회에 입영하라는 것이었다. 그러나 일단 귀가했다가 입영 절차를 다시 밟는 일은 심정적으로 받아드리기 힘든 권고였다. 군대 간다며 여러 사람들에게 인사도 하고 송별연까지 받았는데 다시 돌아가라니 난감하기 이를 데 없었다. 더구나 학교를 계속해서 다닐 수 없을 만큼 정체성 위기에 시달리고 있던 상황에서 자원입대 형식을 빌려 그 위기를 탈출하려 했던 것이어서 학교로 다시 돌아간다는 것은 상상조차 할 수 없었다. 게다가 계속된 일탈 행위로 학교 성적을 제대로 관리하지 못하여 등록금 면제 혜택마저 받을 수 없게 된 형편이기도 했다.

결국 특단의 결정을 하게 되었다. 통지서는 배달되지 않았지만 아마도 논산 훈련소까지 가면 그곳에서 입영 허가 사실을 확인할 수 있으리라 생각되어 일단 입영 열차에 오르기로 했다. 소집된 장정들 중에 아는 사람이 전혀 없어 일단 가까운 객실에 올랐다. 그때만 해도 부모들이 집결지까지 따라오는 일은 매우 드물었다. 어쨌든 열차에 오르기 전까지는 남의 이목을 의식했는지 인솔 맡은 군인들이 상당히 예의를 갖춰 장정들을 대해 주었다. 그러나 열차에 오르기가 무섭게 이들의 태도는 돌변했다. 폭언과 구타 위주로 줄지에 군기를 잡아갔다. 그리고 4명씩 스크럼을 짜고 '앉아 번호'(한줄 씩 번호를 함께 부른 다음 앉는 방식)를 시키며 인원 점검을 하였다. 우리 객실은 한 사람이 초과되었는데

나 때문이었다.

　인솔자는 앉아 번호를 여러 차례 반복시키며 인원을 점검하였다. 당시에는 입영 대상자 중 중졸은 물론 국졸이나 국퇴 심지어 무학 내지 문맹자들이 상당수 있었다. 그러다보니 구호나 명령에 신속히 대응하지 못하고 기관병들의 심기를 불편하게 하는 일이 허다했다. 결국 인원이 한 명 남는 게 확인되자 "에이 이런 고문관 같은 놈들이라고, 어떤 놈이 제 칸을 두고 여기에 온 거야?" "여기는 ○○시 ○○동 병력만 타는 칸이야, 이 병신 같은 놈들아, 출신지가 다른 놈 당장 나와."라고 다그쳤다. 순간 자수할까라는 생각도 해보았지만 그러면 집으로 쫓겨 갈 것만 같아 그저 숨죽이고 있었다. 하기야 열차가 논산까지 논스톱으로 달리니 열차를 세우고 내리게 할 수도 없는 일이고 일단 열차가 논산에 도착하면 해결될 일이라 생각했는지 인솔병도 더 이상 채근하지 않았다.

　한밤중인지 새벽인지는 확실치 않았으나 석탄을 태워 달리는 증기 기관차가 큰 기적을 울리며 논산 역 도착을 알리고 있었다. 고드름이 주렁주렁 달린 채 가쁜 숨을 몰아쉬며 정차한 열차를 뒤로하고 수용 연대 연병장에 집결하였다. 그리고 운명적인 인원 확인 점검이 다시 시작되었다. 이제는 쫓겨날 가능성이 없어졌다고 판단한 나는 자진 신고하고 자초지종을 설명했다. 눈에서 불이 번쩍하더니 입안에 찌릿한 아픔이 스쳐갔다. 그리고 "아 이놈 혹시 간첩 아니야? 일단 데려다 가둬."라는 말이 이어졌다. 이후 약 이주일 동안 나의 신상에 대한 조사가 이루어졌다. 그리고 비록 입대 통지서를 지참하지 않았지만 인사기록부에 기재된 사항이 사실로 확인되자 결국 입대가 허용되었다. "남들은 군대 안 가려고 난리들인데 이놈은 왜 이리 미리 와서 속을 썩

이는 거야"라고 누군가 푸념하는 소리가 들렸다. 수용연대에서 약 한 달간 머무른 후에야 비로소 ○○연대 (○중대 ○소대)에 훈련병으로 정식 입대하게 되었다.

5. 향도

훈련소 내무반에 도착하자마자 내무반장이 훈련병들을 침상 양편에 나란히 서게 하였다. 그리고 0.5초 안에 집에서 입고 온 모든 옷을 침상 아래 통로로 던져버리라 했다. 이어 던져진 옷들을 갈퀴 같은 것으로 쓰레기 치우듯 모아가면서 "민간으로부터 온 모든 흔적을 없애고 국가가 하사하는 훈련복으로 갈아입는다."라는 명령이 이어졌다. 여기 저기서 비명에 가까운 울부짖음이 뒤따랐다. "제가 가지고 온 돈이 팬티 안에 있습니다. 버리지 마세요," 등의 절규가 시차를 두고 이어졌지만 외침의 내용은 거의 같았다. "아 이놈들아 국가가 다 입혀주고 재워주고 하는데 무슨 돈을 가져 오고 지랄이야." 그러면서 일단 개별적으로 확인한 뒤 돌려줄 터이니 걱정 말라고 했다. 훈련 일정이 바쁘니 모든 동작을 0.5초 내에 끝내라던 소대 내무반장이 이번에는 무슨 시간이 그리 많은지 천천히 팬티 한 개씩 들어 올려 그 안쪽에 있는 비밀 주머니에서 돈을 꺼내 친절하게 액수까지 확인한 후 돌려주는 것이었다. 거의 모든 훈련병들이 돈을 꼬깃꼬깃 접어 조그만 주머니에 넣은 후 팬티 안쪽에 핀으로 매달아 놓았었는데 입대 첫날 첫 시간에 모든 훈련병들이 각각 얼마만큼의 돈을 지참하고 왔는지가 내무반장에게 완벽하게 노출되었던 것이다.

훈련기간 동안 이 돈의 상당 부분이 결국은 내무반장에게 여러 가지 명목으로 또는 자발적(?) 의사에 따라 건네졌다. 빗자루가 망가졌다느니, 방독면의 줄이 끊어졌다느니 하는 명목으로 배상을 강요당하기도 했다. 또는 내무반장의 주말 외출 시 격려금 조로 각출하기도 했다. 물론 당시 훈련병의 병영 생활 여건이나 훈련 장비가 열악하기 이를 데 없었던 것은 사실이다. 그래서 일부 관물이 망실되면 어떻게 해서든 사비를 들여서라도 보충할 수밖에 없었던 측면도 있었다. 그런 사정이 다 보니 당시 훈련복은 거지더러 입으라고 해도 사양할 만큼 낡아 있었고 아무리 매일 밤 꿰매도 다음날이면 다시 너덜너덜해졌다. 이나 벼룩이 너무 많아 훈련병들은 천금 같은 오락시간이나 휴식시간을 주로 이 잡는데 보냈는데 박카스 병에다 잡은 이를 담아 제출하곤 했다. 후일 내가 논산에서의 훈련을 마치고 근무할 부대 배치가 끝났을 때 이틀 휴가를 얻어 집에 갔었는데 속옷을 빨던 어머니가 양 아래쪽이 깔려죽은 이의 피로 벌겋게 물들어 있던 팬티를 보고 눈물 훔치는 것을 목격한 기억이 아직도 생생하다.

일단 지참금 확인 작업이 끝나자 분대장은 훈련병들을 대표할 향도를 뽑겠다고 했다. 우선 대졸 또는 대재 학생들은 손을 들라고 했다. 3명이었다. 그러더니 이 중 태권도나 기타 무술을 한 친구는 계속해서 손들고 있으라 했다. 나 혼자만 남게 되었다. 곧이어 "오늘부터 네가 향도 직을 맡는다."라고 하였다. 나는 한시도 지체 않고 못하겠다고 답변했다. "이 새끼가 ○으로 ○○○를 까라면 까는 게 군대인데 감히 내 명령을 거역해? 이놈 군사재판감이군."하더니 "나와서 엎드려뻗쳐."라고 했다. 그리고는 '식은 장쇠'(당시 보급된 총은 2차 세계대전 시 미군들이 쓰던 M1이란 소총이었고 이를 10정씩 걸어놓고 가로질러 잠그는 'ㄱ'자 모양의 쇠막대가 있었는데 이것을 그렇게 칭했음)로 열대를 내려쳤다. 정신은 있었지만 영혼이 신체를 이탈하는 기분이었다. 입대 첫날 군기를 잡는데 좋은 본보기가 되어준 셈이다. 마치 뱀이 지나간 것 같은 검고 붉은 무늬의 부픈 상처가 나서 입대 첫날부터 의무실 신세를 지게 되었다. 향도 직은 면했지만 몸과 마음의 상처가 컸다. 군 입대 전 동네 선배들로부터 절대 향도는 하지 말라고 조언을 들었기 때문에 나도 모르게 향도 직을 거절했다가 화를 자초했던 것이다. 그래도 당시 향도의 비공식적 임무의 하나가 되어있던 관행, 즉 내무반장의 사적 유흥비 조달 등을 위해 동료 훈련병들의 돈을 거두는 일에 앞장서지 않아도 된다는 사실만은 천만다행이라 생각했다.

중·고등학교 시절 양심은 민족의 소금이라는 교육 이념을 철저히 교육받았던 나였다. 따라서 어떤 대가를 치루더라도 감당할 수없는 부당한 임무를 강요당하기 쉬운 향도 직을 맡고 싶지 않았다는 게 나의 솔직한 심정이었다. 그리고 군 입대 첫날에 일어난 불상사는 나에게 군 생활동안 아무리 어려운 일이 있어도 명분과 원칙에 어긋난 일은 절대 하지 않겠다는 다짐을 다시금 새로이 하게 해주었다. 그렇게 함으로써 스스로의 정체성 위기를 극복하고 싶었다.

사실 이러한 결심으로 인해 나는 전역 때까지 자주 구타나 체벌의 대상이 되곤 하였다. 논산에서의 훈련이 거의 끝나가는 시기에도 불행한 사건이 있었다. 부당한 모금 행위에 대하여 공개적으로 향도와 언쟁을 벌였던 것인데 훈련병들의 훈련 생활 여건 개선을 반대하는 파렴치한이라 매도당한 채 끌려 나갔다. 그리고 들고 나온 도끼로 방화수 통 얼음을 깨라고 하더니 나중에는 거기에 거꾸로 처박혀졌다. 또 의무대로 보내졌다. 당시 우리 분대장은 까무잡잡하고 체격이 다부진 사람이었는데 H대 재학 중인 자로 특히 여자를 많이 밝혔고 훈련병들에게는 가혹한 제대 말년 병장이었다. 하도 이런 유형의 행패가 심했

기 때문에 당시에도 이러한 비행을 고발하는 이른바 '소원수리'라는
제도가 도입되었고 훈련이 끝나는 날 작성하도록 되어 있었다. 문제의
우리 내무반장은 훈련 기간이 끝나갈 즈음 나를 별도로 부르더니 협
박 반 사정 반하며 소원수리에 자신의 일을 거론하지 말아 달라고 부
탁해왔다. 그의 협박이 두렵기는커녕 저런 군인은 영원히 매장되어야
한다는 생각이 앞섰지만 현실적으로 혼자만의 대응으로는 시정이 불
가능하다는 생각에 소원수리를 내지는 않았다. 지금도 후회되는 의사
결정 중의 하나이다.

6. 1960년대 군대문화

개인적 차원의 비행에 비견할 수 없는 군 조직 차원의 비리는 더욱
심각했다. 한번은 부대에서 국회의원 부재자투표가 이루어지는 과정
을 참관한 적이 있다. 병사들은 자기 주소지에서 우송되어온 투표지에
기표하고 투표용지를 투표함에 넣게 되어있었다. 그런데 선거 담당관
이 이를 뜯어보고 야당에 찍은 것은 찢어 버리거나 무효가 되도록 이
중 기표를 하는 등의 행위를 목격한 적이 있다. 군사정권 시절이긴 해
도 1960년 3·15부정선거로 인해 4·19혁명이 일어난 지 몇 해 지나지
도 않았던 시기의 일이어서 더욱 경악했다. 나 한 사람이 이의를 제기
해서 시정될 성격의 사안이 아니어서 한없는 무력감을 느꼈다. 구악을
일소하겠다고 쿠데타를 일으켜 집권한 정권이었지만 전과 전혀 차이
가 없었던 것이다. 역시 세상은 쉽게 바뀌거나 개선되기는 어려운 것
같았다.

이외에도 당시 군대의 일상에서 벌어지는 부패 또한 상상이상이었
다. 예컨대 부대에 나오는 부식이 빼돌려지는가 하면 한강 모래를 채

취하는 이권에 군 트럭이 동원되기도 하였다. 더구나 군 지급품 중 비싼 것, 예컨대 동정복(겨울에 입는 정복)은 부대에 배치되는 날로 선임병사나 기관원들에게 뺏기기도 했다. 그러다 관물 검사가 예고되면 하는 수 없이 시내에서 사다가 채워 넣는 일이 허다했다. 부대에 배치된 지 약 반년이 지났을 때 나는 2·4종계 일을 맡게 되었다. 이 보직의 가장 큰 어려움은 병사들에게 지급되는 군수품 중 돈이 될 만한 품목들을 특수부대 요원들이 가져가버리는 관행에 어떻게 맞서느냐 하는 일이었다. 더구나 배급하기 전에 보관 중인 품목을 내주었다가 검열에 적발되면 투옥될 수도 있다는 문제가 있었다.

당시 우리 부대에 드나들던 방첩대 G하사라는 사람이 있었다. 실제 계급은 알 수 없었지만 그렇게 불렸다. 색안경을 낀 채 사복 차림으로 부대 내외를 안하무인격으로 휘젓고 다녔다. 그러던 어느 날 차기 년도 동정복이 부대로 지급되어왔을 때였다. 어떻게 알았는지 문제의 하사가 나타나 책상에 걸터앉더니 동정복을 전부 가져오라고 하였다. 나는 강한 어조로 그렇게 할 수 없다고 항변했다. 순간 그는 얼굴이 크게 일그러지는가 싶더니 전화통을 집어 들어 내게 던졌다. 용케 내가 피하자 내무반으로 들어가 야전삽을 들고 나오더니 나를 마치 찍어 내리기라도 할 듯 덤벼들었다. 실로 위촉일발의 순간 일단 위기를 피해야겠다는 생각만으로 무의식중에 삽을 든 팔을 걷어찼던 것으로 기억된다. 하사가 팔을 부여잡은 채 비명을 지르며 넘어졌다. 근처에 있던 병사들이 부축해 나갔다. 골절인지도 모르니 일단 병원에 가보아야 한다는 소리가 들렸다. 나도 다소의 부상이 있어 일단 의무대로 올라가 치료를 받게 되었다. 그런데 병원으로 후송된다던 하사가 갑자기 의무대 문짝을 박차고 들어오더니 병상에 누워있던 내 얼굴 위로 덮쳤다.

방어적 차원에서 얼떨결에 덮쳐드는 하사의 얼굴 부위를 팔로 강하게 밀치며 일어났다. 그런데 그 순간 앞니를 다쳤는지 하사의 입 언저리에 피가 흥건해진 것이 보였다. 두 손으로 얼굴을 감싸며 매우 고통스러워하는 하사를 뒤따라 올라온 병사들이 다시 부축해 나갔다. 실로 순식간에 생긴 그리고 무의식적 자기 방어 본능이 초래한 일이었지만 감당하기 어려워진 사태를 어떻게 대처해야 할지 앞일이 막막했다.

나의 구세주가 된 분이 나타난 것은 바로 이때였다. 우리 부대 주임 상사로 국방경비대 시절 입대한 한국 최고 베테랑 군인이 있었다. 그는 나에게 일단 집에 가되 집이 아닌 다른 곳에 기거하다가 부대에서 부를 때 들어오라는 것이었다. 중대장도 나에게는 매우 우호적인 분이었지만 걱정만 하고 있던 순간이었다. 그는 허위로 나를 Y소재 헌병대로 구속 이감시킨 것으로 하사에게 전하겠다고 했다.

나는 이런 성격의 사태로 소속 부대가 자진하여 부대원을 헌병대로 보냈다는 얘기를 G하사가 수긍할지 의문이라는 의견을 조심스레 건넸다. 이에 주임상사는 비록 그가 의심이 가더라도 달리 어찌 해볼 도리가 없을 것이라 답했다. 아마도 그리 처벌된 것으로 믿어 주는 편이 스스로도 마음 편할 것이라고 했다. 더구나 헌병대는 특수 부대나 유격 부대에 대해서는 호의적인 부대가 아니어서 혹시 G하사가 알아보려 해도 잘 알려주지 않을 것이란 점, 나를 찾아내야 하는 사유를 밝히려면 자신이 저지른 비행과 그 때문에 일반 병사로부터 당하게 된 수모가 드러날 수밖에 없어 섣불리 사유를 대지 못할 것이라는 점, 그리고 우선은 부상 치료 때문에 당분간 활동하기 어렵다는 점 등의 판단에 근거하여 내린 구제책이라면서 G하사는 사실 여부와 상관없이 우리가 제공한 사유를 받아드릴 수밖에 없다는 견해도 전해 주었다. 실로 오랜 군 생활 경험을 통해 터득한 지혜를 발휘한 혜안이라는 생각이 들었다.

몇 주 후 부대 선임병이 찾아와 이제는 돌아와도 된다는 소식을 전했다. 귀대한 다음날 마치 기다리기라도 했듯이 문제의 하사가 험상궂은 얼굴로 찾아왔다. 나는 자신을 방어하는 과정에서 본의 아니게 피해를 주어 미안하다고 했다. 물론 사과로 될 일이 아니었다. 그래서 기합도 받고 구타도 당해가며 한 나절 분풀이 상대가 되어 주었다. 그리고 주임상사가 이상병도 이번 일로 인해 헌병대에 가서 고생을 많이 하고 나왔다는 거짓 사실까지 들어가며 만류하는 바람에 분을 삭이고 돌아갔다. 이후 하사는 오가는 길에 가끔 마주쳤지만 알은 체도 아니했다. 군 생활에서까지 행동하는 갈대를 자처했던 나의 애환은 다행히 이렇게 막을 내릴 수 있었다.

7. 한국은행은 '을'이었다 I

군과 같은 특수 사회에서도 끝까지 원칙과 명분에 충실하게 처신할수 있었던 나는 자신감을 되찾고 제대 후 대학생활에 마치 전투라도 하듯 최선을 다했다. 그리고 졸업 후에는 경제학도에게 꿈의 직장이었던 한국은행에 입행할 수 있었다. 첫 근무지는 제주지점이었다. 반 년쯤 지났을 때 조사계장 직을 맡게 되었다. 열정과 지칠 줄 모르는 의욕으로 열심히 조사업무에 임했다. 제주도에 제조업이 정착되기 위해서는 용수가 필요하다는 점, 그러나 제주도는 현무암으로 뒤덮여 있어 비가 와도 물이 금방 흡수되므로 저수가 어렵다는 점, 그래서 제조업이 정착되어 도민의 일자리와 소득이 증대되기 위해서는 수원 관리에 관한 기반시설 구축이 절실하다는 점 등, 은행이 요청하지도 않은 연구들까지 개인적인 차원에서 진행하고 있었다. 그리고 서비스 산업이 진출해 있지만 이들 산업에서 창출되는 소득이 제주도에 머물지 못하고 육지로 빠져 나가는 것을 어떻게 하면 완화시킬 수 있는지에 대해서도 다각적인 연구를 해보았다. 아울러 날씨가 불순하여 항공기와 선박 운행이 중단될 때마다 대부분의 생필품 가격이 폭등하는 문제에 대처할 수 있는 방안도 강구해 보았다.

우선은 기상이변에 따른 운송 차질이 물가변동에 얼마나 심각한 영향을 미치는지 알아내기 위해 정확한 물가변동 조사에 심혈을 기울였다. 도매상의 설정 기준부터 재정립하고 한 달에 1회 하던 물가조사를 4회로 늘렸다. 1971년 여름에도 태풍으로 인한 교통 및 운송 두절은 예외 없이 찾아왔고 그 기간 중 물가변동도 예년처럼 극심했다. 바로 이러한 현상을 제대로 추계해야 그 대책을 마련할 수 있다고 생각했고 따라서 실제의 물가변동을 조사 발표하는 일은 당연하고 또 중요한 것이라 생각했다. 이러한 인식의 연장선상에서 계절조정을 고려한 제주지역 도매물가 지수를 조사월보에 올렸다. 물론 이러한 나의 취지와는 상관없이 아무도 그 결과를 알아채지 못할 것으로 생각했다.

그런데 예리한 관찰력을 가진 어느 신문기자가 물가변동이 전혀 없는 것으로 발표된 제주도청 자료와는 달리 한국은행 제주지점 조사월보가 태풍을 전후한 시기의 도매물가가 상당한 변화를 보였다고 발표한 사실을 발견하고 이를 기사화했다. 이에 입장이 난처해진 도청은 우리 지점장을 통해 나를 도청으로 보내달라는 전갈을 보내왔다. 고심 끝에 나는 응하지 않았다. 공무원도 아닌데 도청 지시에 따를 필요가 없다고 생각해서였다. 이 일로 인해 불행하게도 나는 조사계장직에서 물러나게 되었다.

나는 한국은행이 결국 희생양이 되고 말았다는 생각이 들었다. 갑자기 직장의 위상과 한은에서의 미래상에 대해 큰 의문이 들었다. 내 입장이나 사건의 자초지종은 들어보지도 않고 도청 입장에 어려움을 주었다는 사실 하나만으로 그토록 열심히 시도했던 조사업무를 그만두도록 강요당한 현실이 서글펐다. 하필이면 이런 시기에 총재께서 개점 축하행사 참석차 제주지점을 방문하였다. 그리고 제주에 온 김에 함덕 해수욕장에서 잠시 휴식을 취할 계획이라 했다. 금융통화위원회 위원 두 분도 동행한다 했다. 지점장이 내게 총재 일행이 휴가지에서 필요할만한 용품도 준비하고 안내를 맡아 달라 했다. 대졸 출신이 나 혼자뿐이었으니 그랬던 것 같다. 그러나 약 한 달 전쯤 제주도에서 일어난 일련의 사태(모 판사가 간첩죄로 수사 중인 함덕 지역 인사들의 현장 검증을 나왔다가 현지인들로부터 받은 향응이 문제되어 옷을 벗었던 사건)가 떠올라 신경이 쓰였다. 물론 성격이 다를 뿐 아니라 은행 내 관행적 차원의 총재 예우라 생각되었지만 자칫 세간의 표적이 될 수도 있다는 우려를 지점장께 전했다. 불행하게도 이러한 나의 충심은 지점장 지시에 대한 거절로만 비춰졌다. 다른 사람들은 서로 가까이서 모시고 싶어 야단인데 납득이 안 되는 행동이라고만 하였다.

도지사 호출에 대한 불응에 이어 결과적으로 총재 모시기 거절로 비춰진 사태까지 발생해 지점장에게 미운 털이 박히고 말았지만 나는 개의치 않았다. 관행이라고들 하지만 지점 신축과정에서 발생한 불미스런 일을 우연히 목격했던 기억 때문에 지점장에 대한 일말의 반감이 남아 있어 그리했던 측면도 있었기 때문이다. 또한 당시 행원의 정규급여는 5만 원 안팎이었는데 세금도 안 떼고 거의 같은 액수의 비공식 급여가 주어졌다. 그것도 지점장이 조용히 한 사람씩 불러 생색내듯 주었다. 마치 도둑질이라도 해서 번 돈을 나누어 갖는 것 같다는 생각이 들어 수령을 거부한 적도 있었다.

이런 저런 불만이 중첩되는 바람에 연말을 맞아 송년모임을 열었을 때 나는 손창섭의 「혈서」라는 시를 암송하였다.

"혈서 쓰듯, 혈서 쓰듯 순간을 살고 싶다.
모가지를 이 모가지를 뎅겅 잘라
내용이 없는 혈서라도 쓸까?"

장내는 쥐죽은 듯 조용해졌고 지점장의 얼굴은 일그러졌다. 애써 웃음은 보였지만 시의 내용이 연말 분위기에는 어울리지 않는 것 같다는 힐문 성 의견을 전해 왔다. 나는 인생의 매 순간을 혈서 쓰듯 최선의 몸부림으로 대접하자는 의미였다고 하고 먼저 연회장을 떠나버렸다. 지점장이 더 이상 감당하기 힘든 인사라 생각하여 요청했는지는 모르겠으나 어쨌든 이 일이 발생한 지 얼마 후 나는 서울로 전근 발령을 받았다. 결국 심혈을 기울였던 제주도 물가조사에서 시작된 파행은 제주지점으로부터의 결별로 귀착되고 말았다.

8. 한국은행은 '을'이었다 II

본점에서 근무하게 된 곳은 은행감독원(당시엔 은행감독원이 한국은행 조직의 일부였다) 주무부서인 관리국 심리과였다. 미운 털이 박혀 방출되다시피 본점으로 올라왔기에 조사부 같은 연구직 부서로 발령받지 못했지만 나는 개의치 않았다. 더구나 심리과는 시중은행과 은행 지점의 신설과 이전, 그리고 임원 승인은 물론 여신 관리 및 경영 지도 등 중요한 일들을 담당하고 있었다. 금융통화위원회에 상정되는 안건의 절반 이상이 관리국과 심리과의 업무였고 직원들은 야근을 밥 먹듯이 해야 할 만큼 바쁜 부서였다. 내가 처음 맡은 일은 지방은행의 점포 신설 및 이전에 관한 승인 업무였다. 언제나 그랬듯이 시키지도 않는 자료까지 찾아가며 승인 여부 판단에 필요한 자료를 최대한 객관적으로 검토하려고 노력하였다.

그러던 중 부산은행 동래지역 점포의 신설인가 승인 여부에 관한 최종 평가에 앞서 현지답사를 가게 되었다. 가벼운 긴장까지 되었다. 서울에서 단지 문서상의 자료에만 의존하여 도출했던 평가의견이 현장답사 후에도 유지될 수 있을까 궁금했기 때문이다.

부산역에 도착하니 아버지뻘 되어 보이는 부산은행 중역이 기차역 구내까지 들어와 기다리다가 가방을 받아 들겠다고 하였다. 당황스러워 거절했다. 어색한 분위기 속에 우선 안내된 곳은 점포 신설 예정지가 아니라 동래 근처 온천장이었다. 현지답사는 잠시 미루고 피곤하실 터이니 온천욕부터 하고 식사 후 나가 보자는 것이었다. 나는 신열이 많은 체질이라 온천을 즐기지 않아 간단히 샤워만 하고 나왔다. 그런데 온천욕이 끝나자 식사가 준비되는 동안 고스톱이나 치자고 했다. 친선게임이니 판돈은 약하게 하자며 돈을 나누어 주기까지 하였는데 내가 보기엔 큰돈이었다. 나는 고스톱을 할 줄도 몰랐고 노름에 대해 매우 부정적 시각을 갖고 있었기에 옆에 앉아 구경할 수밖에 없었다. 부산은행 팀이 모두 잃는 것으로 게임은 금방 끝났다. 무언가 석연치 않다는 생각이 들었으나 게임을 모르는 나로서는 뭐라 할 수는 없었다. 식사가 이어지는 동안 밖은 이미 어두워졌다. 그때야 비로소 답사를 간다고 하였다. 그런데 답사라는 것이 차를 탄 채 해당 지역을 지날 때

손으로 가리키며 안내하는 정도로 끝나는 것이 아닌가? 아연 실색할 일이었다. 서울로 돌아오는 대로 출장보고서를 작성하여 제출하며 다시는 이런 식의 출장은 안 가겠다고 선언하였다. 이 일로 인해 이제 새 부서에서도 서서히 미운 털이 박히기 시작하였다. 과장에게 불려가서 말도 안 되는 충고를 받고 돌아왔다. 다른 직장에 비해 부정이나 금전 수수가 거의 없는 것으로 정평이 나있던 한국은행에서조차 예상치 못했던 관행을 목격하게 되면서 직장에 대한 자부심은 한층 더 사라지기 시작했다.

출장을 거부한 결과 때문인지 지방은행 담당에서 일반 시중은행 담당으로 직책이 옮겨졌다. 서울 시내에서의 점포 신설이나 이전에 대한 평가는 지방 출장 없이도 가능한 것이고 관련 자료의 확보도 손쉬워 다행이었다. 그런데 이 일을 시작한 후에도 또다시 납득이 안 가는 일이 가끔씩 발생하기 시작하였다. 분명히 점포 신설 허가 가능성이 높다고 생각했던 시중은행의 인가신청 건이 번번이 기각되고 있었던 것이다. 그래서 자료를 보완해 다시 제출도 해보았다. 그런데 이번에는 엉뚱하게도 검토의견의 본질과 상관없는 철자법이나 띄어쓰기 등을 이유로 결제가 보류 또는 반송되곤 하였다. 참다못해 나는 차라리 대리께서 직접 기안하는 것이 좋겠다며 백지 기안지를 가져다주었다. 순간 담당 대리의 얼굴이 붉게 일그러지는 것이 느껴졌다.

그런데 며칠 후 다른 동료 행원들로부터 전해들은 사실의 핵심은 이러했다. 은행 점포를 신설하기 좋은 장소에는 여러 은행들이 경합하게 되며 통상적으로 한국은행은 시중은행 입장에서 호의적인 검토를 하지만 만약 재무부의 비호를 받는 특수 은행들이 눈독을 들이면 일반 은행을 포기시킬 수밖에 없다는 것이다. 책임자로서 이러한 먹이사슬

관계 때문에 무력해질 수밖에 없는 상실감을 부하 직원에게 내색하기 싫었을 것이라 했다. 그래서 공연히 자구 수정만 반복해가며 상황을 파악해 주기를 바랐던 것인데 내가 눈치도 없이 인가신청 건을 지속적으로 들이밀었던 것이라 했다. 이해는 하면서도 온몸의 맥이 풀리는 것은 어쩔 수 없었다.

9. 공무원의 갑질

한국은행은 대부분의 부서가 일반 고객을 상대하는 일이 없어 모든 직원들이 점심시간이면 한꺼번에 식사를 하러 나갔다. 단, 한 사람씩은 화기당번이란 이름으로 사무실을 지켰는데 그날은 내가 화기당번으로 혼자 남아 있었다. 12시 조금 전이었는데 모두 나간 직후에 전화벨이 울렸다. 신경질적인 사내의 음성이 들리더니 당장 국장을 바꾸라 하였다. 점심식사 나가셨다 말했더니 아직 12시도 안 됐는데 벌써 나갔느냐며 언성을 높였다. 외부 손님이 오셔서 조금 일찍 나갔다 하자 한두 가지 힐문이 있더니 대뜸 너는 누구냐며 반말로 물어왔다. 나는 일단 행원 이 아무개라고 대답한 다음 전화하시는 분은 누구냐고 물었다. 재무부 이재국의 아무개라고 하기에 즉시 전화를 끊었다.

직원들이 식사를 마치고 돌아온 후 나는 점심 먹으러 나간다 하고는 택시를 타고 재무부로 갔다. 그리고 아무개 면회 신청을 했다. 누군지 몰라 어리둥절해 하는 아무개에게 나는 한국은행 이 아무개인데 왜 아까 전화로 반말을 했느냐고 따져 물었다. 기가 막힌다는 표정이었다. 국민에 대한 공복이어야 할 공무원이 왜 함부로 남의 직장상사를 부당한 호칭으로 불러댔느냐고도 했다.

여하튼 다른 직원들도 있었고 나의 태도가 워낙 강경해서였는지 형식적이나마 사과를 받아낼 수 있었다. 이후 우리 부서에서 작은 소란이 있었다. 그리고 곱지 않은 시선을 의식해야 했다. 나 때문에 앞으로 재무부와의 협조가 더욱 어려워질 것이라는 암시와 함께.

사실 나는 공무원에 대해 그다지 좋은 감정을 갖고 있지 않았다. 고등학교 재학시 양심을 최우선시하는 교육 속에서 성장하였고 대부분의 공직에는 부패가 일반화되어 있다는 인식이 팽배해 있었던 것도 한 가지 이유였다. 물론 가정 형편상 대학 졸업 이전이라도 국가고시에 합격해서 어머니를 하루빨리 고생에서 해방시켜드려야 된다는 얘기를 주위로부터 많이 들었다. 그러나 나는 불행하게도 아버지가 6·25 때 납치되었다는 이유, 그리고 사망 여부가 확인되지 않은 이상 언제든 간첩 교육을 받고 남파될 수 있다는 이유로 이른바 요시찰인 명부에 올라 있었다. 따라서 공직에 임용될 수는 없을 것이란 생각에 아예 고시의 꿈은 접었었다. 숙부는 6·25 참전용사로 유공자가 되었는데도 이른바 연좌제 때문에 평생 취업이 안 되었던 사실을 잘 알고 있었기 때문이다. 그러다 보니 나도 오를 수 있었지만 허용되지 않은 고급 공무원직에 있는 사람이 전화에 대고 함부로 모욕적인 말을 퍼부었을 때 더더욱 참기 어려웠던 측면도 있었다. 사실 나는 이러한 신분상의 제약으로 인해 해외유학을 위한 신원 조회시에도 많은 어려움을 겪었고 그로 인해 출국 허가가 거의 6개월 가까이 지연되었던 적도 있다.

대다수 경제학도들의 꿈의 직장이었던 한국은행에서의 여러 가지 불편한 경험은 결국 나로 하여금 새로운 커리어를 찾아 나서게 만들었다. 그리하여 약 2년 반 만에 한국은행을 떠나 해외 유학길에 오르게 되었다.

10. 단지 외국인이라서

한국은행을 떠날 무렵 운이 좋게도 나는 모교인 성대와 자매학교관계에 있었던 캔트주립대학교(Kent State University)에 교환 장학생으로 선발되었다. 그리고 그곳에서 석사학위를 취득한 후 인디아나대학교(Indiana University)에서 박사학위 과정을 밟게 되었는데 2년차부터(1976년) 강사직을 겸하게 되면서 경제통계학 및 계량경제학입문 등을 강의하고 있었다.

아마도 1978년 봄 학기였던 것으로 기억된다. 갑자기 긴급 강사회의가 있으니 모이라고 해서 학과장실로 갔다. 어인 일인지 몰라 서로 무슨 일이냐고 물어가며 옹기종기 모여 있었다. 마침내 학과장이 나타나 전하는 메시지는 가히 충격적이었다. 경제통계학 과목담당 강사 중 한 명이 네팔대학교 교수였는데 박사학위 취득차 인디아나대학교에 와 있으면서 경제학과 강사로 일하고 있었다. 그런데 학점 관리가 상대적으로 엄격했던 것이 화근이 되어 중간시험에서 낙제점을 받은 학생 한 명이 학교에 소송을 제기했던 것이다. 외국인 교수의 영어 발음이 나빠 제대로 알아들을 수 없어 그렇게 된 것이니 학교가 나서서 문제를 원천적으로 해결해 달라 요청했다는 것이다. 이에 학과는 해당 교수를 즉시 강사직에서 해촉하고 다른 강사로 대체함과 동시에 그때까지 평가한 성적도 모두 무효 처리하겠다는 것이다. 당사자에게 소명 기회조차 주지 않은 채 내린 일방적인 통고였다. 이럴 것이었다면 본인에게나 통보할 것이지 왜 강사 전부를 소집하였는지 납득이 가지 않았다. 또한 이런 식의 의사 결정은 분명히 인종차별적 측면이 강한 것이란 생각에 나는 강력하게 학교 결정에 반대하고 나섰다.

나를 비롯해서 경제학과에는 대학원 박사과정에 있으며 강사직을 맡고 있는 사람이 10여 명 있었는데 Associate Instructor(AI)라 불리었다. 1970년대에 들어서면서부터 미국경제의 경쟁력이 급격히 저하되자 주립대학에 대한 재정지원이 급감했고 이러한 문제 해결의 일환으로 박사과정 학생들 중 일부 우수한 사람들을 선정하여 학부과정의 기초과목을 가르치게 하였던 것이다. 그러다 보니 모든 의무와 권리는 일반 강사와 다를 게 없었지만 급여 수준은 일반 교육조교나 연구조교가 받는 장학금 수준에 불과했다.

그렇더라도 이러한 학생 신분의 강사는 미국인 중심의 엘리트그룹에 한정되어 있었다. 인디아나대학교는 매우 보수적인 주에 있어서 외국인을 임용하는 경우가 전무하다시피 했다. 강사는 물론 정규직 교수 또한 흑인이나 유색 인종은 거의 없었다. 가끔 임용이 되더라도 정년을 보장받는 경우가 매우 드물었다. 운 좋게도 내가 이 학교에서 일 년차 성적이 최상위로 나오자 외국인으로서는 처음으로 경제학과 AI로 발탁되었던 것이다. 학과로서는 다소의 위험을 감수한 결정이었겠지만 첫 학기 내 강의에 대한 평가가 20여 명의 강사 중 3~4위권에 들자 학과는 점차 외국인 AI를 늘려갔었다. 우수한 미국인 학생을 찾기 어려웠다는 현실적 애로와 재정 압박이 점차 심해졌다는 측면이 동시에 고려된 결정이었다. 그러다가 1978년 봄 학기에 임용된 네팔대학교 교수 출신 AI에 이르러 문제가 생긴 것이다. 그는 인도어 특유의 억양은 있었지만 40세에 가깝도록 자신의 나라에서 10년 이상 영어로 강의를 해온 교수였다.

사건의 핵심은 공부하기 싫은, 그리고 외국인에 대한 인종차별적 성향이 강한 학생 한 명이 수리적 사고를 요하는 경제통계학 과목을 제대로 이수하기 어려워지자 학교법원(실제 법원이 아니라 각종 학생들의 학사관런 민원을 접수받아 심의하는 기관)에 제소하였던 것이다. 인디아나대학교는 인디아나 주의 대표적 주립대학으로 고등학교의 내신 성적이 상위 20% 안에 들면 누구든 입학이 허용되는 대학이었다. 따라서 정원이 사전에 미리 정해진 것이 아니라 유자격 입학 희망자 수에 따라 매년 변하였다. 그래서 어느 해는 기숙사가 남아돌다 또 어느 해는 기숙사가 부족해 어려움을 겪는 일들이 반복되었다. 여하튼 이러한 원칙에 따라 입학이 허용되다 보니 공부에 특별한 관심이나 계획 없이 진학한 학생들은 2~3년 내에 약 30% 정도가 대학을 떠나곤 하였다. 바로 이런 부류에 속하는 학생 중 한 명이었으리라 생각된다.

학생의 여론에 매우 민감한 미국 대학의 특성상 경제학과에서는 조속히 사건을 무마하고 싶었으리라 믿어진다. 그러나 당사자인 강사의 입장과 수강한 다른 학생들의 의견 등을 청취한 후 종합적으로 판단하여 결정했어야 하는 것을 외국인 강사라 하여 서둘러 직위 해제시킨 것은 분명히 인종차별적 처사임에 틀림이 없다고 생각되었다. 그리고 모든 강사들이 보는 앞에서 이러한 결정 사실을 일방적으로 통고함으로써 너희들도 희생되지 않으려면 부단히 노력해야 한다는 암묵적 경고를 하달한 셈이다.

이런 식의 부당한 처사를 그대로 넘기기는 어려웠다. 그래서 나는 실로 큰 위험을 감수하게 되었다. 우선 강사 중 최고참이었던 나는 강사들을 학과 도서실로 불러 모아 학교의 부당한 처사를 규탄하고 이의 시정을 요청하자고 했다. 그래도 만일 우리의 입장이 받아들여지지 않으면 강사 전원이 사표를 내면서 학교법원에 탄원서를 제출하자고 했다. 외국인 강사들은 물론 미국인 강사들도 모두 찬동하였다. 용기를 얻은 나는 내 이름을 제일 먼저 서명하고 주말까지 서명이 완결되면 학교에 제출하기로 하였다. 그러나 주말에 가보니 서명한 사람은 나와 미국인 강사 한 명, 총 2명뿐이었다. 서명 이후 예상되는 피해가 두려웠으리라 여겨졌다. 소문은 급속히 퍼져 나갔고 많은 사람들이 결국 이 아무개란 친구가 이 학교에서 학위받기는 불가능할 것이라고들 했다.

나도 그 정도의 위험은 예상하고 있었다. 그러나 강사 모두가 힘을 합쳐 탄원을 하면 어느 정도 힘이 실리리라 믿었다. 지도교수의 생일을 기억하지 못했다가 장학금이 끊겨 다른 학교로 떠나야 했던 한국 유학생을 목격한 적도 있었다. 그래서 미국인들이 자신이 가진 직책상의 권한을 얼마나 무자비하게 휘두르는지도 잘 알고 있었다. 그러나 그냥 당하고 있기는 싫었다. 결코 내 자신의 이익을 위하자는 것이 아니었기에 당당히 나선 측면도 있었다. 동료들에 대한 배신감에 실망이 몹시 컸지만 여러 국가에서 모인 다국적 집단이 일사분란하게 의견을 결집하고 단체행동을 하기는 어려운 일이었으리라 생각된다. 결국 순진했던 나만 희생양이 될 위험에 직면했던 것이다. 태연해지려고 노력했지만 어느 정도의 불안감이 밀려왔다. 그리고 얼마동안 마치 폭풍이 몰려오기 전 고요함과 같이 아무 일도 일어나지 않았다. 그러나 후폭풍은 다른 데서 일어났다.

당시 나는 박사학위 논문을 작성 중이었는데 심사위원장이 학과장이었다. 작성한 논문 내용이 얼마간 진전될 때마다 위원회 소속 심사교수에게 점검을 받는 방식으로 위원회가 운영되고 있었다. 지도교수를 비롯한 다른 분들은 다들 내용이 참신하다며 격려해 주었는데 유독 학과장만 갈 때마다 수도 없이 많은 지적을 했다. 처음에는 워낙 꼼꼼하고 완벽주의적 사고방식을 가진 분이라 그런 줄 알았다. 그런데 얼마간 지적하는 내용들을 찬찬히 살펴보니 순수한 의미의 지도라고 볼 수 없다는 사실을 깨닫게 되었다. 예컨대 '내가'를 '나는'으로 그리고 또다시 '본인이'라는 식으로 표현을 바꾸라는 식이었다.

그러던 중 우연히 학과 사무실 도서실에서 신간 학술잡지들을 열람하고 있던 중 밖에서 학과장이 학과 비서와 얘기하는 것을 본의 아니게 듣게 되었다. 처음에는 무심코 흘려보냈는데 가만히 들어보니 내 얘기를 하고 있었던 것이다. 순간 모든 것이 더욱 분명해졌다는 결론을 얻었다. 그래서 다음날 학과장께 면담 요청을 했다. 비서와의 대화를 우연히 듣게 되었다는 사실과 학사문제를 비서와 상의하는 것은 공정하지 못하다는 의견을 전달했다. 그리고 그동안 논문지도 과정에서 지적해준 사항도 본질적인 주제를 떠난 것인 데다 자구의 수정이 몇 차례 지나면 원래 내용으로 돌아가는 순환 논리적 특성이 있다는 증거를 보여주었다. 내가 부당한 처신을 했다고 생각하면 직접 불러 문책을 하거나 꾸지람을 하면 될 것이지 이런 식으로 어려움을 겪게 하는 것은 바람직하지 않다는 의견도 덧붙였다. 학과장은 무척 당황해하면서 오해라고 했다.

불안했지만 학과장 면담 이후 논문작성은 별문제 없이 진행되었다. 그리고 오랜 동안 기다렸던 논문의 구두시험 일정이 잡혔다. 그간에 순탄치 못했던 과정이 있었으므로 나름대로 최선을 다해 준비하고 시험에 임했다. 그런데 구두시험에서는 한두 가지, 지금으로선 기억조차 나지 않는 사소한 질문들이 있었을 뿐이다. 그리고 밖에 나가서 부를 때까지 기다리라고만 했다. 그런데 한 시간이 지나고 두 시간이 가까워 오도록 문은 열리지 않았다. 지나치는 사람마다 의아하다는 표정을 지으며 쳐다보았다. 설마 이 단계까지 와서 결정적인 불이익을 주려는 것인가? 하는 불안한 상상 속에서 헤매고 있을 때 마침내 들어오라는 전갈이 왔다. 그리고 심사장에 들어서는 순간 심사위원장이었던 학과장이 제일 먼저 손을 내밀어 악수를 청하며 "축하해, 이 박사(Congratulations, Dr. Lee)!"라고 하는 것이 아닌가. 순간 다리의 맥이 풀리면서 거의 주저앉을 뻔했다. 그 순간만은 학과장의 대인배적 처신에 경의를 표하고 싶었다. 사실은 심사 당일 심사위원 교수들도 오랜만에 만난 것이라 그동안 밀렸던 저간의 얘기들을 주고받느라 시간가는 줄 몰랐다는 말을 나중에 지도교수로부터 전해들을 수 있었다.

귀국하여 모교에 교편을 잡았는데 일주일에 주야간 합쳐 26시간씩이나 강의를 하게 되어 미국에서의 일은 까맣게 잊고 있었다. 더구나 귀국 직후 10·26사태와 5·18광주항쟁 등을 겪으며 혼줄마저 놓고 있을 때였다. 1981년 봄 학기가 끝날 무렵 교무처에서 외국인 교수가 김포공항에서 나를 찾고 있는데 아는 사람이냐고 물어왔다. 학과장이었던 캠벨(Robert Campbell) 교수였다. 조선호텔에 묵을 예정인데 꼭 한번 만나고 싶다는 전갈을 남겼다 한다. 전경련 초청으로 강연차 한국을 방문한 것이다. 만감이 교차했다. 나 말고도 동문이 여럿 있는데 하필이면 왜 나를 불렀을까 하는 생각도 들었다.

캠벨 교수는 소련경제 전공으로 그 분야에 관한 한 저명도가 매우 높은 분이었다. 호텔로 찾아갔더니 나보다 더 반가워했다. 그리고 성대에서의 특강을 요청했더니 흔쾌히 수락해 주었다. 통역은 내가 맡았다. 강연의 핵심은 머지않아 소련은 붕괴할 것이고 한국에 경제지원을 요청해 올 것이란 것이었다. 모든 관중들이 매우 의아해하기도 하고 또 도저히 믿을 수 없는 얘기라며 수군대기도 했다. 혹시 전경련이 사례를 너무 크게 해 한국 사람들이 듣기 좋을 만한 얘기를 창작해낸 것

이 아닌가 하고. 그러나 그분은 거의 매년 소련을 방문해가며 연구해
온 분이고 또 비슷한 내용의 강의를 미국에서 들은 적이 있어 나로서
는 별다른 의구심 없이 받아들였다.

  강연이 끝난 후 동문들을 모아 성찬으로 캠벨 교수를 대접했다. 그
자리에서 아내가 미국에서 왜 우리 남편에게 시련(hard time)을 주었느
냐고 질문하는 바람에 좌중이 모두 함께 웃었다. 이분에게도 내가 못
잊을 한국인 졸업생이었던 것 같다. 그분의 방한을 기념할 겸해서 동
문들이 십시일반으로 상당 금액의 장학금을 전달하였다. 단 수여자 중
최소한 한 명은 한국 학생이었으면 좋겠다는 조건을 달았다. 캠벨 교
수가 미국으로 돌아간 후 본인이 받은 후한 대접을 얼마나 과장되게
포장해 전했는지 서로 앞다투어 한국을 방문하고 싶어 했고 그래서 한
두 분 은사들을 더 맞이하게 됐었다. 자칫 운명이 바뀔 수도 있었던 사
건은 이렇게 유종의 미를 거두게 되었다.

11. 선생님도 도끼 가지고 다니십니까?

"선생님도 도끼 가지고 다니십니까?"

  1978년 가을 학기에도 나는 미국 인디아나대학교에서 경제통계학
을 강의하고 있었다. 유쾌했던 주말의 기억을 곱씹으며 월요일 아침
강의 시간에 맞추어 막 교실로 들어섰을 때였다. 한 학생이 느닷없이
손을 들며 질문할 게 있다 하여 그리하라 했더니 대뜸 쏟아낸 말이었
다. 순간 교실 안에 침묵이 흘렀다. 모두들 그의 무례한 발언에 같은
학생의 입장에서 당황해하는 눈빛이 역력했다. 나는 짐짓 대수롭지 않
은 듯 대응하기 위해 "도끼가 너무 커서 몸속에 품고 다니기 어려웠는
데 그만 자네에게 들통이 난 것 같군."이라고 응수하며 도끼 대신 주먹

을 내 보였다. 그러자 학생들은 어색하였던 분위기를 무마라도 하려는 듯 웃음으로 맞장구 쳐 주었다.

이에 질문을 던졌던 학생이 불리해진 상황을 역전이라도 시켜볼 심산인 양 "선생님은 문선명과 박동선을 아십니까?"라고 재차 질문해 왔다. 점입가경이었다. 지난번 중간시험에서 부정행위를 하다 발각되어 해당 시험성적을 0점 처리하는 선에서 선처해 주었던 학생이었다. 원칙적으로는 해당 과목을 낙제시키는 것이 적절한 처벌이었지만 한 단계 낮춘 벌칙을 주었던 것이다. 분기를 억누르며 다시 한 번 짐짓 익살스러운 어투로 대답하였다. "문선명은 내 아저씨(uncle)요 박동선은 내 형제(brother)"라고. 학생들이 이번에는 박수까지 쳐가며 험악해진 분위기를 애써 돌려보려 했다. 이에 화가 난 학생은 문 목사는 문 씨이고 박동선은 박 씨이며 선생님은 이 씨인데 어떻게 그렇게 말도 안 되는 얘기를 하느냐고 항의조로 되물어 왔다. 나는 차분한 어조로 답했다. 한국에서는 아버지 연배 되는 남자들을 통상 아저씨라 부르고 대여섯 살 터울 간에는 김형, 이형이라는 식으로 부르고 있어 그렇게 표현한 것인데 뭐가 잘못인가라고. 어깨가 들썩이고 숨소리도 고르지 못해 보이는 형상으로 보아 화가 좀처럼 가라앉지 않은 것 같았지만 논리에서 밀리자 일단 말문을 닫았다.

잘 알려진 바와 같이 1976년 8월 18일 11시경 판문점 공동경비구역 내 사천교(일명, 돌아오지 않는 다리) 근방에서 미루나무 가지치기를 하던 유엔사 경비원들을 북한군 수십 명이 도끼 및 흉기로 구타 살해하는 희대의 엽기적인 사건이 일어났다. 2명이 죽고 9명이 부상을 당했는데 이로 인해 미국 내 한국인들은 이후 상당기간 어려운 시기를 보내야 했다. 심지어 직장을 잃는 사람도 있었다. 길거리에서 한국 사람이냐고 물으면 일본 또는 중국 사람이라고 답하는 사람이 있었다는 얘기도 들었다.

엎친데 겹친 격으로 같은 해 10월 25일 이른바 '코리안 게이트'가 발생하였다. 재미사업가 겸 로비스트였던 박동선이 불법으로 미국 정치인들에게 선거자금과 뇌물을 제공했다는 혐의를 받고 기소되었던 것이다. 미국 시민권이 없는 박동선이 미국 정치인에게 정치 후원금을 제공한 것은 불법이라는 것이다. 심지어 박정희 대통령에게 사주를 받아 조직적으로 자행된 범죄로 몰아가기도 했다. 당시 미국은 유신체제하의 박대통령을 압박하기 위해 인권문제를 제기하는 한편 미주둔군의 단계적 감축을 거론하고 있었다. 그러면서 박대통령이 이로 인한 안보 공백을 메우기 위해 박동선을 통해 미 국회의원들에게 한국군 현대화 특별지원에 관한 로비를 시도한 것으로 여론을 몰아갔던 것이다.

물론 한국 정부는 이를 전면 부인하였지만 결국 미국 의회에서 청문회가 열리게 되었다. 1978년 10월 16일에는 미 상원, 그리고 12월 29일에는 하원에 안건이 상정되었다 그러나 분명한 증거가 나오지 않아 결국 1979년 8월 16일에 기소를 철회한 사건이었다. 박동선이 주로 미곡수입 위주로 사업을 벌여 왔다는 점과 개인이 아닌 법인으로서 정치헌금을 낸 것이라는 점, 그리고 회사는 미국 내 법인이라는 점 등의 이유가 나름대로 설득력 있는 대응논리로 제시되었다. 그러나 한국인이 자신들이 가장 신망하는 상원의원들에게 뇌물 내지 불법 정치자금을 주었다는 소식으로 인해 미국인들은 마음에 큰 상처를 입었고 또 이로 인해 한국인에 대한 반감이 커져갔던 것이다.

이 시기를 전후하여 통일교 문선명 목사의 미국 내 선교활동과 기금 조성과정이 매스컴을 통해 몰매를 맞고 있었다. 미국 청소년들이 껌이나 꽃다발 등을 길에서 팔아 번 돈으로 천문학적 규모의 기금을 모아 납득조차 할 수 없는 논리를 전파하는 데 쓰고 있다고 판단하였던 것이다. 사실 통일교에 귀의한 미국인 신도들은 우리도 이해가 안 될 만큼 거의 맹신적이었다. 아마도 그러한 힘의 원천은 남의 일에는 관심을 갖지 않는 미국 사회와는 달리 집단생활과 가족 같은 유대감을 강조하는 신앙생활을 통해 구축된 강한 결속력에 기인한 것이라 짐작했을 뿐이다.

그러나 문 목사를 구속할 명분이 없어 차일피일하다가 결국 선교기금에 대한 불과 1000달러 정도의 이자 소득세를 미신고함으로써 탈세하였다는 죄로 구속하였다. 납득하기 힘든 조잡한 사유였다. 후일의 일이지만 1981년 10월 15일 뉴욕 검찰청이 기소한 것인데 탈세범으로 기소한 이유는 탈세자나 부패 관련자 그리고 간첩죄는 상대적으로 중벌에 처할 수 있다는 점과 보석금을 내어도 석방되지 못한다는 점을 십분 활용한 처사였다. 어지간히도 미웠던 모양이다. 그런데 골탕을 먹이려고 했던 미국 검찰의 취지가 무색하게 문 목사가 별 스트레스 없이 수감생활을 잘 해내며 많은 동료 수감자들의 상담자 역할까지 자처하기에 이르자 결국 모범수로 판정하여 일찍 석방해 버리고 말았던 일이 있다. 즉, 1984년 7월 20일에 '댄버리'감옥에 수감되었는데 모범수로 판정되어 6개월간의 형기단축 혜택을 받고 1985년 7월 4일 출감했던 것이다. 그럼에도 불구하고 이 사건 또한 미국 내 한인들에게는 무거운 짐으로 다가 왔다.

그런데 그즈음(1978년 초로 추정)에 미국 최고의 토크쇼인 '쟈니 카슨 쇼'에 쟈니 윤이 한국인으로서는 처음 등장하는 일이 있었다. 그는 자신을 소개하면서 "나는 문선명이나 박동선과는 아무런 관계도 없습니다."라는 말로 시작했었다. 물론 그러면서도 반전을 기하기 위해 "나는 단지 내 여동생에게 10달러 빚진 미군병사를 찾으러 미국에 왔다"라는 아슬아슬한 농담으로 장안의 화제를 불러일으켰고 또 일약 스타가 되기도 하였다. 그런데 이 말이 주는 반향이 아주 커서 그 다음 주에 다시 같은 쇼에 초대되었다. 대단히 예외적인 일이었다. 무대에 다시 선 쟈니 윤이 끄집어낸 말이 또 한 번 화제가 되었다. 지난 한 주 동안 미국 각지에서 자신에게 10달러짜리 수표를 보내온 전 미군 병사가 수도 없이 많았다는 식의 농담이었다. 당시 한국인들에 대한 반감을 다소나마 완화해줄 수 있을 만한 사건이었다.

내가 학생의 질문에 대해 나름대로 재치 있게 대응할 수 있었던 것도 어느 정도는 쟈니 윤이 출연했던 부류의 코메디 프로그램들에 힘입은 바 컸다. 외국인 교수가 갖는 발음상의 한계점을 보완하기 위해서는 어떻게 해서든 재미있는 유머로 강의를 이끌어 가야하기 때문에 코메디 프로를 자주 보아오던 과정에서 쟈니 윤의 익살스런 유머를 접할 수 있었기 때문이다. 그리고 당일 그토록 황당한 학생의 행동에 유연하게 대처할 수도 있었던 것이다.

어쨌든 일단 학생이 더 이상 말을 이어가지 못하자 나는 자세를 가다듬고 차분한 어조로 다시 말문을 열었다. 방금 발언을 한 학생의 태도는 세계를 선도하고 있는 문화적 선진국인 미국 시민에게는 결코 걸맞지 않는 행동이란 말부터 꺼냈다. 그리고 나는 북한 사람이 아니라 미국의 우방인 남한의 시민이라는 점을 강조하였다. 만일 미국인 한 사람이 어디에선가 극악무도한 범죄를 저질렀다고 해서 미국인 전부가 지탄받거나 또 아무 상관도 없는 미국인 개인이 공개석상에서 모욕당한다면 수긍할 수 있겠느냐고 반문했다. 더구나 학생은 자신이 저지른 부정행위에 대한 반성은 전혀 없이 오히려 자신을 처벌한 교수를 공개적으로 망신이나 주려는 식으로 행동한다는 것은 일말의 수치심도 없는 지극히 야만적인 행위라 했다. 한국에서는 부정행위가 발각되면 그 수치감 때문에 스스로 목숨을 끊는 경우도 간혹 있다는 사실도 곁들였다(물론 작금에 있어서는 한국에서 이러한 현상을 더 이상 찾아보기 힘들게 되었지만).

그리고 미국의 록히드 항공사가 일본의 다나까 수상을 수뢰한 사건이 터지자 일본은 미국에 대해서는 하등의 비판도 하지 않고 단지 자국의 수상을 파직과 동시에 투옥시켰고 영원히 정치계에서 매장시켜 버린 사실을 상기시켰다. 반면 미국은 부패한 미국 정치인들에 대한 처벌은 나 몰라라 하고 있다는 사실을 냉철하게 되새겨보기 바란다는 말을 덧붙였다. 이어서 어처구니없이 불법자금 공여자로 지목된 사람과 국적이 같다는 이유 하나로 자신을 가르치는 교수를 공개적으로 모욕이나 주려는 태도가 과연 선진국의 시민다운 행동인가라고 반문하였다. 교실이 쥐죽은 듯 조용해졌다.

마지막으로 그동안 여러분들을 가르칠 수 있는 기회는 나에게 매우 의미 있는 일이고 귀중한 경험이었지만 이제 더 이상 이런 상황에서 강의하고 싶지 않다는 말을 남기고 나와 버렸다. 여러 학생들이 연구실로 찾아와 대신 사죄하였다. 결국 아무런 죄도 없는 대다수 학생들에게 피해를 주어서는 안 되겠다는 생각이 들어 강의를 속개하였으나 학기가 끝나자마자 서둘러 귀국하였다. 그곳에 남아 간혹 미국인들의 잘못된 인식을 바로잡아줌으로써 미국 내 한인들의 입지를 높여주는 일은 나름대로 의미 있는 일이었을지 모른다. 그러나 이 사건이 계기가 되어 보다 능동적이고 주도적으로 사회에 참여할 수 있는 고국에서 활동하고 싶은 의지가 더욱 강해졌던 것이다.

12. 예상 못한 귀국 후유증

박사학위 취득 후 미국 내 중견 대학은 물론 국제 금융기구에서도 일자리 제의가 있었지만 한국에 돌아가려던 나의 결심은 흔들리지 않았다. 그리고 한국 내 국책 연구기관에서도 초빙이 있었지만 모교에서 부름을 받자 만사 제쳐놓고 성균관대학교에 부임키로 했다. 연구원으로 갈 때에 비해 급여가 3분의 1 수준에 불과했지만 개의치 않았다.

1978년 성탄절 3일 전 드디어 약 6년간의 유학생활을 마감하고 귀국했다. 그런데 가벼운 흥분과 기대 속에 돌아온 서울의 모습은 당황스러울 만큼 낯설었다. 당시 통신기반이 매우 낙후되어 있어 유학생활 중 국제전화는 엄두조차 내지 못할 때였고 따라서 그만큼 한국의 실상으로부터 오랜 동안 격리되어 있었기 때문이기도 했다. 마치 컬러세계에서 흑백세계로 돌아온 듯 도시 전체는 회색빛이었다. 행인들은 무엇엔가 쫓기듯 바삐 움직이고 있었고 쉽사리 말을 걸기 망설여질 만큼 무표정해 보였으며 웃는 모습을 쉽사리 찾아보기 어려웠다. 심지어 연탄 냄새와 김치 냄새가 역하게 느껴지기까지 하였다. 미국에 있을 때 그토록 눈치를 보아가면서도 하루도 빼지 않고 먹었던 김치였는데 말이다. 다행히 대학캠퍼스에 들어서자 비로소 활기찬 젊은 학생들의 모습을 보고 마음의 안정을 찾을 수 있었고 사뭇 흥분되기까지 했다. 그리고 드디어 한국에서의 첫 학기를 맞게 되었다.

신학기 초인 3월 중순경이었다. 제자들이기에 앞서 모교의 후배들을 가르친다는 생각에 강의에 심혈을 기울였다. 그래서 학기가 시작된 지 불과 보름도 채 안 된 시점에 다음 주 간단한 쪽지시험을 보겠다고 했다. 그랬더니 학생들이 다음 주에는 문무대에서 군사훈련을 받기 때문에 수업이 없다고 했다. 나는 역정을 내며 수업에 관한 권한은 교수에게 있는데 내 허락 없이 휴강은 절대 없다고 말했다. 학생들은 의아해하며 난감하다는 표정을 지었다. 이 일과 관련하여 다음 날 학생처장으로부터 면담 요청을 받았다. 당시에는 학생처장이 가장 힘든 본부보직자인 동시에 막강한 영향력을 가지고 있어 그 보직을 거친 사람들이 종종 총장으로 선임되곤 하였다.

S처장은 나의 중학교 선배여서 서먹서먹한 사이는 아니었다. S처장의 설명으로 비로소 나는 학생들이 입학 직후 일주일 간 문무대라는 부대에 가서 군사교육을 받게 되며 따라서 해당 학생들이 수강중인 과목은 자동으로 휴강처리 된다는 것을 알게 되었다. 그리고 당일 내가 학생들에게 한 것과 같은 말은 오해의 소지가 있다고 했다. 학교에는 물론 경우에 따라서는 교실 내에도 사복경찰이 들어와 있으니 조심해야 된다고도 했다. 그리고 그날의 일은 자신이 잘 마무리하겠다고 했다. 몰랐던 사실을 알게는 되었지만 다소 모욕적으로 들리는 말이어서 선배가 아니었다면 한마디 정도는 대꾸했을지도 모른다. 그런데 더욱 놀라운 것은 총장 이하 주요 보직교수 및 휴강으로 강의가 없어진 교수들이 새벽에 잠실에 있는 석촌 호수로 나가 훈련받으러 가는 학생들을 전송해야 한다는 것이었다. 한국에 돌아온 것이 후회될 만큼 충격적인 사건이었다. 나중에 들으니 주요 보직교수와 직원들은 훈련 사흘째 되는 수요일에 문무대로 위문까지 간다고 했다.

사실 당시 길거리에서는 경찰들이 머리가 긴 사람을 무조건 잡아 세운 다음 가위로 듬성듬성 깎아버리는가 하면 치마길이가 짧은 여자들을 잡아 벌금을 부과하는 일이 비일비재했다. 예비군훈련 소집에 나갔더니 논산훈련소에서처럼 각개전투, 포복 등의 훈련이 이어졌다. 불과 몇 달 전 미국에서 강의하고 있었다는 것이 실감나지 않았다. 일종의 '역 문화 충격'에 귀국의 기쁨은 눈 녹듯 사라져 가고 있었다.

13. 저는 고대생입니다

1979년 가을 학기였다. 강의실에 막 들어서려는데 학생들 일부가 자리가 없다며 서성이고 있었다. 약 200명을 수용하는 계단식 강의실에 배정된 경제원론 강의에는 수강신청 없이 청강하는 학생들이 상당수 있어 좌석이 모자라는 경우가 종종 있었다. 각종 국가고시 준비를 하는 학생들이 학점이수의 부담은 덜면서도 고시에 필수가 되는 교과목들을 청강했기 때문이다. 나도 이유는 달랐지만 대학 재학시 정식으로 수강신청을 하지 못하고 청강한 경험이 여러 번 있던 터라 이를 마다하지 않았다. 그러나 자리가 모자라는 경우가 발생하면 알아서 청강생들이 자리를 비워주곤 하였는데 그날은 유독 자리가 많이 모자랐고 자리를 비워주려는 학생도 적었다.

하는 수 없이 청강생은 정식 수강생을 위해 자리를 비워 달라고 공지했다. 그런데 4~5명 정도가 일어났을 뿐 여전히 서너 석의 자리가 부족했다. 1차 대학입시에 실패한 후 들어온 대학에서 이토록 청강생까지 들이차 만석을 이룬다는 것은 내심 즐거운 일이었다. 내가 그만큼 열강을 하고 있다는 사실을 입증해 주는 것 같아서였다. 그러면서도 지난학기 문무대 관련 발언 이후 내 수업에 누군가 몰래 들어와 강의 내용을 관찰하는 것이 아닌가 하는 의문이 들었다.

나는 뒤쪽으로 가서 강의실 문을 닫고 한 명씩 출결을 확인하기 시작했다. 결국 출석부에 없는 3명이 남았다. 수강신청 여부를 물었더니 하지 않았다 했다. 조금 전 청강생은 자리를 비워 달라 했는데 왜 좌석을 비워주지 않았느냐 물었다. 죄송하다며 워낙 선생님 강의가 소문이 나서 어떻게든 들어보려고 남아 있었다 했다. 그러면 무슨 학과 학생이냐 물었더니 쭈뼛쭈뼛 망설이다가 자기들은 고려대 학생들이라고 답하는 것이 아닌가. 하도 기가 막혀 그렇다면 고려대 학생증을 보자고 했더니 안 가지고 왔다는 것이다. 내 강의를 그토록 듣고 싶어 한다니 반갑지만 등록금도 안 낸 타교생을 위해 본교생의 수업권을 희생시킬 수 없다고 말하며 혹시 내 이름을 아느냐 물었다. 묵묵부답이었다. 그러면 생각나는 대로 고려대 경제학과 교수 3명의 성함을 대보라 했더니 사색이 된 채 답변을 못 하는 것이 아닌가. 결국 내가 우려했던 일이 현실로 나타난 것이란 심증이 굳어졌다. 그러나 이를 확인할 수 있는 방법이 없어 일단 퇴실시키는 것으로 끝냈다. 사실 당시에는 소위 '짭새'라 부르던 사복경찰 및 특수 요원들이 학교에 여기저기 잠복해 있다는 사실을 듣기는 하였지만 강의실에까지 들어와 앉아 있을 줄은 미처 생각조차 못했다.

14. 정신개조교육 참가기

10·26사태 이후 5공화국이 들어섰다. 정국이 불안정해서인지 새 정부의 탄압은 유신정부에서보다 강해졌다. 예컨대 사회 각계각층의 인사들을 소집하여 일종의 사상교육을 실시했던 것을 들 수 있다. 누구도 이런 식의 정신교육을 원하지 않다 보니 각 대학은 결국 신임교수들 중 일부를 차출하여 교육 대상자로 파견하였다. 그동안 한두 가지불미스런 사건의 주인공이 된 전력까지 있어 교육 대상자로 차출된 데대해 이의를 제기하기 어려웠다.

첫 번째 연수는 새마을연수원 교육이었다. 일단 입소하니 수련복이라는 제복을 주었다. 왠지 죄수복 같다는 생각이 얼핏 들었다. 내 명찰에는 이름과 함께 학계 대표라는 직함이 붙어 있었다. 아직 젊었지만 그곳에서는 그렇게 분류되었다. 다른 사람들의 직함을 일별해 보니 새마을 운동원 대표, 주부 대표, 종교 대표, 기업 대표 등이었다. 무언가 섬찟하다는 생각이 들었다. 북한에서나 사용함직한 호칭이란 생각이 들어서였다. 물론 외국인들 눈에는 당시의 한국이 북한과 크게 다르지 않게 보일 수도 있었을지 모른다. 그러나 우리가 세뇌 받아온 교육에 따르면 북한과 비교하는 자체가 말이 안 된다고 믿어 왔었기에 주어진 호칭들이 더욱 이질적으로 다가왔다.

순간 1973년 처음 유학을 떠나 미국에서 첫 학기를 맞을 무렵 받았던 충격이 머리를 스쳐갔다. 강의시간 중 소개된 유엔자료에서 북한 GNP가 남한보다 훨씬 높게 추계된 것을 발견했던 것이다. 처음에는 오타가 아닌가 하는 생각이 들었으나 확인 결과 그렇지 않았다. 우리가 받아온 교육도 매우 편향되고 왜곡된 것임을 비로소 깨닫게 되었다. 더욱 놀라웠던 것은 미국의 한 주요 일간지가 세계 최고 독재자 10위 이내 정치인 명단을 발표한 적이 있었는데 1등이 우간다의 이디 아민, 2등이 필리핀의 마르코스, 3등이 이란의 샤(황제) 팔레비 왕 순이었고, 김일성이 9등, 그리고 박정희가 10등으로 나와 있었다. 도저히 납득할 수 없었지만 당시 미국인들에게 그렇게 비춰진 것을 보고 망연자실했던 적이 있었다. 연수원에서 일어나고 있는 것을 보니 당시의 평가가 전혀 근거가 없는 것은 아니었다는 생각이 들었다.

첫 시간에는 경제문제에 대한 발표가 있었는데 농산물은 점차 국제 경쟁력을 잃어가고 있으므로 공업화에 더욱 박차를 가하기 위해 농산물 시장은 개방해 나가야 한다는 내용이었다. 어처구니없는 인사의 발언이었다. 미국에서 배운 경제이론에 무비판적으로 탐닉한 나머지 자신이 하는 얘기가 무엇을 시사하는지조차 모른 채 무책임한 발표를 하고 있었다. 농촌 새마을지도자라는 사람이 내게 다가와 어려운 심정을 토로했다. 새마을운동을 지속 발전시키기 위해 실시한다는 새마을교육에서 어떻게 저런 얘기가 나올 수 있는지 그리고 마을로 돌아가서 어떻게 전달해야할지 모르겠다며 망연자실해 했다. 나는 발표자 개인의 소견일 뿐 정부의 공식 입장이 아니니 걱정할 필요는 없다고 했다. 계속해서 이러저러한 발표들이 있었지만 귀에 들어오는 것은 거의 없었다. 단지 새마을운동 성공 사례라며 발표하는 사람의 태도나 내용은 거의 사이비 종교 광신도들의 간증기도 같다는 느낌을 주었다. 못들은 것으로 치부하고 저녁식사 후 일찌감치 숙소로 발걸음을 옮겼다.

아 그런데 이게 웬일인가. 눈앞에 나타난 것은 오래전 논산 육군훈련소에서 본 것과 유사한 내무반이었다. 통로 양쪽에 침상이 있었고 한편에 12명씩 총 24명이 함께 숙소에서 취침하도록 되어 있었다. 더욱 충격적인 것은 숙소별로 인원을 파악한다며 입소한 연수생들을 양쪽 침상 위에 두 줄로 도열케 하고 번호를 붙이라고 명령하는 것이었다. "하나" 하고 새마을지도자가 선창하자 "둘" 하고 조계종 총무원 대표가 이어갔고 이어 K재벌 총수라는 분이 "셋" 하고 뒤따랐다. 내가 이제 "넷" 하고 구령을 붙여야 할 순서였는데 나는 그렇게 하지 않았다. 그리고는 24명이 이 방에 다 있는 것을 육안으로도 쉽게 확인할 수 있는데 이렇게 군대 점호하듯 각계각층의 사회지도자들 인원을 파악하는 것이 적절한지 물었다. 작은 소란이 일었다. 연수 담당자들이 급히 한자리에 모여 사태 수습을 논의하기 시작하였다. 그리고 그때까지 작동했던 것으로 짐작되는 녹음을 중지하는 것 같았다. 이어 나를 불러 내더니 그런 식으로 행동하는 것은 중대한 문제를 일으킬 수 있다며 자중해 줄 것을 요청하였다.

자리로 돌아오니 이번에는 취침이 아니라 분임 토의라는 것을 한다고 했다. 분임 토의는 원래 일본에서 생산성 향상 및 경영 합리화를 위해 경영 팀과 종업원들이 머리를 맞대고 생산 공정 개선방안을 숙의하던 과정에서 연유한 것인데 연수원에서 벌어지는 것은 그것과는 거리가 아주 멀었다. 제일 먼저 새마을지도자가 나와서 울먹여가며 새마을운동 성공 사례를 소개했다. 연이어 듣고 있기 민망한 자기반성문 같은 발표문이 뒤따랐다. 그런 연후에 모든 연수생들에게 그곳에서의 연수과정으로 인해 갖게 된 자신의 새로운 마음가짐을 편지로 써서 집으로 부치라는 청천벽력 같은 지시가 내려졌다. 물론 나는 반대하고 나섰다. 어느 나라에선가 하는 일과 흡사하다며 민주 대한민국에 어울리는 연수방식이 아니라고 하였다.

그날 밤 나는 어떤 형태로든 모종의 조치가 내려질 것이란 생각에 잠을 이루지 못하고 있었다. 우리 반은 나로 인해 교육이 중도에 중단되는 바람에 모두들 일찍 자리에 들게 되어 밤은 더욱 길게만 느껴졌다. 어둠이 채 가시지 않은 시각에 누군가 어깨를 가볍게 흔들어 깨우는 바람에 내가 잠시 눈을 붙였었다는 것을 알게 되었다. 소지품을 가지고 나오라 해서 따라 나섰다. 마치 군대에서 전역하는 것 같은 기분도 들었지만 닥쳐올 결과에 대한 두려움 때문에 흥겨울 수는 없었다. 그런데 정문에 다다르니 그냥 집으로 돌아가라 했다. 의외였지만 우선은 다행이라 생각되었다. 아마도 귀가 후 별도 소환이 있으려는가 싶었다. 그러나 예상과는 달리 그 이후 아무 일도 없었다. 나중에 알게 된 사실이지만 당시 연수원 교수로 있던 고등학교 동창 L군이 사태를 잘 수습해 주었다고 들었다. 평생 잊지 못할 고마운 친구였다. 많은 사람들에게 선행을 베풀었던 그는 불행하게도 요절하고 말았다.

새마을 연수원에서 하루 만에 퇴교를 당해 결국 수료증도 받지 못한 채 학교로 돌아왔다. 동료 및 선배 교수들 걱정이 이만저만이 아니었다. 그러고는 내게 사태 수습 차원에서 다른 종류의 교육에 지원하라고 권했다. 하는 수 없이 참가한 것이 정신문화원 교육이었다. 연수교육의 핵심은 외국에서 교육받은 젊은 학자들이 외국식 사고방식에 물들어 우리 고유의 것이 얼마나 귀중한지를 깨닫지 못하고 있어 정신개조가 필요하다는 것이었다. 첫 시간에 서울대 C교수가 정중하게 교육목표에 문제가 있다는 의견을 냈다. 이번에는 위험한 길로 가지 말자던 결단이 무색하게 나는 또다시 손을 들어 발언권을 요청하고 있었다. 바로 그때 나보다 훨씬 큰 소리로 질문에 나서는 사람이 있었다. 자신은 나이도 40이 넘었고 귀국한 지도 5년 이상이나 되었지만 최근 국책 연구원에서 대학으로 이직하여 신임교수가 되는 바람에 이곳에 차출된 것 같다고 했다.

당시의 강사는 K대학 H교수로 대표적인 유신정치교수였다. 그는 '이 박사님의 의견에 따르면'이라는 말을 자주 사용했다. 우리나라에서 이름도 없이 '이 박사'라고 통칭되던 분은 이승만 대통령뿐이었는데 그는 당시 문교부 장관을 그렇게 칭하고 있었다. 매우 교조적인 사고를 가진 독일 유학파 학자로 납득하기 어려운 얘기를 자주했던 인사를 그렇게 예의까지 갖추어가며 강의하고 있었다. 질문에 나선 늦깎이 교수는 자신은 공학을 전공한 공돌이라서 오묘한 뜻은 잘 모르겠지만 참으로 좋은 말씀을 하시는 거 같다고 말문을 열었다. 이어서 그는 그런데 왜 교수님 발표 자료는 한글만 있는 것이 아니라 영어, 독일어, 한문, 그리고 일본어가 뒤섞여 있는지 이해가 안 간다며 해명을 요구하고 나섰다. 연수생들이 모두 통쾌하게 웃었다. 강사는 이후 주눅이 들어 마지못한 듯 강의를 이어가고 있었는데 문제의 공돌이 교수는 일정 간격을 두고 계속 질문을 던졌다. 경상도 사투리로 우렁차게 "스님이요, 질문 있심더."라는 말과 함께 질문이 시작되면 강사는 기가 질린 듯 눈에 총기를 잃었고 그의 카랑카랑하던 목청도 끝내 가라앉고 말았다.

점심시간을 알리는 벨이 울리자 이때다 싶어 강사는 서둘러 강의를 마치려 했다. 그런데 문제의 공돌이 교수는 강의교재를 들고 나가 이렇게 중요한 것을 배우는데 점심쯤 건너뛰면 어떠냐며 매우 중요한 것 같은데 잘 이해가 안 가는 부분을 빨간 볼펜으로 밑줄 쳐 왔다면서 설명을 강청하였다. 여러 사람들이 그래도 식사는 해야 될 것 아니냐며 우선 식당으로 가자고 했다. 그런데 공돌이 교수는 식사가 문제냐며 밥도 안 먹고 강사 옆에 붙어 계속 질문을 해대는 것이었다. 최고수급 항변가 모습을 목격할 수 있어 너무나 즐거웠다. 그런데 공교롭게도 문제의 교수와 같은 숙소 팀이 되었다. 그리고 분임 토의에서 대체로 내가 먼저 질문은 꺼냈지만 결정타는 이분이 계속 날리고 있었다. 당황한 연수담당 교수들이 결국 토의과정 녹음을 중단하고 말았다. 감당하기 어려운 의견이 계속 쏟아져 나왔기 때문이다. 그분 덕분에 지겨운 분임 토의가 일찍 종료되고 잠자리에 들 수 있었다.

그런데 이게 웬일인가. 새벽녘에 또 누군가 내 어깨를 흔들어 깨우더니 짐을 챙겨 따라 나오라는 것이다. 이번에는 내가 크게 문제를 일으킨 편도 아닌데 웬일인지 의아했다. 짐을 챙기며 옆자리를 보니 문제의 교수는 깨우지조차 않는 게 아닌가. 숙소 밖으로 나왔더니 불행한 소식 전해드리게 되어 죄송하다는 말부터 건네 왔다. 갑자기 불안이 엄습해 왔다. 그런데 정작 다음에 전해준 말은 장인께서 돌아가셨다는 소식이었다. 안도와 슬픔이 교차했다. 여하튼 다행인지 불행인지 이번에도 연수과정을 마치지 못하고 떠나게 되었다.

그래서였는지 학교는 다시 내게 아카데미 하우스에서 열리는 학생지도 대책회의에 다녀오는 것이 좋겠다는 의견을 전해 왔다. 일 년 내내 교육만 받다 끝나는 기분이었다. 이번에는 학생처장급 교수들과 원로교수들도 일부 참여하는 교육이었다. 다행히 앞서 두 교육과정과는 분위기가 사뭇 달랐다. 물론 여기서도 조별로 분임 토의를 하는 것은 같았지만 숙식부터 모든 것이 자유로웠다. 핵심 주제는 실효성 있는 학생지도방안의 강구였다. 아무리 떠들어도 해결될 일이 없는 주제이니 대충 시간이나 때우고 형식적인 보고서나 만들어내면 될 듯싶었다. 우리 팀 조장은 영화감독인 Y교수였다. 이분은 젊은 사람 대신 자신의 지우였던 시인 S교수를 간사로 지명하며 다음날 회의내용을 요약·발표해 달라고 부탁했다.

그런데 정작 문제는 무슨 내용을 전할까 하는 것이었다. 이때 Y대학 의대교수라는 분이 나서서 자기에게 정답이 있으니 걱정 말라고 하였다. 내용인 즉 요즘 학생들이 시도 때도 없이 시끄럽게 구호를 외치고 거리로 나가는 것은 엄마들에게 일차적 책임이 있다고 하였다. 아이들에게 젖을 안 먹이고 우유를 먹여 키우는 바람에 아이들이 성장해서도 "음매, 음매" 하고 울부짖듯이 비명을 지른다는 것이었다. 그러니 학생지도는 엄마들의 모유 수유습관부터 정착되어야 장기적인 대응이 가능하다는 취지의 발언을 하였다. 우리 조는 이 의견을 만장일치로 통과시켰다. 다음날 우리 조의 대책을 발표할 때 S교수는 소 울음 소리 흉내까지 내가며 학생지도의 궁극적 대안이란 제목의 결의문을 아주 천천히 읽어나갔다. 그리고 연수 참여자 모두의 우레와 같은 박수를 받으며 하단하였다. 이번에도 논리적인 항변 대신 그야말로 수준 높은 해학으로 대처하는 사람들의 지혜를 목격하며 큰 깨우침을 얻었다. 중요한 것은 이로써 연수교육 이수 의무를 마침내 끝마칠 수 있었다는 점이다.

15. 고함은 쳐보았으나

1980년 5월, 언론이 완전 통제되어 광주지역에서 어떤 일들이 벌어지고 있는지 전혀 알 길이 없었다. C교수가 단파 라디오로 일본과 대만 방송을 수신해 얻은 소식에 따르면 계엄군이 광주로 진격하면서 시민 시위대에 발포하여 많은 사상자가 발생한 것으로 추정될 뿐이었다. 광주로 오가는 길이 원천 봉쇄되어 사건의 전말은 파악 자체가 어렵다고도 했다. 영혼이 떠나버린 듯 마음을 추스르기 어려웠다. 강의가 없는 시간이면 삼삼오오 모여 다각적으로 정보를 수집하려 노력했지만 확신할 수 있는 것은 없었다. 그러던 중 계엄령은 전국으로 확대되었고 대학들은 휴교에 들어갔다. 단 학생들의 집단유급을 막기 위해 강좌별로 과제물을 부여하여 성적 처리를 하라는 지시가 내려졌다. 동료들과도 떨어져 집에 머무르고 있자니 더욱 암담하였다.

들리는 소문에 학교 교정은 탱크와 장갑차 그리고 시위 진압을 위해 동원된 특전사 부대원들로 꽉 찼다고 했다. 그리고 이들 병력이 학교로 진입하던 날 도서관에서 공부하던 학생들과 성균관 근처에서 저녁 모임을 갖고 있던 학생들은 물론 연구실에 남아 실험을 하던 교수들까지 개 패듯 두들겨 맞았다는 소식도 지나는 길로 들었다.

당시 나는 삼성동에 있는 15평 규모의 AID차관아파트에 살고 있었다. 그런데 그 학기 내가 맡은 강좌(주 당 26시간)의 수강 학생수가 천 명을 육박했었다. 그 많은 학생들이 과제물을 우편으로 제출하니 이를 전달해야 할 집배원이 큰 곤욕을 치르게 되었다. 승강기도 없는 5층 건물 꼭대기 층이었기 때문이다. 게다가 아내의 학생들 과제물까지 함께 도착하니 집배원의 고충은 이만저만이 아니었다. 집배원은 왜 교수님들은 주로 5층에만 사는지 모르겠다며 푸념하는 것으로 노고를 풀고 있었다.

얼마 후 성적 처리를 위해 학교 방문이 잠정적으로 한나절 허용된다는 연락이 왔다. 교문에 이르니 수위는 온데간데없고 군인들이 수위실을 위병소처럼 사용하고 있었다. 누구냐고 묻기에 경제학과 교수라 했더니 신분증을 요구했다. 그런데 물끄러미 신분증을 들여다보던 군인이 이렇게 말하는 것이 아닌가. "에이 교수가 아니라 이거 조교수 아니야?" 아마도 조교수와 조교를 착각했던 것 같다. 조교수도 교수라는 설명을 뒤로 남긴 채 교정으로 들어섰다. 성균관 옆 비천당 앞에 이르니 군 탱크와 장갑차들이 즐비하게 정렬되어 있었다. 그 위쪽에 위치한 교수회관 건너편 대운동장에는 수많은 탱크들과 병력이 진을 치고 있었다. 빼앗긴 교정을 보고 있자니 마치 조국을 잃은 식민지 백성이 된 기분이었다. 연구실을 열었더니 도서와 비품들이 어지럽게 흩어져 있었다. 성적 처리에 필요한 자료만을 간단히 챙겨 30분 내에 퇴실하라는 명령이 하달되었다. 잠시 의자에 등을 기대고 눕는 순간 주체할 수 없이 눈물이 흘렀다.

그러다 잠깐 잠이든 것 같았다. 연구실 문을 열고 동료 교수들의 연구실을 돌아보니 이미 모두 떠난 듯했다. 교수회관은 실로 깊은 정적에 빠져 있었다. 저 밖에서만 군인들이 훈련받으며 내는 기합소리가 창문을 비집고 들어오고 있을 뿐이었다. 다소의 불안이 엄습해왔다. 그런데 당시 나는 대학생 때처럼 군화를 즐겨 신었고 위에는 가죽점 퍼를 애용해 입고 다녔으며 머리는 짧게 깎아 얼핏 보면 군인 같아 보인다는 얘기를 가끔 듣곤 했다. 긴장감을 억누르며 교수회관 앞길을 내려가 비천당 앞에 이르렀을 때였다. 총검술 훈련을 하던 군인들이 휴식 시간이 되었는지 삼삼오오 모여 담배를 피우고 있는 모습이 시야에 들어왔다. 그런데 그중 두어 명 정도가 학교 담장으로 가더니 바지 지퍼를 내리고 소변을 보는 것이 아닌가. 그 순간 나의 두려움은 분노로 변하고 말았다. 아니 남의 학교에 그것도 환한 대낮에 국방의무를 다해야 할 군인이 문화재 재산인 성균관 담벼락에 소변을 보다니. 격앙된 감정은 높은 톤의 고함으로 이어졌다. "여기서 뭐하고 있는 건가? 이곳이 문화재 관리국 재산이란 것도 모르는가?" 화들짝 놀란 군인들이 급히 옷을 추어 올렸다. 아마도 이들은 나를 사복 입은 군 특수요원 정도로 착각했던 것 같다. 하기야 교수들은 이미 모두 학교를 떠난 지 한참 되었으니 내가 교수일 것이란 생각은 못 했던 것 같다. "체통을 지켜, 체통을"이라는 말을 남기고 어쩔 줄 몰라 하는 군인들을 뒤로하고 정문으로 향했다. 나도 모르는 사이에 나의 발걸음은 속도를 더해가고 있었다. 지금이라도 내 신분을 눈치채고 쫓아오는 것은 아닌가 싶은 생각에 등허리가 절반은 없는 듯 써늘함을 느끼며 발걸음을 재촉해 갔다. 정문을 지나치고 나서야 비로소 안도의 한숨을 들이 쉬었다. 긴 하루였다.

16. 남영동에 다녀오다

1982년으로 짐작된다. 학생처장으로부터 예기치 않은 연락이 왔다. 경제학과 학생 한 명이 반정부시위 사전모의 혐의로 모처에 연행되어 있다는 것이다. 수고스럽지만 학과장이 그곳으로 직접 가서 신분 보증을 하면 구속된 학생이 석방될 수도 있다는 내용의 전갈이었다. 학생을 풀어준다면야 무엇이든 망설일 이유가 없었다. 그런데 이번에는 경찰서에서 석방시켜줄 때와 사뭇 그 절차가 달랐다. 전해 받은 전화번호로 연락을 했더니 서울역 서북쪽 출입구로부터 남쪽 방향으로 두 번째 전신주 앞에서 아침 9시에 대기하고 있으라는 것이다. 혹시나 싶어 30여 분 일찍부터 나가서 기다렸다. 마치 영화에서 간첩들이 접선하는 모양새가 되어 버린 듯싶어 기분이 떨떠름했다. 지나가는 사람들이 쳐다보는 것 같기도 하여 어색한 태도로 마음 바장이고 있을 때 검은색 지프차가 앞에 와 섰다. 검은 색 안경을 쓴 요원의 안내로 차에 올랐는데 밖이 보이지 않았다. 피차 아무 말도 하지 않은 채 우리는 얼마간 이동하는 차안에서 어색한 동행을 하였다. 실제보다는 긴 시간이 지난 것처럼 느껴질 무렵 어디선가에서 차가 멈추었다.

내려 보니 이렇다 할 특징도 없는 다소 음산한 분위기의 건물이었다. 안내를 받고 들어간 다음 한동안 또 기다렸다. 긴장이 풀리면서 다소의 무료함에 살짝 졸음까지 오려는 찰나 문 열리는 소리가 요란스레 나더니 직급이 꽤 높아 보이는 사람과 그의 보좌관인 듯싶은 사람이 함께 들어왔다. 책임자로 보이는 사람이 필요 이상의 미소와 친절한 어투로 학생 지도에 얼마나 노고가 많으시냐는 말부터 시작해서 다분히 형식적인 내용의 인사치례를 해왔다. 그리고 본인들이 취조한 학생은 자신의 생각이 어리석었다고 후회하며 선처를 호소하고 있어 교수님만 보증해 주신다면 훈계 방면해 주겠다고 하였다. 잘되었다 싶어 나도 공치사를 곁들여가며 이미 작성되어 있는 보증서에 서명하였다. 그러자 구금되었던 학생을 데리고 나와 대면시켜 주었다.

그런데 그토록 강성이었던 학생은 어색한 웃음까지 지어가며 자신이 생각이 짧아 경거망동하는 바람에 본의 아니게 학교와 교수님께 누를 끼쳐 죄송하다고 머리를 조아리는 것이 아닌가. 이어 책임자로 보이는 인사가 내게 교수님의 협조로 일이 원만하게 처리될 수 있었다고 치사했다. 그런데 예상과는 달리 학생을 그 자리에서 풀어주지는 않았다. 오후에 치안본부로 이송시킬 계획이니 그곳에 가서 데리고 가라고 했다. 하릴없이 다시 검은색 안경을 쓴 경호원 안내로 검은색 지프차를 타고 서울역 서북쪽 입구로 돌아왔다. 갈 때보다는 짧은 시간에 도달한 듯 느껴졌다. 근처에서 이른 점심을 한 후 서둘러 서대문에 있는 치안본부로 갔다. 그러나 학생을 인도받은 것은 일과가 거의 끝나는 오후 5시경이었다.

그런데 1987년 1월 4일 서울대 학생 박종철 군 고문사 사건이 세상에 밝혀진 후 곰곰 생각해보니 내가 그날 다녀온 곳이 바로 남영동 분실이 분명해 보였다. 등골이 오싹했다.

17. 폐과라니요?

철옹성 같던 5공화국의 공포정치의 효력도 점차 약해지며 1985년에 들어서서는 굵직한 사건들이 연이어 터졌다. 그 중 하나가 5월 23일 미문화원 점거사건이었고 또 다른 하나는 11월 14일 민정당사 점거농성사건이었다. 후자의 경우에는 3개 대학 13명의 학생이 주도하였는데 그 중 9명이 성대 학생이었고 또 그 중 5명이 경제학과 학생이었으며 나머지 4명은 사학과 학생이었다. 공포정치 세력의 본거지를 학생들에 의해 점거당한 정부는 극도로 분노한 나머지 성대 경제학과를 폐과할 수도 있다는 말을 학교 당국에 전해 왔다. 그저 화가 나서 하는 소리려니 하고 신경조차 쓰지 않았다. 그런데 막상 정부로부터의 압력에 직면한 학교 당국은 공개적으로 경제학과 폐과 안을 공론화해 가고 있었다. 참으로 한심한 추태였다. 학생 몇몇이 시위를 주도하였다고 학생의 소속 학과를 폐과시킨다면 차후 과연 어느 대학 어느 학과가 살아남을 수 있을지 묻고 싶었다. 가증스러운 것은 이러한 상황에서 교내시위만 발생하면 무조건 경제학과 학생들일 것이란 가정 하에 우리에게 학생들을 해산시키도록 종용하는 친 독재정권 성향의 학자들 목소리가 커지고 있었다는 점이다.

여하튼 그날 전체교수회의에서도 경제학과 폐과 문제가 다시 거론되는 바람에 경제학과 교수 일동이 항의차 총장을 방문하고 있었다. 그런데 갑자기 모 대학 학장이 총장실로 들어오더니 지금 경제학과 학생들이 시위중인데 이렇게 한가하게 앉아들 있으면 어떻게 하냐며 우리를 겁박해 왔다. 하는 수 없이 현장으로 나가 보았는데 시위학생 집단은 바로 그 학장이 소속된 학과 학생들이었다. 모처럼의 반격 기회가 왔다고 생각하여 다시 총장실로 갔다. 가는 중에 학과 최고 연장자인 A교수가 자기에게 처리를 맡겨 달라 했다. A교수는 들어서자마자 학교 당국이 애시당초 경제학과 폐과 운운한 것부터 잘못이라는 말부터 꺼냈다. 그리고는 어느 과잉 충성하려는 작자가 총장의 총명을 흐려 어려운 학교 사태를 이런 식으로 몰아가게 만들었냐며 일갈을 토했다. 바리톤의 낮지만 창문이 쩡쩡 울릴 정도의 큰 목소리였다. 이어 우리를 채근했던 교수를 향해 제 새끼도 몰라보는 주제에 누구에게 덤

터기를 씌우려 하는가라고 고함을 쳤다. 그러고는 학과 교수 모두가 함께 총장실을 나왔다.

그러나 문제는 쉽게 수습될 기미를 보이지 않았다. 급기야 청와대에서 모월 모일 ○○식당으로 나오라는 전갈이 왔다며 대학본부가 당시 학과장이었던 나에게 이 사실을 학과 교수들에게 전달하라 했다. 그러나 나는 사립대학 교수가 반드시 공무원의 명령을 따를 필요는 없다고 답했다. 결국 대학본부에서 경제학과와 사학과 교수 전원에게 이 모임 참석을 종용하는 전화를 직접 해왔다. 나는 계속해서 갈 필요가 없다고 강변했고 상당수 교수가 동의했다. 폐과하겠다는 발상 자체가 납득할 수 없는 일이기도 했지만 만일 실제로 폐과 절차에 들어갈 경우 예상되는 학생소요는 어떻게 감당하려고 그러는지 이해하기도 어려웠다. 이때 원로교수인 A교수가 찾아왔다. 그리고 일단은 우리 함께 청와대가 주선한 모임에는 나가야 할 것 같다고 하였다. 당시 C교수의 막내아들이 시위 관련 사범으로 투옥 중이었는데 만일 우리가 초청까지 무시하면 C교수 아들이 더 큰 피해를 입을 수도 있기 때문이라 했다. 역시 인생경륜이 높은 분이어서 사려가 깊다는 생각에 학과 교수 전원에게 회의 참석을 부탁하게 되었다.

안국동 골목 안 어느 전통한정식 집이었던 것 같다. 사학과 교수들까지 합쳐 십여 명의 교수들이 침울하게 앉아 기다리고 있었다. 갑자기 와자지껄하는 소리와 함께 민정수석과 문교부 차관 그리고 신분을 알 수 없는 두어 사람이 함께 들어왔다. 마치 약속이나 한 듯 아무도 일어나서 그들을 맞이한 사람은 없었다. 그만큼 그날 그 자리에 불려 갔다는 사실 자체가 불쾌하다는 심정을 무언의 행동으로 보여준 셈이었다. 거들먹거리는 발걸음으로 들어온 L수석은 우선 술부터 한잔씩

하자며 권주를 하였는데 한 손으로 술을 따랐다. 그래서 나도 한 손으로 받았다.

술이 한 순배 돌아가기가 무섭게 L수석은 왜 학생들이 학업에 열중하지 않고 정치문제에 관여하는지 이해가 안 간다며 말문을 열었다. 그러자 C교수가 격앙된 음성으로 학생들은 군인이 국방에나 힘쓸 것이지 왜 정치를 하느냐고 생각하기 때문이라고 대응했다. 이렇게 시작된 말 겨루기는 얼마간 계속되었는데 평행선을 그리는 입장 차이만을 확인했을 뿐이었다. 일단 예상외로 기선잡기에 어려움을 겪던 L수석은 말을 바꿔 우리가 이렇게 잘살게 된 것도 그간 국민들이 다소의 희생을 감수해주었기 때문 아니냐며 반문해 왔다. 그러자 C교수가 우리가 원하는 것은 경제발전 이전에 민주사회의 건설이라며 말문을 열었다. 그리고 동구라파 국가들 중 우리보다 소득이 높은 나라도 있지만 우리는 그보다 소중한 민주적 가치를 추구하고 있기에 조국에 대한 자부심을 가질 수 있는 것이라고 되받았다. 할 말이 궁해진 L수석은 "아 선생님은 전공이 무엇이기에 이런 말씀을 하시는지요?" 라고 다소 공손해진 태도로 물었다. C교수는 "남의 전공은 물어서 뭣하오. 그저 제시한 주장의 정당성만 얘기합시다"라고 쏘아붙였다.

바로 이때였다. 너희들은 떠들고 싶은 대로 떠들어라 하는 식의 태도로 약주만 계속 들이키던 A교수가 갑자기 L수석에게 거의 반말로 "이 보오, 당신들은 박통보다 정치할 줄을 모르고 있소"라고 말문을 열었다. 당황한 L수석은 "어째서 우리가 부족하단 말씀이십니까?"라고 반문했다. 그러자 A교수는 "왜 당신들 애들 땅 뺏어서 재벌 줘?"라는 힐난 성 질문을 던졌다. 경기고와 서울고를 강남으로 옮기게 하고 그 자리를 현대그룹 등이 인수한 일을 이렇게 표현했던 것 같다. "우리가 왜 박통 때만 못 합니까?"라는 식으로 말머리를 돌리려는 순간 "못 해"라고 A교수는 잘라 말했다. L수석이 이후 한 말은 "더 잘합니다, 아주 많이 더 잘" 뿐이었다.

난장판이 되다시피 한 회의를 나는 학과장 입장에서 어떻게든 수습할 필요가 있다고 생각했다. 그래서 L수석에게 우리의 입장을 전했다. 국정에 바쁘신 분께서 이렇게 귀중한 시간을 할애해가며 우리를 초청해 준 것은 고맙지만 우리는 즐거운 기분으로 나온 것은 아니라는 점, 그리고 실현 가능성도 없는 폐과 운운하는 얘기는 오히려 학생들의 반발만 부추길 것이라는 점, 그리고 오늘 진정으로 우리에게 실효성 있는 학생지도 방안을 듣기 위해 오셨다면 보다 정중하게 예우해 주었으면 더 좋았을 것 같다는 점 등이었다.

그랬더니 "그렇다면 대안이 있소?"라고 대뜸 반문해왔다. 그래서 나는 우선 학교에서 학생소요가 있을 때마다 교수들을 강제 동원하여 몸으로 막도록 강요하는 방식을 버리라 했다. 그런 식으로 정권의 하수인처럼 행동하는 교수를 어느 학생이 존경하고 따르겠느냐고도 했다. 이어서 학생처장이 출결을 확인하니 마지못해 시위현장에 나가기는 하지만 물리적으로 학생들을 저지할 의사가 있는 교수는 거의 없다는 점, 그래서 대다수 교수들은 팔짱을 끼거나 뒷짐을 지곤 하는데 단지 이런 교수들을 촬영해서 방관교수 또는 오뚝이교수라는 식의 오명을 붙여가며 무언의 압력을 가한다면 이들이 진정한 학생지도에 나설 가능성은 더욱 희박해진다는 의견도 건넸다.

내친김에 문무대 군사훈련 방식의 문제점까지 꺼냈다. 대학교수라면 하늘처럼 생각했던 학생들이 대학에 들어오자마자 문무대 교육에 동원될 때 새벽부터 석촌 호수부지에 전부 불려나가 손을 흔들며 배웅하는 모습을 보거나 훈련기간 중 위문차 찾아오는 교수들을 보면 과연 존경심이 나올 수 있느냐고도 했다. 의견이 군사훈련 문제에 이르자 내내 불쾌감으로 일그러진 채 마지못해 듣고 있던 L수석은 다시 "대안이 있소?"를 반복하며 마치 보안법을 적용할 기회라도 잡은 듯 흥분된 어조로 언성을 높여 왔다. 나는 대만의 군사훈련 사례를 꺼냈다. 대만에서는 학생들의 군사훈련은 주로 방학 중에만 실시되는데 그것도 가까운 친구끼리 삼삼오오 짝을 지어 함께 훈련에 참가하도록 배려하며 훈련이 끝나면 해변 등지에서 캠프 화이어까지 해가며 일종의 축제 같은 분위기로 훈련을 종료한다는 점, 그리고 훈련 내용은 주로 새로 나온 무기의 조작법 숙지와 숙달 과정에 치중한다는 것을 전했다.

그런데 한국에서는 학생 군사훈련은 물론 예비군 훈련마저도 그저 참석만하면 끝나는 것으로 인식되어 있다고 했다. 더구나 예비군을 화물운송용 소형트럭 뒤에 실어 나르는가 하면 그 자랑스러운 얼룩무늬 예비군복을 입은 사람들이 아무데서나 소변을 볼 정도로 정신상태가 흐트러지게 하는 훈련방식, 그리고 직장예비군 훈련에 가면 소방분대, 경계분대 등 소속 현황만을 알려준 채 불이 났을 때 응급대응이란 홍보물을 몇 년씩 반복해 틀어주는 방식이 과연 유사시 예비군을 제대로 적재적소에 투입시킬 수 있는 대안이 될 수 있느냐고 항변했다. 모처럼 기회를 잡았다고 생각했다가 오히려 크게 한 대 얻어맞은 꼴이 된 L수석은 순간 말문이 막혀 버린 듯 보였다. 그러더니 문교부 차관을 쳐다보며 왜 귀하는 이런 일들을 제대로 구상도 해보지 않았냐며 힐문조로 말을 돌렸다. 차관은 대답 대신 무선전화기를 계속 귀에 댄 채 "아 지금 야간인데도 불구하고 외국어대학에서 시작된 학생시위가 진정될 기미가 없다는 급보가 왔습니다."라는 말로 즉답을 피해 갔다.

이때다 싶어 나는 학과장으로서 학과를 대표해서 말씀드리겠다고 하며 대학 시위문제 등으로 신경 쓸 일도 많으실 것 같아 오늘은 이만 일어서는 게 좋겠다고 생각한다고 화두를 돌렸다. 그리고 답변도 나오기 전 모두 그 장소를 나와 버렸다. 마치 10년 체증을 다 날려 보낸 듯 통쾌한 기분으로. 그리고 무엇보다 다행인 것은 그 이후 정부가 더 이상 경제학과 폐과 문제를 거론하지 않게 되었다는 사실이다.

18. 김귀정 영결식

1987년 1월 4일 남영동 대공 분실에서 발생한 서울대 박종철 군 고문사 사건과 같은 해 6월 9일 연세대 교내시위 도중 사망한 이한열 군 사망사건에서 촉발된 전국적 반정부시위는 6·29선언이라는 귀중한 성과를 얻어냈다. 그럼에도 불구하고 노태우 정부 하에서 대학생들의 시위는 그칠 줄 몰랐다. 그러던 중 1991년 5월 25일 시국관련 시위에 나섰던 성대 김귀정 양이 시위 도중 사망하는 불상사가 발생하였다. 분노한 학생들은 김양에게 열사 칭호까지 부여해가며 시위를 확대해 나갔고 정부는 이를 무마하기 위해 여러 각도로 학교를 압박해 왔다. 당시 나는 1980년을 전후한 시기에 함께 시국 관련 서명 작업에 참여했던 교수들 삼사십 명과 김양 시신이 안치되어 있던 명동 근처 백병원으로 조문을 갔다. 물론 교수협의회 이름으로 조의금도 일정액을 가지고 갔다. 이를 두고 비판하는 교수들도 있었다. 나는 우리가 가르치던 학생이 졸지에 불행을 당하였으니 그 유가족을 위로하기 위해 조문가는 것일 뿐이라 일축하며 개의치 않았다.

한편 학생들과 유가족 뜻에 따라 김양을 학생장으로 치루는 데는 합의가 되었으나 시신을 학교로 운구해 오는 경로를 두고 학생들과 학교 측 일부 교수들 간에 이견이 생겼다. 유학대학 교수들 중 일부가 학교 정문으로 시신을 운구하는 것을 절대로 허용해서는 안 된다 했다. 성스러운 대성전 앞을 시신이 통과할 수는 없다는 것이었다. 나와 대다수 교수들은 학생들과 입장이 같았다. 학교에 다니던 학생이 시위도 중 불행하게 사망해 학생장으로 장례를 치르기로 결정까지 했는데 정문으로 들어오는 것을 왜 문제 삼는지 이해가 안 되었다. 반대하는 유학대학 교수들의 의견은 관례와 전통이 그러하다며 우리 대학 초대 총장이며 독립투사였던 심산 김창숙 선생도 돌아가셨을 때 학교장으로 장사는 치렀으나 시신은 후문으로 들어왔다는 것이다. 그러면서 성균관 역사 전체를 통해 시신이 대성전 앞을 지난 적이 없다는 점을 강조하였다.

전통을 지키는 것도 좋겠지만 납득하기 어려운 것이라면 시정할 필요가 있다며 나는 반론을 폈다. 그리고 내가 읽은 기록에는 수많은 사람들이 6·25전쟁 당시 대성전 안에서 죽고 살육당했다는 점까지 지적하면서 반대 사유의 논리가 부족하다고 주장했다. 더구나 불교나 기독교에서는 망자의 영혼을 극락으로 갈 수 있도록 기원하고 남은 유가족을 위로하는데 유교는 왜 죽은 자를 불경하거나 죄악시하는가 물었다. 그리고 과연 이것이 공맹사상에 부합하는 관행인가도 묻고 싶다 하였다. 회의장은 순간 조용해졌고 결국 총장은 점심식사 겸 잠시 휴회하겠다고 하였다.

나와 유학대학 교수들은 점심식사를 하면서도 논쟁을 계속하였다. 이들은 논리에서 밀리자 이 교수는 과연 학문이 무엇인지 아느냐고 물어 왔다. 나는 쉽게 말하자면 인간의 핵심 관심사에 본질적 해답을 얻기 위해 부단히 연구하는 과정이라 했다. 그랬더니 그렇게 무식한 식견을 가지고 있으니 그런 발언을 했다며 나무랐다. 그리고는 나도 대학생 시절에 배워서 이미 익숙했던 공자 말씀의 일부를 들먹였다. 이어서 몸까지 좌우로 흔들어가며 암송하더니 그 의미를 가르치려 들었다. 나는 그렇다면 과연 독재정권에서 돈을 받아 유교신문이나 발간하며 항상 친정부적인 논조를 유지하는 것이 진정 학문하는 사람의 길인지, 그리고 밝은 심성으로 언행이 일치하는 처신을 행하라는 공자의 말씀에 부합되는 처사인지 다그쳐 물었다. 도대체 선생님들은 유학을 연구하는 사람들인지 유학의 경전 내용을 맹목적으로 암기하고 지키려는 유교집단인지도 물었다. 그러니 세상이 바뀌어도 현대사회에 걸맞는 패러다임을 제시하지도 못한 채 낡은 과거 논리로 사장되어가는 길을 재촉하는 것 아니냐고도 했다.

격분한 교수 한 분이 경전의 또 다른 부분을 암송하며 이것을 모르는 것 같으니 가르쳐 주겠다고 나섰다. 그때였다. 함께 식사하던 L교수가 갑자기 언성을 높이며 일갈을 토했다. 그는 유학보다는 제자백가를 주로 연구해온 나의 대학시절 은사이기도 했다. "아 그 말은 공자가 하도 무료해서 자위하듯 내뱉은 말이야" 결국 이 한마디에 우리의 논쟁은 파장되고 말았다.

오후에 속개된 회의에서도 쉽게 결론이 나지 않았다. 결국 장사 지내는 날 학생들은 정문으로 운구하겠다고 통보했고 일부 유학대학 교수 측은 성균관 유생들을 동원해서라도 이를 저지하겠다고 선언하였다. 학생장이 치러지는 날 학생들이 김양의 시신을 운구하여 학교 정문에 다다랐을 때 비가 억수같이 퍼붓고 있었다. 이 사건이 어떻게 결론이 날지 몹시 궁금했던 일본 NHK방송은 물론 미국의 NBC방송 등이 열렬히 취재 경쟁을 벌였다. 학생들은 일단 교문 앞에 상여를 내려

놓더니 문 앞을 막고 있던 성균관 유림 대표들에게 자신들의 희망사항을 정중하게 전하고 길을 터달라고 하였다. 그러나 유림 대표들은 묵묵부답이었다. 이에 학생들은 곧 일어나 좁디좁은 언덕길로 상여를 운구하여 비탈진 도서관 옆문을 통해 학교 안으로 들어왔다. 학생들이 양보했지만 논리적으로는 학생들의 승리라고 나는 생각했다. 그때까지만 해도 교수와 학생들 간에는 민주화라는 공동의 목표를 추구하는 동업자적인 유대감이 컸던 시기였기 때문에 학생들이 교수들과의 분란을 피해주었던 것이다.

19. 평창면옥 사건

시국 관련 시위에 참여했던 많은 학생들이 다치거나 구속되는 일이 빈번해지자 평소 가까이 지내던 교수들을 중심으로 어떤 형태로든 공개적으로 의사 표시를 하자는 의견이 모아졌다. 그러나 반정부 서명 전력이 있는 교수 몇 명만 모여도 즉시 경찰에 보고되어 계획했던 일들이 사전 봉쇄되곤 했기에 고심하고 있었다. 저간에 일어나고 있는 현상에 분노를 삭여가며 교정을 서성이던 중 J교수로부터 "6월 26일 3시 평창면옥"이라는 메시지를 전해 들었다.

기본 취지는 1960년 3·15부정선거에 항거하여 시위를 벌이다 실종되었던 마산상고 김주열 군의 시신이 4월 11일 마산 앞바다에서 최루탄이 눈에 박힌 채 떠오르게 된 사건이 4·19 혁명으로 이어졌던 사실, 이로 인해 수많은 학생들이 시위 도중 길거리에서 피를 흘리고 죽어가자 마침내 4월 25일 5시 45분경 전국 27개 대학 3백여 명 교수들이 "학생들의 피에 보답하라"라는 구호를 들고 가두행진을 벌였던 사실, 그리고 그로 인해 다음날인 4월 26일 오전 10시경 이승만이 국민이 원한다면 하야하겠다는 선언을 하게 되었던 사실을 벤치마킹하여 전국 규모 교수 약 3백여 명의 서명을 받아 시위를 하자는 것이었다.

나는 이 시위자 명단에 이름이 포함될 수 있어 기뻤다. 4·19 당시 교수 시위(이를 군자들의 행진이라 부르기도 함) 때 플래카드를 들었던 분은 나의 모교 교수였던 임창순 교수와 변희용 교수(경제학과 교수였고 후에 성 균관대학교 총장을 역임하였는데 당시 민주당 당수였던 박순천 여사의 남편이기도 했음) 였던 사실을 기억하고 있던 나로서는 비록 공식적으로 대표성이 인정 된 것은 아니지만 전국 교수 시위대 일원이 되었다는 사실에 자부심 을 느꼈다.

당일 학교에서 평창동으로 갈 4명의 교수가 택시 한 대에 동승하였 다. 내가 뒷좌석 제일 안쪽에 앉았고 그 옆에 독문학과 C교수가 탔다. 이분은 광주항쟁 발발시 전남대 교수로 있었는데 당시 서방의 유일한 5·18 취재 다큐멘터리로 유명해진 독일 힌츠페터를 도와준 혐의로 투옥된 전력이 있는 분이었다. 좁은 자리에 3명이 뒷자석에 타다 보니 내 오른팔이 C교수 가슴 위에 놓여졌다. 그런데 두근두근 뛰는 가슴의 박동이 그대로 전해져 왔다. 나는 다소 흥분은 되었으나 두려운 생각 은 별로 없었다. 그래서 C교수에게 농담 삼아 물었다. 역전의 용사가 왜 이리 심장 박동이 크냐고. 그랬더니 매도 맞아본 놈이 아픈 줄 아는 법이라 했다. 우문현답이었다.

평창동에 이르니 이미 어떻게 알았는지 천여 명에 가까운 무장경찰 들이 모임 장소 입구를 봉쇄하고 있었다. 먼저 도착한 J교수 일행이 이 미 경찰 저지선에서 고성을 질러가며 몸싸움을 벌이고 있었다. 우리도 택시에서 내려 옥신각신하는 교수 대열에 합류하여 힘을 더해 보았지 만 저지선은 꼼짝도 안했다. 얼마간 시간이 지났을 때 저지선 건너편에서 한양대 L교수팀이 경찰 대열을 헤치고 우리 쪽으로 나왔다. L교수 일행은 언제 어떻게 저지선 안까지 들어갔는지 알 수 없었지만 아무튼 대단했다. 결국 저지선을 마주한 채 우리는 시국선언문을 낭독하고 유인물들을 기자들에게 전달하는 것으로 집회를 대신할 수밖에 없었다.

이어 시내로 피켓을 들고 함께 나가려던 계획마저 봉쇄되자 하는 수 없이 소집단별로 시내로 나가 시위에 참여하기로 했다. 나는 우리 대학 동료인 이 모 교수와 김 모 교수 등과 함께 일단 택시로 시내까지 진출한 다음 소공동을 지나 서울역까지 행진하는 대열에 합류하였다. 그리고 최루탄 속에서 눈물만 흘리다가 어두움이 깔릴 무렵 집으로 돌아왔다. 당일 전국적으로는 약 백만 명에 달하는 사람들이 시위에 나선 것으로 전해졌다.

집으로 돌아온 후에야 비로소 며칠 전 연락을 받고 오늘 평창동 집회를 상의 없이 참가했던 일을 아내에게 전하며 이해해 달라 했다. 아내는 뭐 그런 일을 미리 양해받고 할 필요가 있겠느냐며 자신도 알았으면 같이 나갔을 것이라고 했다. 고마웠다. 사실 1980년 봄에 그랬듯이 이번 일도 상황에 따라 일부 교수들은 수배되거나 해직될 수도 있는 일이었기 때문이다. 그래서 다음날은 토요일이기도 하여 학교에 나가지 않았다. 그런데 29일(월요일) 노태우가 대통령 직선제개헌 요구를 받아드리겠다는 것과 김대중의 사면복권 등 8개항으로 된 6·29민주화 선언을 발표하게 되었다. 그리고 나는 다시 무사히 학교로 돌아갈 수 있었다.

20. '앙가주망'으로 거듭나다

이후 많은 시간이 흘러 정년퇴임한 지도 10년이 다 되어오지만 나는 여전히 저항하는 갈대처럼, 그리고 때로는 애비 없는 후레자식과 같은 언행으로 일관하는 나날을 보내고 있다. 그러다 보니 가끔 지인들로부터 "이 교수는 언제나 철이 들지?" 또는 "이 교수는 못 말리는 반골이야, 반골"이란 소리를 가끔 듣는다. 그런데 이렇게 불리는 것이 그다지 즐겁지는 않다. 자칫 대안도 없이 비방을 일삼거나 심지어 소속집단의 이해에 습관적으로 역행하는 행동이나 하는 사람으로 오해받고 있는 것이 아닌가 싶어서이다. 고집불통의 학자나 딸깍발이라 불러주면 좋을 텐데. 그래서 "야 이 사람들아, 나는 반골이 아니고 정골이야, 정골"이라며 사전에도 없는 신조어를 만들어 가며 항변하기도 한다. 그러나 원래 반골은 원칙과 명분에 어긋날 경우 어떤 권력이나 권위에도 타협하거나 순응하지 아니하고 저항하는 불굴의 정신이란 뜻을 가지고 있으니 거부감을 가지고 받아들일 필요가 없을 성 싶다.

주지하는 바와 같이 실존철학자로서 행동하는 지성을 부르짖었던 사르트르는 자유를 억압하는 모순된 상황과 부조리에 맞서 행동할 것을 주문한 바 있다. 동시에 그는 이른바 '참여문학론'(앙가주망)에서 작가 자신의 자유는 물론 타인의 자유까지 존중하기 위해 스스로를 구속할 것을 주장하였다. 즉, 그의 '앙가주망'이란 자신의 자유의지에 따라 어떤 일을 선택하는 것을 넘어 '자기 구속' 내지 '자기 절제'를 동반해야 한다는 것을 의미한다. 남을 비판하기에 앞서 스스로가 같은 비판으로부터 자유스러울 만큼 항상 자기절제를 생활화할 것을 요구했던 것이다.

물론 나는 이러한 사르트르의 '참여'이념에 충실해 왔다고 생각하지

는 않는다. 사회변화를 선도할 지혜나 용기는 아예 없었고 저항한다
해보았자 그저 소극적 이의제기 정도에 머무는 데 불과한 경우가 대
부분이었기 때문이다. 말하자면 연약한 갈대가 바람에 넘어지지 않으
려 애쓰는 정도, 또는 자신의 존재감을 자신에게나마 확인시키고 싶은
욕구의 분출 정도에 불과했다고나 할까? 더구나 그 정도의 저항도 때
로는 두려움 때문에 망설여지곤 했던 경우가 허다했으니 말이다. 때로
는 이런 저항이 과연 무슨 의미가 있을까 싶은 의문이 들기도 했다. 개
인적 저항이나 희생만으로 세상이 바뀔 리 없다는 생각에서다. 그래도
스스로 위안을 삼고자 하는 것은 그간의 나의 행동이 최악의 상황을
방지하는 데 미약하나마 일조하였으리란 믿음이다. 그리고 내가 단순
히 애비 없는 후레자식 단계에 머무르지 않고 '앙가주망'으로 거듭난,
말하자면 '참여적' 후레자식으로 처신하기 위해 노력해 왔던 것처럼
앞으로도 그리하리라 다짐해 본다.

제2부

월 남 자 의 애 환

1. 팽이의 꿈

아마도 광주항쟁 다음 해(1981년) 6·25 기념일을 전후한 어느 날 초
저녁이었던 것으로 기억된다. 갑자기 하늘이 어두워지고 가랑비가 바
람결에 흩뿌리고 있었다. 초여름인데도 제법 으스스하게 느껴질 만큼
음산한 날씨였다. 마치 무언가 불길한 일이 일어날 것만 같은 생각이
스쳐갈 즈음에 갑자기 높은 톤의 금속성 전화벨 소리가 귓가를 때렸다.

"저, 준호인데요, 아버지가……, 아버지가 교통사고로 돌아가셨어
요."

불길했던 예감대로 조카로부터 형님의 사망 소식을 듣게 되었다. 그
런데 부피를 더해 가는 서글픔 사이를 뭉게구름처럼 헤집고 나오는 어
처구니없는 생각에 그만 쓴웃음을 지었다.

'아! 이젠 윙윙 우는 팽이는 더 이상 기대할 수 없게 되었구나.'

돌아가신 분은 내게는 팔촌형님으로 우리 집안의 종손이었다. 연배

로는 내게 아버지 같았지만 자기보다 훨씬 어린 나의 숙부께 만날 때마다 큰절을 올리곤 했던 분이다. 숙부는 연상의 조카로부터 절을 받는 것이 당연한 듯 주로 반말로 하대하며 맞곤 했다. 나는 형이라고 부르기가 마냥 조심스러워 가능한 한 부르지 않고 눈이 마주친 다음에야 말을 붙이곤 했다. 그리고 불가피할 때는 죄송해서 모기만한 목소리로 "형님"이라고 부르곤 했던 분이다.

어렸을 적에 나는 형님이 언제 올까 손꼽아 기다리던 날이 많았다. 박달나무를 잘라 나이테 무늬가 있는 커다란 팽이를 만들어 주겠다고 약속했기 때문이다. 물론 찾아올 때마다 빈손이었지만 다음에는 꼭 만들어 주겠다는 말을 무작정 믿고만 싶었다. 가정 형편상 제대로 된 팽이를 살 수가 없어 친구들이 쓰다 버린 것을 주워 가지고 놀던 때였기 때문이다. 그러다 보니 친구들과 팽이치기 싸움에서 항상 지는 수밖에 없었고 또 그것이 어린 마음에 큰 상처로 남곤 했다. 그러나 언젠가 형님이 크고 힘센, 웽웽 소리 내는 팽이를 만들어 주기만 한다면 다른 애들 팽이를 내팅겨 버릴 수 있을 것이란 기대를 갖곤 했었다. 그런데 이제 형님이 돌아가셨으니 친구들과의 팽이 싸움에서 위세를 보일 수 있는 크고 힘센 팽이를 가질 수 있으리란 어릴 적 나의 꿈도 함께 사라져 버렸다는 생각이 무심코 뇌리를 스쳐갔던 것이다. 더 이상 팽이 싸움할 시대도 나이도 아니었는데 말이다.

형님이 한 번 만이라도 고향에 돌아가 보고 싶다던 꿈을 못내 이루지 못한 채 돌아 가셨다는 사실은 내게도 주체할 수 없는 서글픔으로 다가왔다. 황해도 벽성군 운산면이 나의 고향이고 그곳에는 전의 이씨 집성촌이 있었다. 그리고 돌아가신 팔촌형님이 우리 문중의 종손이었다. 우리 집은 오백석꾼이었는데 형님 댁은 천석꾼이었다. 운산면 전체에서 가장 영향력 있는 집안 중 하나였다. 그러나 그토록 염원했던 한국의 독립이 남북 분단으로 이어지면서 우리 집안에도 감당하기 힘든 재앙이 닥쳐오고 말았다. 1946년 3월 5일부터 북한에서는 이른바 북조선 토지개혁이 시작되었고 모든 지주의 땅은 무상으로 몰수되었던 것이다. 원래 1년 이내 완결을 목표로 시작된 토지개혁은 불과 20일 만에 끝났을 정도로 급속히 진행되는 과정에서 엄청난 수탈과 만행이 자행되었다. 땅의 소유권을 보존해 볼 심산으로 팔촌형님은 집문서를 가지고 산중으로 숨었는데 결국 형님의 어머니와 처 그리고 두 딸이 반동 가족으로 몰려 처형되는 끔찍한 결과를 초래하고 말았다. 이를 멀리서 숨어 보며 오열했던 형님은 두 번 다시 집으로 돌아오지 못한 채 남으로 떠나 왔고 얼마 후 우리 식구들도 뒤를 이어 삼삼오오 흩어져 월남하게 되었다.

증오와 한 속에서 피난민촌을 전전하던 형님은 한국전쟁이 일어나자마자 해병대에 자원 입대하였고 한풀이하듯 공산군에 맞서 싸웠다. 그리고 전쟁이 끝나자 경찰에 투신하여 오로지 간첩 잡는 일에만 전력을 다하였다. 그리하여 간첩 잡는 귀신이란 별명이 붙을 만큼 많은 공을 세우고 또 표창도 받았다. 급기야 정부는 본보기적 포상 차원에서 경기도청 소속의 형님을 서울 시경 산하 ○○경찰서 총무과로 영전시켜 주었다. 주위 모든 사람들이 축하해 주었지만 형님만은 못내 즐거워하지 않았다. 간첩 잡는 일을 더 이상 할 수 없게 되었기 때문이었다.

더구나 경찰서 총무과란 속된 표현으로 끗발 있는 부서였지만 일체의 부정이나 부당한 일과 거리가 멀게 살아온 형님으로서는 감당하기 힘든, 말하자면 정치적 역할이 요청되는 직함이기 때문이기도 했다.

결국 밤낮으로 술만 마시고 한탄 속에 빠져 살던 형님은 주위 사람들의 만류에도 불구하고 끝내 경찰직을 사직하고 말았다. 아연실색할 수밖에 없었던 형수(월남 후 재혼함)로부터의 구박이 심해졌고 형님의 술타령은 늘어만 갔다. 급기야 눈이 퀭하게 들어가고 몸은 수수깡처럼 말라 거의 산송장 같은 몰골을 하고 다녔다. 그리고 취기가 오를라치면 처형당한 어머니와 처자식 이름을 입버릇처럼 되뇌이곤 했었다.

그러던 어느 날 빗방울이 너울대며 흩뿌리던 초저녁 녘에 TV에서 신원이 밝혀지지 않은 60대 노인이 신사동 사거리에서 길을 건너다 사망했다는 뉴스를 한쪽 귀로 흘려듣고 있었던 것이다. 나와는 무관한 뉴스라 생각했었다. 그런데 그로부터 서너 시간 후 조카로부터 형님이 신사동 사거리에서 돌아가셨다는 소식을 듣게 되었던 것이다. 피난민 시절부터 함께 해온 실로 수많은 형님과의 추억이 주마등처럼 지나갔다. 그러다가 어처구니없이 형님이 만들어 주겠다던 팽이 생각이 스멀대며 뇌리를 스쳐오자 피식 헛웃음이 나왔던 것이다.

결국 빼앗긴 재산과 몰살당한 가족들의 환영으로 좌절과 한탄 속에 일생을 보냈던 형님은 이렇듯 허무하게 이승과 하직하고 말았다. 흐트러진 마음을 다시 잡아 어깨를 추스르며 형님 시신이 안치되었다는 병원으로 천근 같은 발길을 옮겼다.

2. 홍이동주(洪李同舟)

"아, 이거 배가 가라앉는 것 아니에요?"

뱃전을 넘어들어 오는 파도를 보며 어머니가 비명에 가까운 소리로 뱃사공에게 힐문했다.

"시끄러워요. 떠들 시간 있으면 두 손으로라도 물을 퍼내세요."

그러나 이렇듯 명령하는 뱃사공의 목소리도 공포에 가득 차 있었다. 노력한 보람도 없이 우리가 탄 배는 점차 속도를 더해 가며 가라앉고 있었고 우리 세 식구는 공포에 질려 울음소리조차 내지 못하고 있었다. 얼마 후 가슴까지 물에 잠긴 상황에서 혼미해진 정신을 추스르며 주위를 둘러보니 뱃사공과 안내인이 보이지 않았다. 보름을 전후한 시기였으나 비바람이 심해 칠흑같이 어두웠던 바다 한가운데에서 가라앉아 버린 배를 딛고서서 우리는 어찌할 바 몰라 하고 있었다. 피난길을 나선 지 이틀 만에 닥친 일이었다.

종수 형 집안이 풍비박산 나면서 우리 집도 대혼란에 휩싸였다. 이웃으로부터 종수 형 어머니와 처 그리고 두 딸이 산 중에서 화형을 당했다고 전해 들었기 때문이다. 공포가 극에 달했다. 나중에 안 일이지만 실제로 화형당한 것이 아니라 문초 후 처형되는 현장에 많은 공산당원들이 횃불을 들고 있었던 것을 멀리서 숨어 보았던 동네 사람들이 착각하고 전했던 것 같다.

인천 도립 병원에 내과 의사로 있던 아버지는 진작부터 이런 일을 예견하고 할아버지와 할머니께 하루 빨리 재산을 정리해 인천으로 내려오라고 수차례나 간곡히 부탁했었다. 그러나 전 재산을 혼자 일구다시피한 할머니가 우리 땅을 두고는 아무데도 못 간다고 우기는 바람에 차일피일 남하를 미루다 위기를 맞게 된 것이다.

결국 언제 끝날 줄 모르는 모자간 언쟁의 끝을 더 이상 기다릴 수 없어 어머니와 삼촌 그리고 나 이렇게 세 명만 먼저 피난길에 나서기로 하였다. 아버지 의견이 옳다고 판단한 어머니의 결의로 이루어진 것이다. 고방 열쇠를 틀어쥔 할머니가 피난에 필요한 돈을 마련해 줄 기미조차 안 보이자 어머니는 결혼 때 아버지가 선물로 해준 쌍가락지를 팔아서라도 남하하겠다고 주장하고 나섰던 것이다. 1947년 칠월 중순(음력 유월 중순)경이었다. 그러니까 어머니가 24세 되던 해 일이다. 14살에 시집온 뒤 비로서 처음으로 자기 주장을 관철시켰던 일이라고 어머니는 말씀하시며 당시를 회상하곤 하였다.

결국 젊은 아낙이 혼자 길 나서기 어려웠던 상황이었고 하나뿐인 손자인 나를 보호하기 위해서 할머니는 어머니보다 일곱 살 어린 나의 삼촌을 동행토록 배려했다. 삼팔선은 이미 막혀버려서 밤중을 이용해 철조망을 뚫고 육로로 남하하는 일은 지극히 위험해졌다는 안내자의 의견에 따라 배를 이용하기로 하고 황해도 서쪽 해안 쪽으로 발걸음을 돌렸다. 그리고 안내인에게 금가락지 하나를 배 삯으로 내주며 조그만 배 하나를 찾아 달라 부탁했다.

그런데 배 주인이 남양 홍씨(어머니가 남양 홍씨였음)가 배를 타면 풍파를 만난다는 뱃사람들의 속설을 내세우며 완강히 승선을 거부했다. 사실 이때 어머니의 지혜가 아니었다면 승선 자체가 불가능했을 것이다. '전의' 이씨는 그 시조가 '이도'라는 충주 사람으로 후삼국 시대 해상전쟁에서 혁혁한 공을 세워 고려 건국에 기여하였고 그에 대한 보답으로 태조 왕건이 '돛대 도' 자를 이름으로 하사하였으며 그 후손은 바다에 빠져 죽는 일이 없도록 축복해주었다는 일화를 내세웠던 것이다. 시집와서 시집 어른들이 그런 얘기를 할 때마다 말도 안 되는 우스갯소리라고 웃어 넘겼는데 어머니는 절대 절명의 시기에 그 일화를 이용해 배를 얻어 타는 데 성공했던 것이다. 전의 이씨가 두 명이나 되니 남양 홍씨 하나쯤은 별로 걱정할 게 못 된다고 우겼다 한다. 당시 배를 탔던 장소를 아직도 식구 중 아무도 정확히 아는 사람이 없다. 그저 해주에서 꽤나 떨어진 서쪽 해안 정도로만 짐작할 뿐이다.

여하튼 밤을 새워 다섯 명(뱃사공과 안내인 포함)을 태운 채 노 저어 가던 조그만 배는 예상치 못한 풍랑을 만나 문자 그대로 일엽편주가 되어 버렸다. 남양 홍씨를 괜히 태워줬다는 뱃사람의 불만에 우리는 끽소리도 못한 채 애꿎은 난간에만 필사적으로 매달렸다. 그러던 어느 순간 묵직한 충돌음과 함께 배 아래쪽이 찢어지는 듯한 소리가 이어졌다. 바닷물이 배 바닥으로부터 솟구쳐 올랐고 뱃사공은 우리에게 살고 싶으면 전속력으로 물을 퍼내라고 고래고래 소리쳤다. 그러나 몸도 가누기 힘든 데다 물을 퍼낼 도구마저 없었으니 그저 손으로만 허우적댈 뿐이었다. 애쓴 보람도 없이 결국 배는 가라앉고 말았던 것이다. 가슴까지 차오르는 풍랑은 나를 꼭 껴안은 어머니와 삼촌의 울음마저 삼켜버렸다. 보름 근처였지만 날이 흐리다 못해 칠흑 같이 어둡고 해무가 자욱한 바다 한가운데서 뱃사공과 안내인마저 오간 데 없이 사라진 후 우리 세 식구는 서로를 의지하며 버텨선 채 마지막을 준비하고 있었다.

얼마간 시간이 지났을 때 우리는 더 이상 배가 더 가라앉지 않고 있다는 것을 깨닫고 혼미했던 정신을 수습하고 있었다. 마지막을 준비하던 우리 셋은 점차 바닷물 수위가 낮아지는 것을 깨달으며 안도의 한숨을 내쉬게 된 것이다. 사실은 배가 좌초된 지점이 해안에서 그다지 멀지 않았고 수심도 낮은 곳이었던 것이다. 동이 틀 무렵 뱃사공과 안내인 그리고 또 다른 한 사람까지 셋이서, 구멍이 난 배를 틀어막으려는지 나무 조각과 목수 연장까지 가지고 바닥을 들어낸 뻘 위로 다가왔다. 나중에 안 일이지만 이들은 좌초 지점이 안전한 곳이라는 것을 이미 확인하고서도 우리에게는 일언반구의 설명도 없이 정탐차 해변으로 나갔던 것이다. 울고불고 난리를 피우고 있으니 말을 건네기 어려웠는지도 모른다. 이러 저런 일을 따질 겨를이 없었다. 그저 안개 속에서 우리를 구해줄 용왕이 나타난 듯 반가웠을 뿐이다. 천만다행이었던 것은 우리 배가 가라앉은 곳이 해주시 남단이었는데 그 지역은 삼팔선 이남에 속했던 것이다. 일단은 우여곡절 끝에 이미 국경을 넘는데 성공했던 것이다. 우스갯소리 같지만 우리는 후일 그날 일을 회상하며 아마도 남양 홍씨 때문에 풍랑을 만났고 전의 이씨 때문에 화를 면한 것이라고 얘기하곤 하였다.

배는 쉽게 수선하기 어려운 상태여서 결국 함께 나타난 새 뱃사람에게 남은 한 개의 가락지를 건네주고 새 배로 옮겨 타게 되었다. 사납던 날씨는 언제 그랬냐는 듯 쾌청해져서 우리는 불과 한나절 만에 강화도를 옆에 끼고 임진강을 거슬러 올라가 개성수용소에 도착할 수 있었다. 그리고 그곳에 먼저 도착해 있던 고향 사람들을 만나게 된 행운까지 얻었다. 그분들에게 인천에 있는 아버지에게 연통을 넣어 달라고 부탁할 수 있었기 때문이다. 우리와 같은 일종의 보트피플이나 삼팔선을 넘어온 피난민들은 일단 개성수용소에 수용되었다가 연고자가 나타나면 인도해주곤 하였다. 고향 분들은 이미 수용소에서 열흘 남짓기거하다가 이제 막 서울서 온 식구들과 상봉하던 중이었다. 이들은 나를 '지촌리'(고향 마을 이름) 도련님이라고 부르며 매우 친절하게 대해주었다. 어머니 말씀으로는 종수 형님 댁에서 소작농을 하던 분이라했다.

이분들의 도움이 있었으나 아버지가 나타난 것은 두주나 지난 후였다. 이때의 불안했던 기다림을 어머니는 아버지가 서운하다 느껴질 때마다 두고두고 불평거리로 삼곤 했다. 나 아닌 다른 여자가 생긴 게 아니냐며. 안 그렇다면 왜 그렇게 오래 걸렸냐고. 고향 분들이 자신들의 일을 먼저 보고 이틀 전에야 찾아와 소식을 전해 주었다는 아버지 설명은 어머니에게 별 설득력이 없어 보였다.

3. 병원 사택과 구렁이

개성수용소에서 아버지를 따라와 우리가 정착한 곳은 병원 사택으로 사용 중인 적산가옥의 일부였다. 우리 식구에게 할당된 것은 부엌이 딸려 있는 방 한 칸이었다. 나중에는 삼팔선을 넘어온 할아버지 할머니까지 여섯 식구가 이 좁디좁은 방 한 칸에서 살았다.

달랑 방 하나뿐인 사택이었지만 근처 '자우란'이란 피난민 천막촌에 사는 사람들에 비하면 거의 궁궐 같은 저택에 가까운 것이었다. 그런데 우리 집 부엌 천장 대들보에는 큰 구렁이가 자리를 틀고 있었다. 이를 쫓아내면 화를 입는다는 속설 때문에 일단 그냥 두고 지냈다. 앞마당에서 키우던 닭이 부엌에 가까이 접근하지 못하도록 조심시킬 뿐이었다. 키우던 강아지 누렁이는 하루에도 몇 번씩 부엌 문턱에서 천장을 보고 짖어대는 것이 일과로 되어 있었다. 나는 처음에는 무서웠으나 점차 익숙해졌고 나중에는 친구들에게 자랑 삼아 구경시켜주기도 했다. 밖에 나가면 구렁이집 아이라고 신기하게 쳐다보는 사람들까지 있었다. 놀랍게도 이 구렁이는 우리 식구에게 전혀 해가 될 만한 행동을 보인 적이 없었다. 그러다 보니 이 구렁이가 혹 우리 집안의 수호신이 아닌가 싶다며 할머니는 부엌일을 할 때도 매우 조심하고 구렁이를 신주 모시듯 하였다. 집 구렁이 덕분이었는지 우리 가족은 어느덧 안정을 찾아가고 있었다.

1950년 6월 25일 전쟁이 일어났다. 아버지가 병원을 따라 우선 대전까지 피란을 가야 한다고 식구들을 종용했다. 그러나 이번에도 할머니의 완강한 저항에 부딪쳤다. 빨갱이들에게 모든 것 다 뺏기고 이곳까지 도망 왔는데 내 눈에 흙이 들어가기 전에는 더 이상의 피란은 없다는 식의 강변이었다. 결국 아버지 혼자 대전까지 피난길을 떠났다. 병원 자체의 단체행동이었으므로 불가피한 일이기도 하였다. 그런데 이때 함께 피난했던 김 간호사가 아버지께 당신 식구가 모두 당신 때문에 잡혀갔다는 거짓 소식을 전해 주었다 한다. 삼촌 얘기로는 이 여성이 아마도 남로당 프락치였던 것 같다고 했다.

인민군 치하에 놓이면서 결국 집안에도 큰 변화가 발생하게 되었다. 인민군들이 들이닥친 지 얼마 후 인민군 몇몇이 우리 집 애완견이었던 누렁이를 쏘아 죽인 다음 불에 구워먹어 버린 것이다. 어린 나이였으나 복받쳐 오르는 서러움을 주체할 수 없었다. 그러나 히죽대던 웃음 사이로 번뜩번뜩 들어나던 인민군들의 이빨을 본 순간 울음소리조차 내지 못했다. 할머니가 애지중지 해가며 모아 두었던 벌꿀이나 콩가루도 모두 뺏겼다. 바로 이즈음에 김 간호사가 전해준 거짓 정보에 고심하던 아버지가 돌아왔다. 우리 모두는 이제는 살았구나 싶었지만 아버지가 할 수 있는 일은 정작 아무것도 없었다. 더구나 우리는 이북에서 도망 나온 반동 가족이란 오명 때문에 하루도 마음 편할 날이 없었다. 아버지가 자신들에게 절대적으로 필요한 의사가 아니었다면 화를 피할 길 없었을 것이다. 그런데 이 모든 것이 결국은 소탐대실 했던 할머니의 고집으로 인해 겪게 된 고난이었다는 생각에 가족 구성원들의 할머니에 대한 원망은 쌓여 갔다. 이 일은 평생 동안 내가 선택의 기로에 설 때마다 금과옥조처럼 간직하고 참고했던 뼈아픈 가족사였다.

그러던 어느 날 반동 가족이 사는 집이라며 가택 수사를 나왔던 인민군 하나가 부엌 대들보 위 구렁이를 보고 화들짝 놀라 그만 쏘아 버리고 말았다. 무언지 모를 불안감이 엄습해 왔다. 결국 그날 다락에 숨어 있던 삼촌이 발각되고 말았다. 어머니는 아마 이 일도 문제의 김 간호사 때문이라 의심하였다. 여하튼 문제는 삼촌이 인민군으로 끌려가게 되었다는 점이다. 우스갯소리 같지만 구렁이가 죽어버려 수호신마저 사라져 버렸으니 더 이상 우리가족이 의지할 만한 지주가 없어졌다는 생각이 들었다.

삼촌 소식을 들은 아버지가 급하게 움직였다. 그리고 짜낸 지혜는 삼촌이 치질이 심해 전쟁을 수행하기 어렵다는 소견을 내는 것이었다. 믿기지 않았지만 이 탄원이 받아들여져서 삼촌은 생으로 치질 수술을 받고 입원함으로써 화를 피했다. 퇴원 후엔 얼마간 병원에서 의료보조원으로 일했다. 그러나 전쟁이 대구방어선을 마주한 채 교착상태에 빠지고 사상자가 급증하자 삼촌은 또다시 인민 의용군으로 끌려갈 대상에 오르고 말았다. 일전의 성공 사례에서 지혜를 얻은 아버지는 어느 날 삼촌한테 배를 움켜잡고 떼굴떼굴 구르며 아프다고 엄살을 대라고 일렀다. 그리고는 급성 맹장이라는 진단을 내렸다. 삼촌은 다시 한 번 생으로 수술을 받았다. 인천 상륙이 있기 얼마 전 일이었다. 인천 상륙 직전 아버지는 인민군들에 의해 북으로 끌려갔지만 수술 후 미처 퇴원할 수 없었던 삼촌은 인민 의용군 차출을 피할 수 있었던 것이다. 이때 아버지의 지혜와 결단은 집안에서 두고두고 이야기꺼리가 되었다. 당시 삼촌의 나이는 17살이었다.

그로부터 2년여 후에 삼촌은 국군에 입대하였다. 논산훈련소로 떠나기 전 입대 예정인 장병들은 인천고등학교 교정에 집결하였는데 이날 어머니는 주위를 의식조차 않은 채 대성통곡을 하였다. 아버지에 이어 시동생까지 사지로 보내야 했기 때문이었다. 다행히 삼촌은 전쟁에서 살아남았다. 논산에서의 훈련을 마치고 DMZ 근처 전선으로 향하던 중 종전을 맞았다. 결과적으로 이렇게 해서 숙부는 국가 전쟁 유공자가 되었고 2남 2녀의 가장이 되었다. 그런데 지금도 여전히 궁금한 일이 있다. 과연 집 구렁이는 영험한 것이었을까? 하는 의문이다. 과연 인민군이 쏘아 죽이지 않았다면 아버지가 무사할 수 있었을까?

4. 인천 상륙 작전과 아버지

대포 소리가 끊임없이 지축을 흔들었다. 인근 여기저기에서 날카로운 파열음이 들리는가 하면 지붕 위의 기와나 흙이 우수수 쏟아져 내리면서 지척을 분간하기 어려울 만큼 먼지 구름이 피어나고 있었다. 우리 식구들은 그저 이불을 뒤집어쓰는 일 이외에 달리 대처할 방법이 없었다. 포성이 잠시 잦아질 무렵에야 비로소 바깥 상황을 확인도 할 겸 조심스레 바깥으로 나가 보곤 하였다. 1950년 9월 14일로 기억되는 그날의 상황은 지금도 한 편의 영화처럼 생생하다. 병원과 학교시설을 피해 포격했다고 하는데 여러 학교 건물도 무너져 내렸고 며칠 후 확인한 인천 시내의 모습은 폐허 그 자체였다. 우리는 영어로 표현하자면 무작위(random)로 살아남은 것이다.

맥아더 장군이 이끄는 연합군은 세 갈래로 나뉘어 상륙했는데 월미도와 연안 부두 그리고 송도지역이었다. 우리 집은 인천 국도변에 있는 인천 성냥공장(한때 유행가의 단골 주제가 되기도 했던 상징적 공장이었음) 근처에 소재한 병원 사택이었다. 인민군들은 이미 모두 도망갔는데도 송도 루트로 상륙한 유엔군은 경인 국도변에 탱크를 세워 방패로 삼고 조심스레 시내 쪽을 경계하다 15일 아침경에야 시내의 본대로 합류한 것으로 기억된다. 얼굴에 줄무늬로 흙칠을 한 채 긴장된 얼굴로 바장이던 병사들의 모습이 지금도 선하다.

나중에 안 일이지만 아버지는 이미 이삼일 전(정확한 날짜는 알 수 없지만 함께 끌려가다 도망 나온 동료 의사들이 전해준 소식에 따른 추측임) 인민군들이 퇴각하면서 강제로 끌고 간 뒤에 일어난 일이었다. 아버지를 마지막으로 본 것은 인천 상륙 약 5일 전인 9월 10일경으로 기억된다. 부상자 치료로 눈코 뜰 새 없이 바빠 한 번도 집에 들르지 못했던 아버지가 어머니께 나를 데리고 병원으로 오라는 전갈을 보내 왔단다. 정문에서는 통과가 안 되어 후미진 곳을 찾아 도둑고양이처럼 몰래 숨어 들어갔는데 우리가 아버지를 만난 곳은 시체 해부실 같은 곳이었다. 공포로 질려 있던 나를 놀리기까지 하는 여유를 보이고 있었지만 어머니와 속삭이던 아버지의 모습은 극도로 긴장한 모습이었다. 아마도 아버지는 납북 가능성을 예감하고 있었던 것 같다. 나중에 어머니께 전해들은 바로는 어떻게 해서든 반드시 탈출해 돌아올 터이니 식구들을 잘 부탁한다는 얘기를 하셨다 한다. 사실은 탈출이 불가능할 수도 있어 마지막으로라도 어머니와 나를 보고 싶었고 또 위로해 주기 위해서였던 것 같다.

어찌 되었든 집안의 기둥이었던 아버지를 잃고 난 우리 식구는 우선 병원 사택에서 살 권리마저 박탈당한 채 길바닥에 나앉고 말았다. 길에서 노숙을 일삼던 우리는 궁여지책 끝에 포격으로 온 가족이 몰살했다는 이웃의 빈집에서 시체를 거두어 내고 기거하게 되었다. 유엔 연합군이 서울을 수복하기까지는 약 13일이 걸렸다. 노량진과 노고산 근처에서 퇴각하던 인민군들의 저항이 심해 격렬한 전투가 있었다 한다. 아버지를 잃고 실성하다시피 한 어머니와 나는 노량진 백사장의 수많은 시체더미 속을 한 달 이상이나 헤집고 다녔다. 혹시라도 아버지 시신을 찾을 수 있을까 싶어서였으나 허사였다.

국군이 북진을 거듭하자 할머니는 아버지와 비슷한 사람을 보았다는 새로 피란 나온 고향 사람들의 말을 들먹이며 아버지가 혹시 탈출에 성공하여 고향에 가 있을지도 모른다고 주장하였다. 그리고 아버지를 찾아 나서자고 하였다. 식구들이 종수 형 댁의 사건 등을 연상시키며 강하게 반대하자 결국 혼자서 해주행 여객선에 오르고 말았다. 원래 할머니는 나도 함께 데려갈 계획이었다. 나를 데리고 가면 반드시 돌아와야 한다는 동기가 생길 것이기 때문이라 했다. 어머니가 발광하듯 해주행 배 안으로 뛰어들어가 나를 낚아채 오지 않았다면 아마도 지금의 나는 존재하지 않을 것이다. 나도 어머니를 안 떨어지겠다며 울고불고 하였다는데 생존을 위한 몸부림이 아니었을까 싶다. 고향으로 돌아간 할머니는 결국 영영 돌아오지 못했고 엎친 데 덮친 격으로 우리 가족은 월북자 가족으로 낙인까지 찍혔다.

더구나 아버지가 납치되었다고 하지만 생사가 확인되지 않은 이상 생존 가능성을 배제할 수 없는 일이어서 언제든 특수교육을 받고 남파될 수 있다고 판단한 정부가 후일 우리 식구를 요시찰 인물 대상 목록에 포함시켜버렸다. 사실 이로 인해 나는 고급공무원 시험을 아예 응시할 엄두도 내지 못했고 국가 유공자가 된 삼촌마저 이른바 신원조회라는 제도의 희생양이 되어 평생토록 공직에서 직장을 가져보지 못하고 말았다. 전쟁이 끝난 후 포로 교환 과정 그리고 적십자 회담에서 밝혀진 생존자 명단을 몇 년 동안 확인 또 확인해 보았지만 아버지의 이름 석 자는 아무데도 없었다. 결국 아버지의 실종은 우리 가족 모두의 평생 한으로 남게 되었다. 그리고 한국전쟁의 극적인 전환점을 마련해준 맥아더의 인천 상륙 작전은 우리 식구에게는 즐거운 기억으로 남을 수만은 없었다.

5. 소래다리의 추억

마치 생쥐가 고양이를 마주치면 겁에 질려 꼼짝도 못 하듯이 두어 걸음 앞에 나타난 인민군을 보는 순간 우리 식구의 말과 행동은 얼어붙고 말았다. 1·4후퇴 때 피난길에 눈보라 속을 헤쳐 나가다 무심코 철교 위를 막 건너기 시작했을 때였다. 할아버지와 삼촌, 어머니, 그리고 두 살 된 여동생과 나, 이렇게 다섯 사람이었다. 아버지는 맥아더 장군이 인천에 상륙하기 직전에 인민군에 끌려가 버렸고 할머니는 북진하는 국군을 따라 아버지를 찾는다고 황해도로 올라갔다가 채 돌아오지도 못한 시기였다. 중공군과 연합한 인민군의 반격으로 서울이 다시 함락되자 이전에 적 치하에서 겪었던 몸서리쳐지는 경험을 떠올리며 서둘러 인천을 떠나 무작정 남쪽으로 발길을 재촉하고 있었던 것이다.

공포와 추운 날씨 때문에 입도 얼어붙었지만 황해도 사투리를 쓰면 탈북 반동으로 몰릴까 걱정되어 묻는 말에 대답을 아끼고 있었다. 드디어 몸수색이 시작되었다. 이곳저곳 뒤져도 이렇다 할 증거가 안 나오자 어머니의 저고리를 훑기 시작했다. 실로 난감한 순간이었다. 황해 도민증들을 모아 어머니 저고리 옷고름 속에 숨겨 두었기 때문이다. 황해도에서 도망쳐 나온 것이 발각되면 끝장이라고 생각했다. 순간 업혀 있던 여동생이 자지러지게 울어댔다. 어머니가 위기를 피하기 위해 여동생의 궁둥이를 힘껏 꼬집었기 때문이다. 발광하듯 울어대는 어린아이를 보던 인민군이 귀찮은지 우리를 통과시켜 주었다. 엉뚱한 전의 이씨 가문의 설화를 이용하여 막무가내로 손을 내젓던 뱃사람을 설득시켜 나룻배를 얻어 타고 피난길에 오를 수 있게 해주었던 어머니가 이번에도 순발력 있는 기지를 발휘하여 다시 한 번 식구를 위기에서 구했던 것이다.

우리의 피난행군은 추위와 폭설 때문에 매우 더딜 수밖에 없었고 그러다 보니 어떤 날은 국군 점령지역, 그리고 다른 날은 인민군 장악 지역을 걷는 수도 있었다. 그리고 얼마의 시간이 지난 후 다시 인민군들이 후퇴하기 시작하고 우리도 인천으로 돌아오기 시작할 무렵에는 인민군들과 함께 걷는 일도 가끔 있었다. 우리가 원해서가 아니라 유엔군으로부터의 공습을 피하기 위해 말하자면 피난민을 방패막이 삼아 인민군들이 대열 속으로 끼어들면서 생긴 현상이었다. 결과적으로 이들을 발견한 미군 비행기들이 자주 공격을 해오는 바람에 수많은 피난민만 속절없이 죽어갔다. 비록 후퇴중인 패잔병들이지만 인민군들은 잘 훈련된 자들이어서 비행기가 나타나도 우선적으로 안전한 곳을 찾아 몸을 피할 능력이 있었던 반면 민간인들은 우왕좌왕하다 많은 사상자를 낼 수밖에 없었다.

비행기에는 '삐식꾸'(미군 폭격기 B29를 이렇게 불렀음)와 '씩쎄기'(날아갈 때 '쎄엑' 소리가 난다고 해서 부르던 이름)가 있었다. '삐시꾸'에서는 항아리처럼 생긴 커다란 폭탄이 투하되었는데 건들거리며 떨어지다 폭발하면 비교적 넓은 지역에 파편이 흩어지곤 하였다. 사실상 피하기 어려운 공격이었다. 반면 '씩쎄기'는 낮게 접근해오면서 기관총 같은 연발탄을 쏘아대는데 두 줄로 나란히 파파팟 소리를 내며 땅에 꽂히곤 하였다. 한편의 전쟁 영화 같은 장면이다. 문제는 사람들이 제대로 피하지도 못한 채 수없이 죽어나가기 일쑤라는 것이다. 그것도 훈련 안 된 민간인, 특히 아녀자들이 주 피해자가 되었다는 점이다.

　이런 폭격 현상을 몇 번 경험한 어머니는 가능한 한 길의 가장자리를 걷다가 유사시에는 뚝방길 아래로 피해야 한다고 어린 나에게 당부하곤 하였다. 그러던 어느 날 또다시 '쌕쌔기' 공습이 있었다. 우리 식구들은 어머니가 일러 준대로 길 아래 또랑 쪽으로 냅다 뛰어내려 갔다. 불행 중 다행으로 커다란 하수관이 보였다. 그러나 서로 먼저 들어가려고 법석을 피우는 통에 힘이 약하고 행동이 민첩하기엔 어린 나이였던 나는 머리만 하수관 안에 들이민 채 궁둥이는 밖에 머물러 있는 상태가 되었다. 그런데 하필이면 이번 공습은 '삐식꾸'까지 합세하여 이루어졌고 큰 폭탄 하나가 하수구의 중앙 부분을 날려버렸다. 결과적으로 제일 먼저 하수관으로 몸을 피했던 사람들은 폭사하고 말았다. 그야말로 인명은 재천인 모양이다.

　나는 무사했고 바로 내 앞의 어머니도 무사했다. 할아버지와 삼촌은 피란 보따리가 커서인지 빨리 움직이지 못해서인지 하수관 밖에 머물러 있었지만 역시 천우신조로 무사했다. 문제는 여동생이었다. 분명히 어머니가 업고 있었는데 정신을 차리고 보니 없어져 버린 것이다. 기겁을 한 어머니가 딸 이름을 실성한 듯 불러대기 시작했다. 그런데 여동생은 머리에 피를 흘리며 하수관 입구에 누워 있었다. 파편에 맞아 죽었나 싶어 어머니가 통곡하기 시작하였다. 그런데 알고 보니 머리의 피는 어머니가 딸을 업은 채 하수관 안으로 뛰어들 때 하수관 윗부분에 걸려 나동그라지면서 다친 상처에서 난 것이었다. 여동생이 살아 있는 것을 확인하고도 어머니는 한동안 그르렁 소리를 내며 울음을 그치지 않았다. 훗날 어머니는 이날의 일을 회상하며 엄마들은 자식을 위해서는 목숨까지 던질 수 있는 존재라고들 하는데 정말 다급한 순간에는 자신의 안전이 먼저가 되었다며 딸에게 평생 미안한 마음을 갖고 사셨다.

인민군에게 잡혀 검문 받던 곳 근처까지 다시 올라 왔을 때 갑자기 굉음이 들리며 탱크를 탄 유엔군들이 나타났다. 너나 할 것 없이 목청이 터지도록 만세를 불렀다. 이제는 살았구나 하는 안도감에서였던 것 같다.

추석 명절 때마다 인천에 계신 숙부(삼촌)댁을 방문하곤 한다. 그러던 어느 한 해, 무료하기도 하여 꽃게와 대하를 먹으러 작은댁 식구들과 함께 소래포구로 나선 적이 있었다. 조그만 배들이 정박해 있는 포구에 이르렀을 때 왠지 낯이 익은 다리 하나가 시야에 들어왔다. 숙부에게 그런 내 생각을 전했더니 대뜸 "왜 생각이 잘 안나? 이곳이 바로 1·4후퇴 때 피난하다 인민군들에게 잡혔던 곳인데."라고 했다. 순간 오랫동안 잊혔던 수십 년 전 피난길의 추억이 급행열차처럼 굉음을 내며 머릿속으로 들이닥쳤다. 아 바로 이 소래다리가 그때 그 다리였구나. 실로 감개무량하기 이를 데 없었다. 그리고 잊고 있었던 아버지와의 마지막 순간이 어렴풋이 떠올랐다.

6. 인천 성냥공장

"인천의 성냥공장, 성냥공장 아가아-씨"로 시작되는, 1960년대 남자 대학생들이 다소 저속한 표현으로 부르던 노래 가사의 제목이었던 인천 성냥공장이 바로 우리가 살던 집에서 불과 100여 미터 거리에 있었다. 경인 국도와 송도로 가는 '행길'(아마도 '큰길'이라는 의미의 '한 길'을 이렇게 불렀던 것 같음)이 교차하는 남서쪽 '코너'에 있었다. 그리고 이곳은 피난민촌의 세칭 '자우란'(그 어원은 알 수가 없으나 인근의 중국인 거주단지와 연계된 지명이 아닐까 추측됨)파와 숭의동파 건달들이 자주 출몰하여 패싸움을 벌이기도 한 곳이다.

군용 트럭은 주로 남쪽의 송도에서 북쪽의 인천 시내로 직진하거나 성냥공장 사거리에서 우회전하여 서울로 향하곤 했는데 석유를 실어 나르곤 했다. 송도에 대단위 석유 저장 창고가 있었는데 이를 조금씩 타 지역으로 실어 날랐던 것이다. 전쟁 중에는 공습이 있을 때마다 사이렌이 울리고 간혹 폭격을 맞을 때면 야적 상태에 있던 드럼통들이 시뻘겋게 달아오른 채 하늘 높이 솟구쳐 올랐다가 불꽃 터지듯 흩어져 내리곤 하였다. 어른들은 공습 사이렌이 울릴 때마다 두려움에 쌓여 숨을 곳을 찾느라 분주했지만 한낱 철부지에 불과했던 나는 속으로 신바람까지 내가며 구경거리로 삼곤 하였다. 그야말로 두 번 다시 보기 힘든 장관이었기 때문이다.

여하튼 석유 운송용 군 트럭이 지날 때마다 성냥공장 근처를 배회하던 건달들은 잽싸게 트럭의 운전석 쪽 백미러 거치대를 잡고 승강 발받침대에 올라 운전병을 협박하여 트럭을 세우곤 하였다. 이들이 주로 사용했던 무기는 쇠붙이를 벽에 갈아 만든 소위 '아이꾸찌'라는 칼이었다. 그리고 트럭이 일단 정지하면 골목에 있던 패거리들이 몰려 나와 트럭에 올라 커다란 드럼통을 떨어뜨리곤 하였다. 그러면 골목에서 기다리던 다른 패거리들이 5리터짜리 휘발유통 10여 개에 나누어 부은 다음 이를 들고 재빨리 사라져버리곤 하였다. 이들의 동작은 신출귀몰하듯 빨랐다. 눈 깜짝할 사이에 모든 과정이 마무리되었던 것이다. 신속함이 아마도 성패의 결정 요인이었기 때문이다. 이러한 활동은 이 동네 피란민촌 건달들의 주 수입원 중 하나가 되었던 것 같다.

그런데 이러한 작업에도 몇 가지 원칙이 있었다. 첫째, 드럼통은 단

한 개만 '타깃'으로 한다. 여러 개를 굴려 내리며 시간을 지체하다 보면 MP(military police)라고 불렀던 헌병들이 들이 닥쳐 빼앗길 가능성이 컸기 때문이다. 둘째 트럭에 올라 '아이꾸찌'를 들이댔다가도 운전병이 한국군(카투사)일 경우에는 작업을 중단한다. 이들에게 화가 미칠까 걱정해서라고 했다. 노상 강도나 다름없는 집단이었는데 이런 식의 배려도 하였었다. 사실 이들은 전문적인 강도가 아니었고 먹고 살 길이 막막했던 피난민촌 청년들이 대부분이었다. 평상시 길에서 만나면 달갑게 대해주던 동네 형들이었다. 그리고 탈취 성공률이 그다지 높지도 않았다. 이들의 작전 패턴을 파악한 미군들이 점차 한국 병사를 주로 운전병으로 활용했고 가능한 한 여러 대의 트럭이 대열을 이루어 운송에 나섰으며 가끔은 앞뒤로 헌병차가 호위하곤 하였기 때문이다. 따라서 청년들은 대부분의 시간을 성냥공장 근처에서 건들거리며 소일하기 일쑤였다. 저녁까지 성과가 없으면 먹이 잃은 하이에나 무리처럼 어깨를 축 늘어뜨린 채 철수하곤 했다. 나와 친구들도 이들의 활약상을 기다리다 실망하여 돌아가곤 하였다. 인천 성냥공장 주변에 군집해 있던 피난민촌 젊은이들의 활약은 우리들에겐 무성영화 시대의 서부영화를 보는 듯 '스펙타클'한 드라마로 깊이 기억되고 있다.

7. 왕초 C군

"야, 너 종원이 아니냐?"

고대하던 제대를 맞아 부대 정문을 막 나오려는데 누군가 나를 보고 건넨 말이었다. 위병소 앞에서 전입신고를 기다리던 신병이었다. 누구인지 금방 알아볼 수 없었다. 중·고등학교 동창이거나 동네 친구는 분명 아니었다. 그렇다면 혹시 초등학교 동창? 주저하는 나를 보고 신병은 "나, 경식이야, 경식이"라고 했다. 그때야 불현듯 오랜 기억의 터널을 지나 떠오르는 얼굴이 하나 있었다. 초등학교 다닐 적 왕초 C군이었다.

내가 어릴 적 다니던 숭의초등학교 야구부는 전국 우승을 다툴 만큼 강했다. 내 기억이 맞는다면 일본에서 초청된 초등학교 팀과 인천 공설운동장에서 벌인 시합에 참여했던 적이 있을 정도였다. 피난민이 많이 모여 살던 동네의 조그만 학교가 어떻게 이처럼 뛰어난 실력을 발휘할 수가 있었을까?

우리 학교 담장 너머에 '성애원'이라는 큰 고아원이 있었다. 이곳 아이들 거의 모두가 6·25 전쟁고아로 우리 학교에 다니고 있었는데 그중 일부는 중학생 이상의 큰 몸집을 가지고 있었다. 아마도 나이가 제대로 파악이 안 되었거나 나이는 좀 많았어도 초등교육을 못 받았기 때문에 우리 학교로 보내졌던 것으로 짐작된다. 이들 중에는 사제 칼을 지니고 다니는 아이도 있었고 공부 시간에 책상(당시에는 의자가 없이 바닥에 앉게 되어 있는 책상이었음) 위에 가로 누워 잠을 자는 아이도 있었지만 무서워서 아무도 건드리지 못했다. 이들 중 어떤 아이들은 여자 선생님(당시 교사는 사범학교라는 고등학교 과정을 마친 후 임용되어 20세가 채 안 된 교사들이 있었음)에게 막말을 하거나 심지어 희롱하는 경우도 있었다. 그러다 보니 교사들마저 이 아이들의 행동을 제대로 제어하기 어려웠다. 한번은 우리 초등학교 출신이라는 고등학교 학생들이 모교에 놀러 왔다가 문제의 초등학생들에게 매를 맞고 도망을 간 적도 있었다. 생각하기에 따라서는 매우 살벌한 분위기의 학교였다.

반면 우리들에게 두려움의 대상이 되었던 고아원생들도 함부로 할 수 없을 만큼 몸집이 아주 큰 아이들도 상당 수 있었는데 이들을 중심으로 자연스럽게 조직이 형성되어 있었다. 그래서 고아원생들로부터 위협을 피하기 위해서 일부러 이들 조직의 일부가 되는 친구들도 있었다. 학교 사정이 이러하다 보니 학내 질서를 유지하기 위해 강성 훈육 교사가 필요했던 것 같다. 아이들이 제대로 말을 안 들으면 책상 위에 올라서게 하고 전기줄로 때려가며 기강을 잡던 해병대(본인 입으로는 스스로를 개병대 출신이라 칭함) 출신의 L선생님이 바로 그 대표적인 경우였다. 본인이 스스로의 이름을 'L주먹' 이라 칭하기도 했었다. 어찌 보면 폭력이 난무한 미국의 학교를 소재로 썼던 소설(Black Board Jungle: 우범지대 학교(흑판)라는 의미의 제목) 속의 학교와 흡사한 요소가 있었던 것은 사실이었지만 막상 우리들로서는 그다지 심각한 위협으로 인식되지는 않았던 것 같다.

여하튼 우리 학년에는 막강했던 우리 학교 야구팀의 주축을 이루었던 C군과 W군 등이 있었다. 나이 많은 고아도 아니었는데 덩치가 매우 컸다. 당시 나는 공부를 아주 잘하는 편이었고 특히 셈본(지금의 수학)이 강했다. 이 때문에 한 번은 왕초격인 C군으로부터 숙제를 대신해 달라는 부탁을 받았고 이를 흔쾌히 대신 해준 일이 있었다. 이것이 계기가 되어 자연스레 이들 조직의 일원으로 대접 받게 되었다. 결과적으로 가상의 위협으로부터 방패막이 생겼던 것이다.

그 당시 상당수의 친구들은 맛있는 도시락 반찬을 싸오면 이를 왕초에게 가져갔다. 물론 점심시간에 함께 펼쳐놓고 먹기는 하였지만 맛있는 반찬은 주로 왕초격인 C군 앞을 축으로 오케스트라 단원처럼 진열되었다. 알이 탱글탱글 들어 있는 굴비, 쏘시지, '씨레이션(C Ration)'(미군 부대 비상식), 계란 등이다. 나는 식사할 때 대장 앞에 놓인 반찬들에는 습관적으로 눈길 한번 주지 않은 채 주로 멀리 떨어진 곳에 자리한 고추장 등만 아주 맛이 있다는 듯 젓가락질을 해대곤 하였다. 내가 싸온 콩장마저 누가 무어라 하는 일이 없었는데도 눈치를 보아가며 먹었다.

여하튼 나는 이렇게 모아진 반찬들 일부를 보관하는 말하자면 재무 담당역도 하였다. 그러다 보니 양쪽 주머니에는 항상 날계란이 여러 개 씩 들어 있었고 빨리 이동을 해야 할 상황이 생겨 뛰어가다가 깨뜨리기도 하였다. 나의 윗도리 주머니는 언제나 범벅이 된 계란 내용물로 노랗게 물들기 일쑤였다.

그런데 우리 학교 왕초들은 특이한 취향을 갖고 있었다. 각종 운동을 매우 좋아했다. 그러다 보니 실턴 좋던 간에 우리들은 방과 후에 그들이 원하는 운동에 참여해야 했다. 다행히 나는 운동을 좋아하는 편이라서 오히려 즐기는 편이었다. 그러나 왕초 그룹 친구들에 비해 체격이 작은 편이였던 나는 예컨대 축구시합의 경우에는 이렇다 할 능력을 보여주지 못했다. 그래서 기껏해야 골키퍼를 맡는 정도로 만족해야 했다. 사실은 어쩌다 골키퍼를 맡게 되었는데 운 좋게 페널티 킥을 한 번 받아내는 바람에 명 키퍼로 소문이 난 것이기 때문이기도 하다. 그리고 야구도 열심히 배웠는데 친구들이 모두 꺼려하는 포수역할을 했다. 그러나 후보 급을 탈피하지 못하여 한 번도 실제시합에 참여한 적이 없었다. 배구도 배웠고 마라톤과 릴레이도 훈련받았다. 그려준 번호를 등 뒤에 붙이고 국도까지 나가 달리는 연습을 할 때는 제법 선수라도 된 듯 의기양양해지기도 하였다. 사실 나는 이 시절에 학교의 공식적인 교육의 도움도 없이 이미 주요 구기 종목을 어느 정도 다 배웠던 것 같다. 여하튼 바로 이러한 환경 속에서 자생적으로 실력을 키울 수 있었던 친구들이었기에 전국 우승을 넘볼 수준의 야구부가 생겨 날 수 있었던 것 같다.

그 시절 그처럼 태산같이 커 보였던 우리 반 왕초 그리고 자랑스러운 우리학교 야구의 주전 투수였던 C군을 부대 앞 위병소에서 마주하게 된 것이다. 이처럼 극적인 재회가 이루어지다니 도무지 믿어지지 않았다. 놀라웠던 것은 친구의 키가 나와 비슷하다는 사실이었다. 내게는 그토록 거인 같았던 친구였는데 아마도 초등학교 시절에 이미 어른의 키가 다 되었던 모양이다. 예전의 위용에 대한 기억 때문인지 충격에 가까운 반가움에도 불구하고 나는 친구의 이름을 조심스레 부르며 어색하게 인사했다. 나의 위대했던 왕초를 이렇게나마 만날 수 있다니 실로 감회가 새로웠다. 동시에 한국 초등학교 야구를 호령했던 왕초에 대한 신화가 이렇게 깨어지자 허무함을 금할 길 없었다. 그러나 탈북과 6·25전쟁을 전후한 시기를 어느새 낭만적 추억으로 기억할 수 있을 만큼 성숙해진 모습으로 이 사회에 정착하였다는 사실이 새삼 뿌듯하게 다가 왔다.

8. '쏘리' 아저씨

인천 상륙 당시 주인 가족이 모두 몰살당해 비어 있던 집에 우리가 잠시 머무른 적이 있었다. 1·4후퇴에서 돌아오기는 하였으나 오갈 데가 없어진 우리 식구가 무지불식 간에 다시 그 집을 찾아가 보았는데 역시 비어 있었다. 그곳에서 며칠을 머무르는 동안 돌아가신 전 집주인의 조카라는 분을 만 날 수 있었고 사정사정하여 그 집을 사들이게 되었다. 건자재 가계를 운영하고 있던 고향사람(우리 고향과 그다지 멀지 않은 황주 출신이었음)이 할아버지께 3년치 급여를 선불해 주어 가능한 일이었다. 우리 집의 재정 여건을 감안할 때 실로 꿈 같은 일이 이루어졌던 것이다.

집이라기보다는 1.5평 정도 방 하나에 아궁이가 밖에 붙어 있는 쪽 방이라 하는 것이 적절했다. 개인 날이면 천장으로 레이저 광선 같은 햇빛이 들어왔지만 비가 오는 날이면 양동이를 여기저기 놓고 새는 비를 받아내야 하는 초옥이었다. 그렇다고 수리하기도 곤란했다. 지붕에 올라가면 지붕 여기저기가 무너져 내렸기 때문이다. 그래도 판자를 얼기설기 엮어 가림막을 하여 아궁이를 부엌으로 만들고 부엌 옆에 절단된 드럼통을 파묻어 화장실도 만들었다. 게다가 집 앞의 이웃집 밭과 경계를 구분하기 위해 가시철조망까지 설치하였다. 물론 밭에서 올라오는 분뇨 냄새는 막을 수 없었지만 정신적으로는 커다란 방어벽이 쳐진 것 같이 느껴졌다. 아버지를 잃고 할머니마저 돌아오지 못했지만 비로소 우리 식구를 위한 보금자리를 가지게 된 것이다.

그런데 원래 이 집은 독립된 가옥이 아니라 뒤편에 있던 적산 가옥의 부속 건물로 농기구 등을 보관하던 창고였던 것 같다. 따라서 우리 집은 뒷집(본 관 건물이었던 가옥) 대문을 거쳐야 들어올 수 있는 구조를 가지고 있었다. 바로 이 적산 가옥에 '쑈리 아저씨'라는 매우 흥미로운 분과 그 가족들이 살고 있었다.

적산 가옥 본채에 해당하는 쑈리 아저씨 집은 기역자 모양이었는데 미닫이로 구분된 방 두 개와 툇마루를 개조해 만든 마루 방, 도합 3개의 방이 있는 저택(?)이었다. 특히 마루방에는 밖으로 열리는 커다란 유리문이 있었는데 바로 이 방에 유성기와 대형 라디오가 있었다. 그곳에서 저녁이면 동네 사람들이 모여 연속방송극도 듣고 LP판에서 흘러나오는 유행가도 들을 수 있었다. 말하자면 이 방은 바깥쪽으로 유리 창문이 열리는 동네의 오락무대와 같은 역할을 하고 있었다. 쑈리 아저씨는 동네 사람들을 위해 마루방 앞 쪽에 커다란 좌판까지 만들어 놓았다. 거기서 동네 사람들은 '굳세어라 금순아', '두만강 푸른 물에', '신라의 달밤' 등의 노래를 들으며 흐느껴 울기도 하였다. 전쟁과 분단의 설움을 알기엔 너무 어렸던 나는 주로 좌판에 누워 은하수와 북두칠성을 쳐다보는 즐거움으로 시간을 보내곤 하였다.

당시 쏘리 아저씨 댁에는 안방에 본처와 그 자녀 2남 1녀, 윗방에 둘째 부인(이 사람은 함경도 고향에서부터 함께 살다 함께 피난 나옴)과 아들 1명, 그리고 마루방에 인천에서 새로 맞은 셋째 부인과 딸 하나가 서로 다른 공간을 차지해 살고 있었다. 그런데 아저씨는 부인 세 명에게는 대단한 폭군이었다. 부인들 간에 알력이 생기면 심지어 장작단으로 때리기를 서슴치 않았다. 그러나 본처를 때리는 경우는 거의 없었다. 그리고 셋째 부인은 종종 바뀌었다. 당시 아저씨에게는 재력 때문인지 아니면 여성에게 특별히 매력적인 면모가 있어서였는지 셋째를 새로 얻는 일은 수월해 보였다. 대부분의 분쟁은 둘째와 셋째 사이에서 일어났는데 둘째 부인은 고향에서부터 따라온 사람이어서 내칠 수 는 없었던 것 같다. 둘째 부인은 폐병을 앓고 있었는데 키가 훤칠하고 인물도 뛰어났다. 학력도 중졸(당시 여성이 5년제 중학을 다니는 것은 매우 드문 일이었음)이라 들었는데 주위 사람들에게 상담사 역할을 하기도 했다. 여하튼 남편의 끔직한 폭력 때문인지 미닫이를 경계로 세 개의 방에서 세 부인을 포함한 도합 9명이 큰 탈 없이 아웅다웅 살고 있었다. 자녀들 사이에도 별 문제는 없었던 것을 보면 아저씨는 특별한 통솔력을 갖고 있었던 것 같다.

이 아저씨를 쏘리라고 불렀던 이유는 키가 정말 작았기 때문인 것 같다. 돌이켜 생각해보면 아마도 1미터 50센티 이하로 추측된다. 화물

운송 용역일로 드나들던 부대에서 미군들이 'shorty'라고 부르는 것을 들고 주변 사람들이 그리 흉내 냈던 것이다. 아저씨는 네 대의 트럭을 소유한 부자였다. 전해 듣기로는 흥남 철수를 전후하여 월남했는데 버려진 소련제 트럭을 몰고 내려왔다 했다. 모두 그렇게 믿었고 한 사람이 어떻게 3대씩이나 몰고 왔느냐며 의문을 제기하는 사람은 없었다. 여하튼 이 차들은 한글 알파벳 '니은' 자를 엇갈려 붙여 놓은 것처럼 생긴 쇠막대를 차 앞에 있는 구멍에 넣은 다음 힘껏 돌려야 발동이 걸렸다. 동네에서는 이 트럭을 '제무시'라고 불렀다. 이제와 생각하니 '제무시'란 'GMC'(지엠시)를 잘못 발음했던 것 같고 따라서 이 트럭들은 쏘련제가 아니라 미국의 '제너럴 모터스'(General Motors Corporation)에서 제조한 트럭이었던 것 같다. 따라서 흥남에서 피난 나올 때 몰고 온 것이라면 아마도 미군이 철수할 때 버리고 간 트럭일 것이라 짐작된다. 물론 당시로서는 손짓 발짓을 해서라도 미군과 의사소통할 수 있는 사람이 많지 않았던 점으로 미루어 보면 고향에서 가지고 나온 재산으로 미군부대에서 고장난 중고차를 불하받았을지도 모른다. 허구한 날 이 차들은 수선 중이었기 때문이다.

나는 틈만 나면 이 집에 놀러 갔다. 우리 집은 겨울에 많이 추웠고 먹는 날보다 굶는 날이 더 많았는데 아저씨 댁 식구들이 밥 먹는 모습을 보면서 대리만족을 느낄 수 있었기 때문이다. 그러나 아저씨 댁 식구들이 나에게 같이 먹자고 권한 적도 없고 그렇다고 내가 먹고 싶다는 기대를 갖고 방문한 적도 없었다. 다행히 나의 방문을 부담스러워 하거나 냉대한 적이 없었다. 그래서 아저씨가 식사 후 발뒤꿈치를 더운 물에 불렸다가 칼 같은 것으로 굳은살을 밀어내는 일과까지 구경하고 돌아오곤 하였다. 아마도 내가 동네에서도 소문난 천재였고 아저씨 댁 자녀들은 학교 성적이 그다지 좋은 편이 아니었기 때문에 자신의 자녀들이 나와 어울리는 것을 반가워했는지도 모른다.

한 번은 동네 형들이 아저씨네 트럭 밑에 있던 구슬 같은 것이 들어있는 둥그런 모양의 쇠붙이를 가리키며 주어오라고 시켰다. 무슨 이유인지도 모른 채 갖다 주었다. 형들은 착하다며 그것을 팔아 산 엿을 내게도 주었다. 이제와 생각하니 아마도 엔진 부속의 하나로 일명 '베어링'(bearing)이라 부르는 부품쯤으로 짐작된다. 나도 모르게 도둑의 하수인이 되었던 것이다.

그것도 모르고 나는 저녁에 어머니가 직장에서 퇴근하자 마치 무용담이라도 되는 듯이 자랑스레 형들이 사준 엿 이야기를 하였다. 아저씨 집에서 차 부품이 없어져서 난리가 났다는 소식을 들어오는 길에 들었던 어머니는 사태의 진상을 파악하고 나를 불러 세웠다. 그러고는 뒤로 문을 잠근 다음 다듬이 방망이로 마치 한풀이하듯 사정없이 때렸다. 정말 무서웠다. 평생 맞을 매를 그때 한번으로 다 맞은 것 같다. "내가 너 하나 믿고 온갖 고생 다하며 살고 있는데 도둑질이라니……, 차라리 너 죽고 나 죽자." "서방 잡어 먹은 과부년이 이제는 아들까지 도둑을 만들었다고 하겠구나." 하고 울부짖으며 마구잡이로 매질을 했다. 나는 어머니의 그런 모습을 그 이전에는 물론 그 이후에도 본 적이 없다. 고함과 울음소리에 놀라 달려온 쏘리 아저씨와 본처가 만류하지 않았다면 아마도 그날 무슨 큰일이 났을지도 모른다. 나중에 생각해보니 그날 나는 절규하던 어머니의 눈에서 절망 같은 것을 보았던 것 같다. 목숨 걸고 찾아온 이역에서 남편마저 잃고 실낱 같은 희망을 오직 아들의 장래 하나에 걸고 있던 어머니에게는 좌절 그 이상이었으리라 짐작된다. 그리고 그날 어머니가 내게 가한 체벌은 이후 여태까지 내가 남의 것을 훔치지 않고 살 수 있었던 특별한 교육이 된 것 같다. 특히 그날 일로 인해 나는 쑈리 아저씨를 6·25 직후 우리 가족사에 결코 잊히지 않을 추억거리로 기억하고 있다.

9. 북파공작원

중학교 급우 중에 떡방앗간을 하는 집 아들이 있었다. 그 집에 놀러 가면 친구 어머니가 가끔은 모양이 일그러진 방망이 떡 끄트머리를 "옛다 너네 들이나 먹어라" 하고 집어 주시곤 하여 그 친구가 언제나 불러 주나 기다려지곤 했다. 그런데 특이한 점은 그곳에는 항상 체격이 아주 건강한, 그리고 머리를 짧게 깎은 청년들이 많이 드나들곤 하였다. 조심스레 친구에게 어떤 사람들이냐고 물었더니 특수부대 군인들이라서 군복을 안 입고 다닌다 하였다. 북한에 잠입하는 일에 종사한다고 했다. 그리고 그곳에서 훈련받은 사람들은 일단 북파되면 거의 다 죽는다고도 하였다. 그렇지만 일단 한 번 살아만 돌아오면 평생 먹을 게 생긴다고 했다. 특히 나처럼 신체 건강하고 머리 좋은 청소년 중 북한에서 피난을 나와 북한 쪽 사투리가 몸에 배어 있는 사람들이 그 부대의 주 포섭 대상이라 하였다.

내가 원하면 자기가 아는 아저씨에게 부탁해 보겠다고까지 했다. 막상 듣고 보니 알지 못할 두려움이 엄습해왔다. (실제 이런 식으로 선정될 수 있었을지에 대해서는 아직도 확신은 없음.) 사실 그 당시만 해도 반공 교육이 일방적 세뇌에 가까워 공산당은 뿔이 달린 사람이라고 믿는 아이들이 있을 정도였다. 그러나 내게는 일단 한 번만 성공하면 온 가족이 평생 먹을 수 있는 보상이 주어진다는 말의 위력이 훨씬 강했다.

그런데 후일 특수부대 소속 군인들의 집단 사살 사건에 대한 뉴스를 접하며 잠시였지만 지원 여부로 고민했던 어린 시절의 일이 되살아나 몸서리를 친 적이 있다. 여러 경로를 통해 모집한 사람들을 실미도 등지에서 훈련하였고 그 훈련과정에서 발생한 불미한 사건으로 인해 그들 중 일부가 섬을 탈출하여 서울로 진격하다 영등포 근처에서 사살되었다는 뉴스를 접하게 된 것이었다.

여하튼 그날 방앗간 집 친구로부터 들은 얘기가 계속 귓가를 맴돌았지만 어머니와 상의할 수 있는 일도 아니고 해서 평소에 친절하게 대해주시던 뒷집 동이 아버지에게 비밀스레 상의를 해보았다. 그런데 평소 말수도 없던 아저씨가 펄쩍 뛰며 손사래를 쳤다. 아저씨가 소매를 끌며 조용히 따라오라고 하여 쫓아 갔더니 놀랍게도 아저씨는 자신이 바로 그 부대원이었고 두 번씩이나 북파에서 살아 돌아왔다고 했다. 그런데 평생 먹고 살 것이 생기는 대신 이중간첩으로 의심을 받아 반년 가까이 영창에 갇혀 있었다고 했다. 이중간첩이 아니라면 멀쩡하게 살아 돌아올 수 없다는 심증에서 내려진 처벌이었다는 것이다. 구금되어 있는 동안 심지어 잠꼬대까지 확인하는 등의 면밀한 조사 과정을 6개월 가까이 거친 후에야 민간인으로 돌려보내 주었다는 것이다. 본인의 고향은 강원도인데 호적도 이름도 모두 바꾸고 그림자처럼 살고 있다는 것이다. 그리고 자신이 어디를 가서 누구를 만나는지도 계속해서 추적받고 있다고 했다. 훈련과 파견 과정에서 알게 된 현부인과 결혼하여 동이라는 아이까지 두었는데 아저씨는 가끔은 부인까지 의심해 본 적이 있다고 했다. 이분이 한 말의 진위를 확인할 길은 없다. 그렇지만 너무나 끔찍한 얘기였다. 여하튼 만일 이 아저씨와 상의를 하지 않았다면 과연 내가 어떤 결정을 내렸을까를 생각만 해도 몸서리쳐지는 선택의 기로였다. 목숨 걸고 탈출한 북녘을 단지 경제적 어려움 따위를 해소하기 위해 북파공작원이 되어 볼 생각까지 하였다니 실로 청소년기의 비이성적 만용은 한이 없는 것 같다. 갑자기 맥아더 장군의 인천 상륙작전 성공 후 유엔군과 국군이 북진하자 잡혀간 아버지도 찾고 몰수당한 고향의 전답도 찾겠다고 월북했다가 1·4후퇴 때 미처 빠져나오지 못하고 실종된 할머니 생각이 불현듯 떠올랐다.

제3부

어떻게 믿을 것인가?

1. 백일기도

나이 열다섯에 시집은 왔지만 7년 가까운 세월 동안 남편과 합방한 기억조차 거의 없는 사람에게 왜 아직 아기 소식이 없냐며 나무라는 시어머니가 어머니에게는 한없이 원망스러울 수밖에 없었다. 그러나 모처럼 고된 농사일로부터 벗어나 백일기도를 떠날 수 있게 되었다는 생각에 불만은 쉬 사그러들었다.

고향에서 약 오십 리 거리에 수영산이 있다. 자연동굴과 우물이 산 정상 부근에 있다는 특이성 때문인지 영험한 산이라 소문이 나서 기원 기복하는 많은 사람들이 찾는 명소였다. 어머니는 그 곳에 가서 아들을 낳아달라고 지성을 드리라는 시어머니 명령으로 백일기도 차 가게 되었던 것이다.

촛불을 켜 놓고 큰 소리로 무언가를 주문 외우듯 주절거리는 사람들, 눈 감은 채 불경을 암송하며 계속 묵주를 돌리는 사람들, 채색 옷을 입고 푸닥거리하는 무당들 옆에서 계속 머리를 조아리고 손을 비벼가며 기원 드리는 사람들 속에서 어머니는 달랑 정한수 한 그릇 떠놓고 삼신할머께 외롭게 기원을 드리고 있었다. 삼신할머니란 원래 농본사회에서 천신과 지신 그리고 인신을 모시고 마을의 안녕과 풍년을 기원하기 위해 설정한 수호신일 뿐이란 사실조차 모른 채.

　어머니는 아버지 고향인 운산면과 인접한 장곡면의 가장 큰 집안에서 태어났으나 카리스마가 대단했던 외할아버지가 딸들의 현대식 교육에 매우 비판적이었다고 한다. 그러나 외할머니의 끈질긴 호소에 힘입어 열 살이 되던 해에 비로소 소학교(지금의 초등학교)에 입학했다고 한다. 그런데 4학년이 되던 해에 시집을 가며 그만두었으니 최종 학력은 초등학교 중퇴였다. 반면 아버지는 운산면의 천재라 일컫던 사람으로 결혼 당시 고향을 떠나 황해도 지역의 천재들이 다닌다던 해주사범에 다니고 있었다. 그러다 보니 말이 부부이지 일 년에 만나볼 수 있는 날이 그다지 많지 않았다. 기껏해야 방학이 되어 고향을 방문한 몇 달 동안뿐이었다. 그러나 재산 불리는 데만 열중했던 시어머니는 며느리에게 밤낮으로 혹독하게 일만 시켰다 한다. 그리고 아들 내외에게 혹시라도 애가 생기면 일손이 줄어들까 걱정한 나머지 방학 동안 아버지가 집에 와도 절대 합방을 시키지 않았다고 한다. 하늘을 봐야 별을 딸 터인데 하늘을 볼 수 없는 어머니가 아이를 갖는 것은 진즉 불가능했던 것이다.

　그러던 어느 날 할머니는 무슨 연유였는지는 모르지만 갑자기 며느리를 불러 놓고 아직도 왜 애기가 없냐고 다그치며 백일기도를 보냈던 것이다. 실로 아연실색할 일이었으나 힘든 농사일로부터 벗어날 수 있다는 생각에 한달음에 수영산으로 들어갔다 한다. 결국 어머니에겐 효험이 있고 없는 것은 처음부터 관심 밖이었으니 기도를 지성으로 드릴 리도 없었다. 오히려 외딴 곳이기는 하지만 모든 것이 새로워 흥분이 될 지경이었다 한다. 그러던 어느 날 주말을 이용해 세브란스 의학전문학교에 다니던 아버지가 어머니의 백일기도 소식을 듣고 서울로부터 수영산까지 먼 길을 찾아들었던 것이다. 아마도 영화의 한 장면같이 극적인 만남이었을 것이다

한 번도 부부 합방을 맘놓고 할 수 없었던 20대 젊은 부부에게는 천금 같은 시간이었고 모처럼 정분을 쌓을 수 있는 좋은 기회였을 것이다. 동시에 내가 세상에 나올 수 있게 된 계기가 마련되었던 것이다. 일단 떠밀어 보내기는 하였으나 점차 며느리의 노동력이 아쉬워지기 시작한 시어머니가 어머니에게 집으로 돌아오라는 명령을 내리기 바로 직전에 결실을 보았다 한다. 우선은 일손이 급하니 귀향했다가 농한기를 이용해 기도를 다시 시작하라는 것이었는데 농한기가 오기 전에 어머니의 임신이 밝혀져 어머니에게 천금 같은 백일기도용 휴가는 두 번 다시 주어지지 않았다고 한다.

어머니의 임신 사실을 알고 아버지는 매우 기뻐하며 할머니 몰래 모아 두었던 돈으로 기타를 사서 온종일 노래를 불러주었다고 한다. 그런데 하필이면 그때 오비이락 격으로 고모들이 앓아 누웠고 쉽사리 낫지를 않자 급기야 할머니는 굿판을 벌였단다. 그리고 젖이 셋 달렸다는 유명한 무당은 아버지가 사가지고 온 기타에 귀신이 씌워 그렇다는 준엄한 판정을 내렸다나. 결국 할머니는 기타를 무당의 지시에 따라 마을 어귀에 있는 냇가에 갖다 버렸는데 상황을 예의 주시하던 아버지는 냇가 아랫녘에서 기다리고 있다가 떠내려 오는 기타를 건져낸 후 서울로 줄행랑을 쳤다고 한다.

남북통일이 되면 가장 먼저 가보고 싶은 곳이 바로 어머니가 지성을

드렸다던 그리고 아버지와 오붓한 사랑을 나눌 수 있었다던 수영산이다. 할머니의 몰이해에 슬기롭게 대처했던 내 부모님들의 사랑이 나를 태어날 수 있게 해준 곳이기 때문이다. 그리고 속된 말로 하늘을 봐야 별을 딸 수 있다는 엄연한 사실이 백일기도의 치성보다 더 확실한 성과를 보장해 줄 수 있다는 사실을 확인시켜준 곳이기도 하다.

2. 무당

어느 날 작두를 탄다는 무당이 우리 동네에서 벌린 굿판에서 한참 동안 널뛰듯 껑충대며 춤을 추더니 대나무 같은 것을 들고는 사시나무 떨 듯 부들부들 떨기 시작하는 것을 목격하게 되었다. 무당은 몇몇 사람에게 그 대를 잡아보라 시켰다. 그리고 큰 소리로 무슨 말인지 모를 주문을 외우자 대를 잡은 사람들의 손이 마구 흔들리기 시작했다. 믿기지 않았지만 신통해보였다.

나도 한 번 잡아보고 싶었다. 이러한 나의 호기심을 눈치 챘는지 무당이 나에게도 대를 잡을 기회를 주었다. 앞서 대를 잡았던 사람들 경우에서처럼 나에게도 같은 현상이 나타날 것이라 믿었다. 그런데 아무리 오랫동안 잡고 있어도 전혀 손이 떨리지 않았다. 실망스러움과 당황스런 마음이 교차했다. 당황해하기는 무당도 마찬가지였다. 무당은 이놈이 부정한 놈이라서 신이 들지 못하고 있다며 호통을 쳤다. 핀잔만 듣고 물러나오는 순간부터 무당에 대한 신뢰는 많이 사라지고 말았다. 물론 나의 무당에 대한 믿음 자체가 애시 당초 부족했기 때문이었는지도 모른다는 생각이 들기도 하였다.

이러한 실망스런 체험에도 불구하고 과학적으로 입증되지 않는 신기한 현상에 대한 나의 호기심은 쉽사리 사그러들지 않았다. 그러던 중 중학교 2학년 때로 기억되는 시기에 흥미로운 소식을 어머니로부터 들었다. 당시 어머니는 동일방직공장 식당에서 일하고 계셨는데 동작이 남달리 빨라 쌕쌔기라는 별명이 붙었다. 어머니와 이 부문에서 경합을 벌이던 동료 아주머니 한 분이 계셨는데 이분 별명은 제트기였다. 나를 특히 아껴주시던 분이기도 했다. 이 분은 말 속도가 매우 빨라 따발총으로도 불리었고 코가 서양 사람처럼 커서 뺑코 아줌마라고도 불리었다. 그런데 이분이 시름시름 앓기 시작했고 회복될 기미가 보이지 않자 결국 식당일 까지 그만두게 되었다고 한다. 다행히 얼마 후 차도가 있자 동인천역 뒤편 배다리 시장 포목점에서 일을 하게 되었다. 그러나 머지않아 병이 재발해 결국 거기도 그만 두고 말았다. 딸만 둘을 둔 과부였다. 헛것이 보인다며 허구한 날 밤을 지새우게 되면서 몸이 점점 야위어갔지만 생활고로 인해 병원진료는 꿈도 꾸지 못했다고 한다.

사태가 여기에 이르자 어머니와 동료 아주머니 몇 분이 십시일반으로 돈을 모아 굿이라도 해 주자며 작두를 잘 탄다는 일전의 그 무당을 불렀다. 그런데 오자마자 핀잔부터 주었다 한다. 그리고 당장 내림굿을 하지 않으면 죽을 수도 있다고 경고하였단다. 아주머니는 우리 어머니보다는 연장자였는데(얼마나 위인지는 정확히 모르겠지만) 큰 딸이 선을 보고 있었다. 아주머니는 일단 무당이 되면 사후에 신기가 딸에게 전해진다는 속설이 세간에 회자되고 있어 딸의 앞길을 막아가며 무당 내리받이 굿을 하느니 차라리 죽어버리겠다고 으름장을 놓았다. 그러나 어머니를 살리는 것이 우선이라며 딸이 앞장 서 내림굿을 해달라고 부탁했다고 한다.

남은 아프다는데 호기심 많은 나는 흥분을 감추지 못한 채 나는 듯

굿터로 갔다. 겨울 방학 기간 중 어느 날로 기억되는 음산하고 쌀쌀한 전형적인 겨울날이었다. 작두 무당이 이른바 상산 노랫가락을 하고 나서 아주머니에게 무복을 입히고 방울과 부채를 들려서 춤을 추게 하였다. 점차 장구소리가 자진머리 장단에 가까울 정도로 빨라질 무렵 아주머니가 갑자기 무엇엔가 끌린 듯 떨어대며 춤을 추었다. 이후에도 알지 못할 복잡한 주문과 대화 등을 주고받는 굿이 계속되었다. 나중에 안 일이지만 3일 뒤 주무인 신어미집에 가서 삼일 치성을 치르고서야 비로소 내림굿을 마칠 수 있었다고 한다. 그리고 신어미 주도하에 강신자가 된 뼁코 아주머니를 신들린 상태로 몰아 놓은 후 무당이 쓰는 부채, 방울, 괭가리 등을 찾아내게 하였다고 들었다. 신어미 집은 제물포 고등학교가 내려다보이는 만국공원 근처 인천 기상대 뒤편에 있었는데 바로 근처 산등성이 땅을 파 헤치고 궤짝 하나를 발견하였고 그것을 열어보니 무당이 쓰던 일체의 물품이 들어 있었다는 것이다. 사람들은 강신자가 영험한 무당이 될 자질을 타고났다며 놀라워했는데 의심이 많은 나는 신어미가 미리 그곳에 무속인 용품을 숨겨두었다가 안내한 것이 아닐까 하고 의심했다.

　이후 아주머니는 무당이 되었고 전혀 배워본 적도 없는 무당춤도 잘 추고 무슨 말인지 알아들을 수조차 없는 주문도 잘 외어댄다고 하였다. 이처럼 강신자의 말문이 자동적으로 열리는 것을 보고 사람들은 신명 들린 무당, 즉 용한 무당이 될 소질이 있다고들 수근댔다. 내가보기에는 무슨 말을 하는 것인지 잘 알 수 없었지만 원래도 아주머니는 말이 아주 빨라 잘 알아듣기가 어려웠다는 점에서 내게는 별다른 특이사항이 없어 보였다. 여하튼 이 아주머니는 특이한 외양 때문에 뼁코 무당이라고도 불리었고 꽤 명성도 얻어 경제적으로도 윤택해졌다. 물론 건강은 완전히 회복되었다.

어쨌든 당시의 사건들이 아직도 나에게는 상당 부분 수수께끼로 남아 있다. 예컨대 아주머니 집안에 윗대에는 아무도 무당이 없었는데 왜 아주머니가 무당을 내리받게 되었는지 등의 의문이다. 물론 속설에는 자녀 중 딸이 없으면 사후 신통력이 큰 자질을 타고난 타인에게 접신이 된다고 한다. 그리고 간혹 아들이 대를 잇기도 한다고 한다. 그런데 우리가 서울로 이사한 이후 연락이 끊기고 말았지만 적어도 인천에 살고 있는 동안까지는 아주머니 두 딸 중 누구도 무당이 된 사람은 없었다. 그리고 교육에 의해 무당이 되는 사람도 있다 하니 접신이란 현상에 대한 나의 의문은 쉽사리 사라지지 않았다.

이러한 일들을 목격하며 나는 대체로 무속인들은 천성이 매우 예민하고 무엇인가를 쉽게 잘 믿는 속성이 있다고 추론하게 되었다. 무속 행위를 신뢰하지 않는 사람은 대를 잡아도 신기가 내리지 않을 수 있다는 것을 스스로 체험하였기에 나름대로 내린 결론이었다.

1998년 통일 관련 연구차 중국을 방문했을 때 공식 일정이 끝난 후 백두산 관광을 한 적이 있다. 나와 동료 한 사람을 빼고는 서울서부터 함께 온 여성 단체 관광객과 합류했었다. 상당히 이지적으로 생긴 분들도 있었고 대다수가 말수가 없는 편이었는데 딸과 어머니가 함께 온 팀이 많은 단체 관광객이었다. 그런데 백두산 정산에 올라가서야 이 사람들의 정체를 알게 되었다. 천지를 향해 선 다음 조그만 불상이나 태극기 등의 물건을 놓고 주문을 읊으며 신기를 얻기 위해 발광적으로 기도하는 것을 목격하였던 것이다. 물론 이러한 행위는 중국에서는 금지되어 있었고 때를 기다리던 중국 공안들에 검거되어 큰 금액의 벌금을 냈다. 그래도 이들은 별로 개의치 않았을 뿐만 아니라 쇼핑센터에 들를 때마다 마음에 와닿는 골동품만 보이면 무조건 사들이곤 하였다. 새로운 신으로 모실 수 있다고 하면서. 그런데 이분들은 아침에 만날 때마다 어젯밤에 누군가 자기 방문을 계속 두드렸다거나 문고리를 열려고 하는 소리 때문에 무서워 잠을 한숨도 못 잤다고 하소연하곤 했다. 내 짐작대로 이분들은 보통 사람들이 느끼지 못하는 많은 것들을 실제로 피부에 와닿듯이 느끼곤 하는 민감한 성정을 가지고 있었던 것이다. 매사에 의문을 잘 가지는 등 믿어지지 않는 일에 둔감한 나와는 사뭇 다른 사람들이었다.

지금도 나는 각종 무속 행위에 대한 의구심을 떨쳐버리지 못하고 있다. 그러면서도 진정한 무당들이라면 돈을 벌기 위해 사기행각을 버리는 사이비 무당들과는 다를 것이라 믿고 있다. 이들은 단지 보통 사람들보다는 매우 민감한 성격을 타고난 사람들이어서 우리가 알아채지 못하는 현상을 인식하고 느끼는 것이라 생각할 뿐이다. 이들은 스스로의 심신 안정은 물론 상처받고 고통받는 사람들의 영혼을 위로하기 위해 헌신하는 삶을 살고 있다고도 믿고 싶다. 비록 그들의 행위나 지향하는 바가 인간의 공동선을 추구하는 현대적 종교이념에 비견될 수 있는 것은 아니겠지만 적어도 이들을 지나치게 경시하는 일은 합당치 않다고 생각된다.

3. 흉가

죽마고우 중에 IK란 친구가 있었다. 바로 우리 집 담 넘어 살던 동갑내기 이웃이었다. 하루는 어머니께서 IK네가 가세가 기울어 이사를 했는데 여유가 없어 흉가 집으로 갔다 했다. 그런데 밤마다 귀신이 나와 하는 수 없이 교회 사람들을 불러다 사탄을 물리치는 예배까지 드렸

는데 소용이 없어 가족들이 시름시름 알지 못할 병에 앓아누웠다고도
했다.

　IK는 6·25전쟁 전부터 이웃으로 함께 자란 동네 친구이자 동창생이
었다. 그에겐 배다른 남자 동생 둘이 있었다. 그리고 배 다른 누님 한
분도 계셨다. IK네 가족은 이처럼 구성원 간의 관계가 사뭇 복잡했다.
IK의 어머니는 일본인으로 관동군 일본 장교의 부인이었었는데 해방
이 되던 해에 남편을 전쟁에서 잃었다 한다. 내 친구를 데리고 친구 어
머니는 중국을 빠져 나오기 위한 노력을 하는 과정에서 중국군 병사
의 아이를 가졌단다. 이 아이가 내 친구의 첫 번째 남동생이다. 그리고
중국 탈출 당시 도움을 주었던 한국인, 그러니까 나중에 친구의 의붓
아버지가 된 분을 만나 함께 살게 되었다 한다. 그런데 친구 아버지는
상처한 전처와의 사이에 딸 하나가 있었고 홀어머니를 모시고 살았다.
이 딸(내게는 누님 뻘)은 나중에 나의 할아버지 뻘 되는 친척과 결혼하였
고 그래서 나는 누나라고 불렀던 이분을 할머니라 부르게 되었다. 여
하튼 친구 아버지는 목수 일을 하는 분이었는데 술을 좋아했고 주사
가 좀 심한 편이었다.

　무슨 일 때문인지는 자세히 모르지만 아마도 친구 IK 어머니의 특별
한 전력 때문에 친구의 할머니가 탐탁해 하지 않아 결국 친구 아버지
는 친구 어머니와 헤어졌다. 그리고 새 장가를 들었다. 상처한 것뿐이
니 사연 많은 일본인 여성과 사는 것을 할머니가 반겼을 리 없었던 것
같다. 그리고 새 부인(친구의 의붓엄마)과의 사이에서 친구의 두 번째 남
동생과 딸 하나를 낳았다.

　생계를 이어갈 방도가 없었던 친구 어머니는 결국 동두천에서 미군
을 상대하는 업소에서 일을 하게 되었다. 속된 말로 양공주가 된 셈이

다. 놀라운 것은 친구 어머니가 운동회 할 때마다 보여 준 행동이었다. 당시 운동회의 단골 메뉴 중 하나는 달리기 경주 중간 지점에 이르면 무엇인가를 적어 놓은 쪽지들을 펴보게 되어 있고 또 그곳에 표기된 내용에 해당하는 사람을 찾아 함께 결승점으로 달려가는 경기였는데 인기가 있었다. 그런데 간혹 짓궂게 "양공주"라고 쓰인 쪽지를 열어보게 된 어린이들은 사색이 될 수밖에 없었다. 이럴 때마다 친구 어머니는 '그게 바로 나다, 나!' 하며 아이를 끌고 경주에 참여할 만큼 활발한 성격의 소유자였고 인물도 상당히 뛰어났던 분으로 기억된다. 친구 어머니는 흑인 병사와의 사이에서 혼혈아 한 명을 낳았다는데 본 적은 없다. 흑인 병사가 귀국시 데려 갔다고 한다. 결국 친구 어머니는 일본, 중국, 한국 그리고 미국의 4개국 남편을 두는 기록을 남겼다. 아무리 전시 상황이라 해도 특이한 경우라 할 수 있을 것이다.

친구 어머니의 기구한 인생은 여기서 끝이 아니었다. 일본에 있던 시동생이 부인을 잃자 형수를 찾아와 모시고 들어간 것이다. 이후 친구 어머니는 내 친구 IK와 중국인과의 사이에서 낳은 친구의 첫 번째 남동생까지 두 명을 일본으로 데려가 입적시켰다. 정말로 지금도 그리워지는 친구다.

이렇게 특이한 내력의 가정에서 자라난 친구 집에 불행이 닥쳐왔다. 당시 목수라는 직업은 매우 잘 나가는 안정적인 직업이었는데 그래서 그토록 복잡한 가족 구성원을 부양하는데 큰 어려움이 없었던 것 같다. 그런 친구 아버지가 지병으로 위중해졌던 것이다. 아마도 당시 유행이었던 폐병이었던 것 같다. 결국 오래 버티지 못하고 사망하자 집안이 풍비박산이 나고 말았다. 결국 흉가집이라고 소문이 나서 아무도 살지 않는 집을 얻어 이사를 했던 것이다.

그런데 그 이후 친구는 물론 할머니 그리고 이복 여동생까지 심하게 앓아누워 학교를 한 달 이상 나오지 못하게 되었다. 이유를 들어 보니 그 집은 적산 가옥으로 안방 윗쪽에 다락방이 있는 허름한 집이었는데 전에 그 집에 살던 주인의 딸이 다락방에서 목을 매고 자살한 이후 흉가가 되었다고 한다. 그러한 집에 오갈 데 없는 친구 가족이 들어가 살게 되었던 것이다. 그런데 이사 가서 얼마 안 되어서부터 밤마다 꿈을 꾸면 다락문이 열리면서 산발한 여인이 내 집이니 당장 나가라고 외치는 바람에 소스라치게 놀라 깨곤 한다는 것이다. 그래서 잠은 주로 낮에 자고 밤은 꼬박 새우는 식으로 살고 있다고 했다. 할머니가 다니던 교회 사람들이 몰려와 사탄을 물리치는 예배를 올리며 도움을 주었지만 별 효과가 없었다.

고등학생이었지만 도무지 납득이 가지 않는 얘기이기도 하여 위로도 할 겸 친구 집에 가서 함께 하룻밤을 지내기로 했다. 솔직히 두려운 생각이 안 드는 것은 아니었지만 태연을 가장해가며 친구와 잠자리를 같이 하였다. 누가 흔드는 듯싶어 눈을 떠보니 새벽녘이었다. 놀랍게도 나는 아무 일 없이 숙면했던 것이다. 그리고 두려움 없이 잠만 잘 자는 나를 보고 위안이 되었는지 이후에 친구도 쾌차하여 다시 학교에 다닐 수 있었다. 결국 헛소문을 두려워하거나 민감하게 대응하지 않는 한 어떤 일도 일어나지 않는 것이라는 교훈을 다시 한 번 얻었다. 나중에 확인된 바에 따르면 친구가 앓았던 병은 유사뇌염이었고 여동생은 장티푸스였다. 귀신과는 아무런 상관이 없는 것이었다. 이들을 괴롭혔다는 꿈은 아마도 심신이 허약한 가운데 집에 얽힌 소문에 대한 두려움이 중첩되면서 생겨난 환상 때문이었던 것 같다.

4. 외면 받은 어린 양

"여러분, 이종원 성도가 이번 성경 퀴즈대회에서 1등을 했습니다. 우리 다 함께 축하해 줍시다."

전도사님 말씀에 기분이 우쭐해졌다. 아마도 초등학교 저학년 시절이었다고 기억된다. 그런데 기쁨은 잠시, 곧 새로운 고민에 빠지게 되었다. 목사님께서 나에게 그동안 성경 공부도 열심히 하였으니 이제 세례를 받으라고 했기 때문이다.

일단 세례문답 서식까지 전해 받았지만 결단을 내릴 수 없었다. 남들에 비해 기억력이 다소 뛰어난 덕에 그리고 성경 얘기 자체가 재미있어서 열심히 읽고 암기는 하였으나 사실 읽으면 읽을수록 납득이 가지 않는 부분이 많았기 때문이다. 그 중에서도 모든 인간은 원죄가 있다는 얘기(왜 모든 인간이 자신은 아무런 직접적인 잘못을 하지도 않았는데 죄인이 되어야 하는지)부터 시작해서 성부, 성자 그리고 성신의 삼위 일체 설, 예수의 부활 등, 어린 나이였지만 어느 하나도 쉽게 믿어지지 않았다.

또 한 가지 세례 교인이 되는데 꺼려지는 일이 있었다. 교회가 강조한 봉사와 헌신을 조금이나마 실천에 옮긴다는 생각으로 반 년 가까이 새벽마다 교회에 나가 마당을 쓴 적이 있었다. 그런데 이러한 나의 자발적 봉사를 목격한 사람들도 많았지만 아무도 이를 알아주지를 않았다. 잘 이해가 되지 않았다. 목사님 사택 앞을 쓸 때는 일부러 빗질 소리를 크게 해가며 필요 이상으로 오래 서성여 보기도 여러 번 하였으나 목사님은 한 번도 내다보는 일도 없었고 알은체 한 적도 없었다. 물론 좋은 일은 남이 알지 못하게 하라고 배웠고 어쩌면 마땅히 해야 할 일을 한 것인지도 모른다. 그리고 다른 친구들처럼 헌금을 꼬박꼬박 낼만한 여유가 없으니 봉사로나마 대신하려고 나섰던 것이어서 더

더욱 칭찬받을 일은 아닌 것이라 생각했다.

그래도 다른 친구들 경우에는 벽에 붙여 놓은 헌금 누적 액수를 나타내는 기둥그림표가 계속 커가고 있는 반면 나의 기둥 크기는 민망하기 그지없게 항상 바닥에 머물러 있었다. 일부러 시선을 피해야 했고 교회 안에서도 자기주장 한 번 못한 채 의기소침하게 지낼 수밖에 없었다. 어린이부 회장과 부회장은 주로 헌금 누적 기둥그림표가 큰 친구들이 맡았다. 그러다 보니 말이라도 걸어보고 싶었던 여자 친구들이 한둘 있었지만 가까이 할 수 있는 기회도 거의 없었다. 이제와 돌이켜 보니 당시에도 일부 교회는 자본주의에 매우 충실한 조직이었다는 생각이 든다.

세례를 받아야 할지 말아야 할지를 선택해야 하는 기로에 서게 되었던 나는 서운한 마음을 간직한 채 결국 3년 가까이 다녔던 교회를 그만두는 결단을 내렸다. 차마 거짓 증언으로 세례를 받을 수 없었기 때문이었다. 더구나 학교에서든 동네에서든 피난민이라고 하여 차별받는 일이 다반사였는데 이러한 상처를 교회에서조차 끝내 치유받지 못한 채 떠나게 되었다는 생각에 상실감도 컸다. 사실 나이가 들어서도 자의반 타의반 십 년 이상 교회를 다닌 적이 있었지만 어릴 적 받은 상처 때문이었는지 칠순을 넘긴 지금까지 세례를 받은 적이 없다. 이미 어린 나이에 나는 소용하기 힘든 한국적 교회 문화(물론 전부 그런 것은 아니겠지만)에 정서적으로 영원한 이별을 고했던 것 같다.

5. 신앙촌

고등학교 2학년 때로 기억된다. 당시 인천에는 세간의 관심과 의혹의 대상이 되고 있던 이른바 '전도관'이라는 종교 단체가 있었다. 박태

선 장로라는 분이 스스로를 '감람나무'(원래는 하나님의 참 백성이라는 뜻을 가진 일종의 올리브 나무를 가리킴)라 칭하며 우상화해가고 있었다. 1917년 평안남도 덕천군에서 태어나 1990년에 타계한 부흥 강사 출신이었는데 신도들은 가히 광신적이었다. 박 장로는 인천 공설운동장이 내려다보이는 나지막한 산 정상에 엄청나게 큰 교회를 지어 운영하고 있었다. 그 산을 우리들은 '수도곡산'이라 불렀는데 사실은 그 산 중턱에 일제 때 수도국 사무실이 있었다는 이유로 붙여진 이름이 잘못 구전되었던 것 같다. 많은 사람들의 의혹에도 불구하고 그 세력은 점차 커져서 인천 신앙촌 외에 1957년에 소사 신앙촌(지금의 부천 근처 15만 평에 달하는 부지에 건립됨)을, 1962년에는 덕소 신앙촌을 경기도 남양주 지역에, 그리고 1971년에는 기장 신앙촌을 부산지역에 설립하기도 하였다. 이렇듯 교세를 불려나가다 보니 맹신자나 광신자 외에 교회를 유지 확장하는 데 주춧돌이 될 수 있는 젊고 우수한 인재를 육성하여 백년대계를 세우려는 일을 구상하기에 이르렀다.

할아버지가 돌아가시기 전까지 일자리를 제공해 주었던 황주 할아버지 댁 아주머니가 이 교회에 열심이었는데 특히 나에게 친절했다. 내가 학교 시험에서 100점이라도 받으면 어머니는 할아버지가 일하시던 황주 할아버지 가게에 들러 자랑을 시키곤 했는데 아마도 그때마다 아주머니가 눈여겨보았던 것 같다. 바로 이 아주머니가 내게 전도관의 젊은 사도 연수교육에 참여할 것을 권해 왔다. 별로 내키는 일이 아니었지만 거절하기 어려웠다. 어려서부터 교회에 대한 적잖은 불신이 쌓여 있었기 때문에 더욱 내키지 않는 일이었지만 아주머니 말씀을 거스를 수 있는 처지는 아니었다. 우리 집이 그분 댁에 신세진 일이 한두 가지가 아니었기 때문이다.

아주머니가 소개하여 찾아간 곳은 덕소에 있는 연수원이었다. 원래는 중공업 교육에 주력하기 위해 설립하였다고 전해 들었는데 외견상으로는 풍광이 뛰어난 강가에 지어진 평범한 학교와 흡사한 건물이었다. 장시간에 걸친 여행으로 파김치가 될 정도로 지쳐 있었지만 아름다운 주변 풍광에 잠시나마 매료되기도 하였다. 풍광에 잠시 빼앗겼던 정신을 가다듬으며 아주머니가 소개해준 K모 선생이라는 사람을 수소문하여 찾았다. 지나치게 친절한 태도로 반기며 맞아준 것까지는 다소 당황되기는 하였지만 적응할 수 있었다. 그러나 무슨 이유에서인지는 몰라도 계속 만면에 웃음이 가득한 K모 선생이라는 분 등 뒤로 미친 듯 몸을 흔들고 앉았다 일어나기를 반복해가며 "감람나무 오셨네"를 제창하는 신도들을 보고는 그만 혼비백산할 수밖에 없었다. 어떻게 오셨냐고 묻는 말에 사람을 잘못 찾았노라고 대답하고 황급히 자리를 떴다. 주변의 아름다운 풍경과는 너무나 어울리지 않는 광경이었다. 돌아오는 길은 더욱 멀게만 느껴졌다. 이후 나는 다시는 황주 아주머니 댁에 갈 수가 없었다.

6. 천벌

"천벌을 받았군, 천벌을 받았어!"

나는 마치 둔기로 뒤통수를 얻어맞은 듯 현기증을 느꼈다. 도무지 믿기지 않아 고개를 저으며 내 귀를 의심해보았다. 이 세상 그 누구보다도 내 인생에 큰 의미로 자리 잡아 온 어머니께서 내뱉은 말이었기 때문이다. 당시 나는 혹 이러다 죽는 것은 아닌가 걱정할 정도로 심하게 앓아누워 있던 차였다. 왜 그랬을지 짐작이 가기도 했지만 아연 실색할 수밖에 없었다. 그래도 나는 어머니를 원망하지 않았다. 모든 것이 나로 인해 발단된 것이라 믿고 있었기 때문이다.

나는 대학 졸업 후 선망의 대상이었던 한국은행에 입행할 수 있었으나 우여곡절 끝에 외국 유학을 떠나기로 작정했다. 다행히 아내와 같은 대학에서 장학금까지 얻을 수 있어서 재정적인 부담은 쉽게 덜 수 있었다. 그러나 6·25전쟁 이후 남편을 잃고 나와 여동생을 키우는 데 일생을 바친 어머니를 남겨 두고 떠날 수 있을까 하는 감당키 힘든 고민거리가 생겼다. 본인은 괜찮다고 하며 품었던 꿈을 절대 포기하지 말라고 했지만 쉽사리 결단을 내릴 수 없었다. 그러던 중 일단 석사과정만 마쳐도 직장을 구할 수 있을 것이고 그때 어머니를 모셔갈 수 있을 것이라는 선배의 조언을 듣고 유학길에 오르게 되었다.

그래도 떠나기 전 어머니가 혼자 계시는 동안 불편하리라 생각되는 사항들을 나름대로 생각해내어 여러 지인들에게 부탁을 해두었다. 심지어는 신혼부부였던 죽마고우 한 명을 우리 집에서 1분 거리도 안 되는 곳에 살림집을 차리게 하고 어머니를 옆에서 돌봐달라고 부탁까지 하였다. 그래도 채워질 수 없는 외로움은 아무도 대신해 줄 수 없는 것이라 생각되어 어머니를 동네 교회에 나가도록 권하고 떠났다.

또한 우리 부부는 어머니의 외로움을 다소나마 덜어드릴 겸 6년간의 유학 기간 중 한 주도 거르지 않고 어머니께 편지를 썼다. 6년간의 편지 교환 덕분인지 귀국 후 어머니와 함께 사는데 정서적으로 별 어려움이 없어 보였다. 그런데 귀국해서 채 한 달이 지나지 않은 어느 날 실로 감당하기 어려운 일이 벌어졌다. 우리가 무사히 공부를 마치고 둘이다 대학에서 교편까지 잡게 된 것은 하나님이 도와준 덕이라 하시며 목사님께 감사드리고 앞으로는 교회에도 열심히 나가야 된다고 못박아 말씀하시는 것이었다. 그리고 목사님 심방 때 어머니는 눈물까지 쏟으며 아직도 교회에 나가지 않는 아들 부부를 하나님께서 잘 인도해 달라고 통성 기도까지 하는 것이었다. 전혀 예상치 못했던 실로 큰 변화가 발생했던 것을 그때야 깨닫게 되었다. 몹시 당혹스러웠다. 그러면서도 혹독한 6년간의 외로움을 견디어 내는 과정에서 정착된 신앙생활의 한 단면일 뿐이리라 생각했다.

아내와 상의한 끝에 일단 어머니를 모시고 교회에 참석은 해보기로 했다. 그러나 자주 거론되고 있는, 그리고 감내하기 어려운 한국식 교회문화는 우리에게 큰 고통으로 다가왔다. 우리는 교회를 가는 날에는 마치 도살장에 끌려 나가는 소와 같은 심정이 되곤 하였다. 아주 큰 교회는 좀 나을까 싶어 한국의 대표적인 도심지 Y교회, C교회에서 시작해서 앞구정동의 K교회 등을 전전하였으나 거기에는 또 다른 유형의 갈등 요인들이 도사리고 있었다. 결국 우리는 집에서 가장 가깝고 아주 조그만 교회로 옮겼다. 그리고 목사님께 저간의 사정을 말씀드리고 우리에게 세례를 받으라거나 남들 앞에서 육성으로 기도하라고만 하지 않는다면 어머니를 모시고 교회에 계속 참석하겠다고 했다. M목사의 설교는 원론적이어서 재미는 없었지만 헌금을 많이 해야 복도 받고 천당에도 간다는 식의 듣기 거북한 내용은 없었다. 무엇보다도 그는 비록 동네 작은 교회 목사였지만 겸손하고 솔직했으며 매우 인간적인 분이었다. 비로소 우리는 상당기간 어머니와 함께 교회 생활에 안주할 수 있었다.

그러나 얼마간 시간이 지났을 때 교인들에게 건축헌금을 독려해서라도 교회를 확장시켜야 된다는 장로들의 의견이 기승을 부리기 시작했다. 목사는 장로들의 건의를 받아들이지 않았다. 그러자 장로들이 목사를 교회에서 축출하는 불상사가 일어났다. 그후 목사님은 미국으로 이민을 떠나버렸다. 우리는 결국 어머니를 여동생이 다니는 교회로 옮겨 가게 하고 교회 생활을 마감하기로 하였다. 귀국 후 10여 년 동안의 비자발적 교회생활을 정리했던 것이다. 살인하라거나 도둑질하라는 것이 아니면 어머니 말을 듣는 척이라도 하겠지만 교회 다니는 일은 더 이상 계속하기 어렵다고 하면서. 어머니는 이후 3일 간 통곡으로 지새웠다.

그리고 이때부터 나는 아마도 어머니가 가장 증오하는 대상의 하나가 된 것 같다. 부부 교수 자식을 대동하고 교회를 다니며 즐거워했던 어머니는 이제는 아무도 거들떠보지 않는 그저 고독한 노인으로 전락하고 말았다. 어머니의 한은 쌓여만 갔다. 그래도 한동안은 혹시나 하는 심정으로 목사나 전도사들을 대동하여 나를 설득시키려고 부단히 노력하셨다. 그러나 나는 더 이상 가식적인 교회생활로 돌아갈 수는 없었다. 이러한 나를 교화시키러 찾아오신 분들의 공통적인 논리 중 하나는 예수를 안 믿으면 지옥에 간다는 것이었다. 그럴 때마다 나는 그렇다면 예수가 태어나기 전의 모든 인간들은 다 지옥에 갔느냐고 반문하였다. 그러면 이들은 "마귀가 씌웠군" 하며 자리를 뜨곤 하였다.

모든 노력이 수포로 돌아가자 어머니의 좌절감은 더욱 커졌다. 그러던 중 아들이 알지 못할 병으로 앓아눕게 되자 엉뚱하게도 교회를 안 나가 천벌을 받게 된 것이라고 생각하기에 이르렀던 것 같다. 그래도 나는 결코 어머니에게 서운하다는 생각을 하지는 않았다. 따지고 보면 원인의 절반은 내게 있었기 때문이다.

이제와 돌이켜 보면 어머니가 나를 마냥 미워하지는 않았던 것 같다. 아마도 목숨줄 놓는 순간까지 내가 거듭 나 줄 것을 기대했던 것이 아닌가 싶다. 천벌을 받았다고 외치던 날 밤이었다. 나는 "이제는 나와 함께 가자"며 자주 나타나던 외할머니 대신에 그날 밤 꿈에는 계엄군들이 내 연구실로 들어와, 네가 시국선언을 주도한 이 교수지라고 외치더니 대답할 겨를도 주지 않고 기관총을 난사하는 바람에 피를 흘리며 죽어가던 자신의 모습에 놀라 깨어났다. 하도 기괴한 꿈이었기에 어머니께 말씀드렸더니 금방 얼굴이 환해지며 네가 주님의 은총으로 병이 나으려는 모양이구나 하며 자신의 방으로 들어가 감사기도를 드렸던 모습이 지금도 선하다.

7. 유니테리언 교회

우리 부부가 유학길에 처음 올랐을 때 수의사 부부였던 오츠(Keith and Carol Orts) 댁에서 약 3주간 홈스테이(그곳에서는 Host Family 프로그램이라 했음)를 한 적이 있었다. 그리고 이들 부부로부터 유니테리언(Unitarian)이라는 종교를 소개받게 되었다. 처음에는 우리말로 번역해 보니 문선명 목사의 통일교와 비슷하다는 생각이 들어 슬며시 경계심을 갖기도 하였다. 그런데 유니테리언 교회는 오랜 동안 종교문제에 비판적이었던 나에게 새로운 체험을 할 수 있는 계기를 마련해주었을 만큼 신선한 충격을 주었다.

유니테리언 교회의 본부는 보스톤 시내 '비콘 힐즈'(Beacon Hills)라는 곳에 있는데 수많은 다양한 종교 관련 서적을 출판하는 일을 총괄하고 있다. 유니테리언 교회는 문자 그대로 해석하자면 '신은 하나다'라는 뜻의 유일신 종교라고도 해석될 수 있다. 그런데 이때의 신을 어떻게 정의하고 인식할 것인가에 대해서는 신도 개인에게 위임하는 원칙을 지키고 있다. 따라서 개개인이 숭배하는 신이 예수가 되든 석가모니가 되든, 그리고 모하멧트가 되든 상관하지 않는다. 대체적으로 인간의 인식 능력 밖에 있는, 그리고 인간의 영향력을 벗어나는 어떤 초자연적인 존재나 운행 질서라고 믿는 사람이 가장 많은 편이었다. 그리고 천당이 있다고 믿는 것은 자유라 했지만 믿는 신자는 많지 않았다. 물론 종교적인, 또는 인간 사회의 보편적 윤리관에 합당한 생활을 한다고 해서 당사자가 현실 사회에서 복을 받는다거나 사후 천국이 보장된다고 믿지도 않는다. 또한 현실 사회에서 질병이나 사고를 피할 수 있는 어떤 보장도 없다고 대다수 신자들은 믿는다. 그러나 이들은 일반적인 종교들의 배타적인 논리나 선민의식, 그리고 옛날에 기록된 율법에 지나치게 속박된 종교적 관습들을 배제한다는 점에서는 공감대를 이루고 있다.

뿐만 아니라 교회에는 전담 목사가 없으며 목사가 있어도 신자들에게 통속적인 유형의 설교는 하지 않도록 권고하고 있다. 단지 교회는 목사로 하여금 좋은 책을 읽거나 의미 있는 지역이나 이벤트에 참여하도록 재정 지원을 하되 경험한 사실만을 객관적으로 전달 받기를 원한다. 가치 판단은 각자의 자율에 맡기자는 것이다. 물론 이러한 원칙의 수용 정도는 해당 지역 교회마다 다르다. 어쩌면 해당 지역 신자들의 영향력에 따라 지향하는 방식이 조금씩 달라진다고 볼 수 있다.

유학생활을 마치고 귀국한 이후(1979년) 10·26과 5·18 등을 경험하며 정신적으로 크게 방황하던 중 1985년 나는 미국 죠지 와싱톤 대학(George Washington University)에서 연구년을 보내게 되었는데 이 때 예전에 오츠 부부로부터 소개받은 유니테리언 교회를 찾아 나섰었다. 그리고 패어 팩스(Fair Fax) 시에 있는 교회를 찾아내어 그곳에서 주관하는 신학 코스를 이수하게 되었다. 귀국 후에는 그곳에서 교재의 하나로 사용하였던 책을 번역 출판하기도 하였다. 노먼 카즌즈(Norman Cousins)의 『생의 축복(Celibration of Life)』이라는 책이었다. 초심자들이 주로 읽는 입문서였다. 이와는 별도로 이 종파의 유명 인사 중 한 사람이었던 미국 3대 대통령 토마스 제퍼슨이 편집 발행한 성경(The Bible, compiled by Thomas Jefferson)을 국내에 들여와 번역하기 위해 성서용 사전까지 마련해 귀국하였으나 경제학자 신분으로서 이일을 주도하기는 적절치 않아 보여 계획을 포기 하였다. 대신 한국인 중 이 교회 성직자가 있다면 그분께 번역을 부탁도 하고 가능하면 귀국하여 한국에 이 종교의 전파를 부탁하려고 노력하였다. 딱 한 분 한국인 성직자가 있다 하여 연락을 취했으나 집무했던 교회가 재정난으로 없어지게 되었고 그 이후 자취를 감추어 행방이 묘연하다 했다. 지금까지 존재해온 종교들의 내세 구복적인 교리를 벗어난 종교적 발상은 현대에 이르러서도 정착하기는 어렵다는 사실을 다시 한 번 절감했다.

대학 시절에 영어회화 동아리 활동시 동료 회원들이 국제 종교 학술대회에서 통역 일을 한 것이 계기가 되어 '바하이' 교라는 종교를 체험한 적이 있다. 교회를 '하지라'라고 했는데 한국에도 용산에 위치하고 있었다. 당시 종교를 금기시하던 소련에도 이 교회만큼은 허용이 될 정도로 합리적 교리를 가진 종교다. 시조는 '바하올라'였는데 영국 옥스퍼드에서 공부한 그의 아들 '쇼기 에펜디' 덕분에 방대한 분량의 성서가 기록되어 남아 있다. '바하올라'는 원래 모하멧트 교인이었으나 현실에 맞지 않는 구식 율법에 대한 맹목적 복종만을 강요하는 종교적 관행을 비판하다가 이단으로 몰려 이란의 깊은 산 속으로 은거하여 활동하였다 한다. 그러던 중 그의 제자 중 한 사람의 밀고로 이슬람 교도들에 의해 잡혀 처형당하고 말았다고 전해진다. 마치 유대인만이 선택된 인간들이라는 식의 율법을 강요하는 유대교와는 달리 원수까지도 사랑하라고 말씀하신 예수를 유대교인들이 사지로 몰아 십자가에 못 박혀 죽도록 하였던 역사적 사실과 흡사한 행적을 갖고 있다. 바하이교에서도 이슬람교는 물론 예수교나 유교 등에 대해서도 포용적 인식을 강조하였던 것을 생생하게 기억하고 있었는데 유니테리언 교회가 바로 유사한 종교관을 견지하고 있었다.

지금은 '유니버설리스트(Universialist)'와 통합하여 '유니테리언 유니버설리스트(Unitarian Universialist)'라 부르고 있는데 내가 죠지 와싱톤 대학에 객원 교수로 나가 있을 당시는 에이즈 병이 만연하여 사람들의 성생활 방식에도 많은 영향을 주고 있었다. 그리고 이 질환이 동성애자로부터 주로 생겨났다는 이유 때문에 정통 기독교 사회에서는 마치 하늘의 저주로 천벌을 받은 자들이나 앓는 병이라는 인식이 팽배할 때였다. 따라서 이 병에 걸려 고통을 받는 이들에 대한 일체의 구호를 실질적으로 금하고 있었다. 그런데 선행이 복을 가져다주거나 천당을 보장해주지는 않는다고 믿는 유니테리언 교회는 신자들이 자발적으로 삼삼오오 구룹을 형성하여 에이즈 병자들을 돌보고 있었다. 사회는 물론 가족들로부터도 소외받은 병자들에 대한 무조건적인 봉사를 할 수 있는 힘, 이것이 바로 유니테리언의 저력이라 여겨진다.

교회의 일요일 예배는 목사의 독후감이나 여행수기 낭독이 주를 이루지만 다른 종교 지도자들이나 정신과 의사, 심리학자들도 자주 일요예배의 중심 연사로 초청되기도 하였다. 그리고 일반 교회와는 달리 발표된 내용에 대해 질문하거나 토론도 이루어지곤 했다. 한 번은 와싱톤 시내 기독교 교회의 흑인 여자 목사 신분을 가진 여성 동성애자가 초청된 적이 있었다. 발표 주제는 "왜 나는 여성 동성애자가 되었는가?"였다. 이토록 열린 생각을 가진 사람들의 교회였지만 이날은 상대적으로 많은 신자들이 참석치 않았다. 발표 후 당신의 배경 때문에 오늘은 신도들의 참석이 저조했다는 사실을 아느냐며 질문을 꺼낸 사람부터 시작해 실로 장시간에 걸친 토론이 오고갔었다. 실로 귀중한 경험이었다.

8. 김수환 추기경

"추기경은 학교로 말하자면 총장과 같은 직책일 뿐입니다. 대학에 총장보다도 훌륭한 학자가 많듯이 천주교에도 정말 훌륭한 신부님들이 많습니다."

2000년 5월 23일 제13회 성균관 대학교 600주년 기념관에서 심산상을 수여 받은 후 명륜당 뜰에서 이어진 축하연에서 김 추기경께서 내게 한 말씀이었다. 우리나라가 급변했던 시기를 거치는 동안 견디기 힘든 정치적 상황에 처할 때마다 남들보다 앞서서 용기 있게 민주화를 위해 헌신하여 준 데 대하여 감사드리던 참이었다. 추기경과 동시대를 살았다는 것 자체가 영광이고 즐거움이었다는 말씀을 드렸더니 손사래를 쳐가며 나는 훌륭한 신부는 못 된다면서 한국에도 잘 알려지지 않은 신부들 중에 훌륭한 신부들이 많다고 했다. 일례를 들면 자신의 친형인 김동환 신부는 신앙심이 깊을 뿐 아니라 가난한 자와 병약한 자를 위해 평생 헌신하였는데 불행히 요절하고 말았다 했다. 형님에 비하면 자신은 신부로서는 너무 부족한 사람일 뿐이라고도 했다.

이렇듯 추기경은 겸양이 몸에 배 있을 뿐만 아니라 가까이에서 보면 그 모습이 인자하기 이를 데 없어 보이는 분이다. 그러나 이분은 젊은 시절 매우 진취적이고 에너지가 충만한 면모를 가지고 있던 분이였다.

바로 그런 점 때문에 젊은 나이에도 불구하고 천주교 자체가 지향코자 했던 사회참여의 확대 기조에 부합되는 분으로 인식되어 추기경으로 선임되었던 분이다. 그리고 우리 국민 대다수에게 어려운 시기를 헤쳐 나가는 데 큰 힘이 되어준 정신적 버팀목이 되어 줄 수 있었던 것이다. 바로 이러한 인식에 근거하여 나는 심산상 선정위원이 되었을 때 심산상을 김 추기경에게 수여하자는 실로 파격적인 제안을 했었다. 이전까지는 주로 일제하에서 독립운동을 한, 또는 그에 대한 연구를 한 학자들에게 상이 주어졌다. 그러나 나는 이제 독립운동 관련 분야에 대한 수상은 충분할 뿐 아니라 심산상의 미래 지향적 의미 부여를 위해 차후로는 민주화에 기여한 분들을 중심으로 했으면 좋겠다는 의견을 냈던 것이다. 그리고 김 추기경을 그 첫 번째 수상자로 선정할 것을 강력히 주장하였다.

당시로서는 상상을 초월한 발상이어서 쉽게 동의를 얻지 못하였다. 독립운동가로 한국 성리학의 전통을 계승해 온 대표적 유림인 심산 김창숙 선생의 덕을 기리기 위해 제정한 상인데 천주교 추기경을 수상자로 하자며 인식의 전환을 요청하고 나선 나의 제안에 다소 당황스러워했던 것이다. 간접적인 방식으로 이의 제기가 들어왔다. 예컨대 우리가 그분을 수상자로 정하더라도 받아들이지 않는다면 낭패가 아니냐는 의견이 제기되었던 것이다. 그런 이유 등으로 인해 그 해에는 일단 나의 제안이 유보되었다. 다행스럽게도 다음 해 심산연구회 회장으로 상당히 진취적인 성향의 K교수가 선임되었다. 이에 용기를 얻은 나는 당시 평신도협의회 회장이던 외국어대학교 경제학과 H교수를 통해 추기경의 비서실장과 심산상 수여 문제에 대하여 협의해 줄 것을 부탁했다. 예상 외로 추기경이 흔쾌히 상을 받으시겠다고 말씀하셨다는 소식을 전해 왔다. 심산상이 김수환 추기경에게 돌아가는 역사적인 사건이 현실화되었던 것이다.

추기경의 심산상 수상 소식은 세간의 관심을 끌기에 충분하였다. 그런데 언론의 주 관심은 수상의 의미를 제대로 파악하는 일보다 단지 추기경이 심산 묘소에 참배할 것인지 여부에만 맞춰졌다. 심산상 수상자는 전통에 따라 수상 후 서울 수유동 독립유공자 묘역에 있는 고 심산 김창숙(1876~1962) 선생의 묘소에 참배하는 것이 관행으로 되어 있기 때문이다. 사실 심산사상연구회도 같은 문제에 대해 고민을 안 해본 것은 아니다. 수여 당시 회장이었던 K교수는 참배 형식으로 하던 묵념으로 하든가, 아니면 아예 참배 자체를 생략하든가 추기경께서 결정해 달라고 했다. 추기경은 우리나라의 독립 운동가이며 존경하는 선배인 심산 선생께 예를 표하는 것이 오히려 영광이라며 관례대로 하겠다는 의견을 전해 왔다.

김 추기경은 유림의 대표적 상인 심산상을 수상하고 묘역을 참배하는 것은 천주교와 유교 간 화해의 상징적인 의미를 갖는다고도 했다. 그리고 천주교 전래 당시 의도치 않았던 유림들의 피해에 대한 사과부터 시작하며 수상 소감을 피력했다. 아울러 새로운 천년을 여는 2000년을 맞아 종교 간의 화합을 강조하면서 죽음의 문화를 넘어 생명의 문화를 창조해 나가자고 역설하였다. 두 종교의 존재 이유인 민족과 인류, 나아가서 우주만물의 생명을 살리는 일에 협력해 나가는 것이 하늘의 큰뜻이라는 소감과 함께. 이를 위해 유교의 인 사상, 불교의 대자대비 사상, 그리고 그리스도교의의 사랑 정신이 큰 힘을 발휘할 수 있도록 함께 노력해 나가자고 했다. 자신의 종교만이 정당하고 남들의 신앙은 사이비 내지 미신이라 보는 시각 때문에 인류가 전 역사를 통해 반목하고 살육하는 우를 범해 온 현실에 경종을 울려준 연설이었다.

그런데 아주 우연한 기회에 개인적으로 김 추기경과 영광스런 인연이 닿은 적이 있다. 마닐라에 있는 아시아 개발은행(ADB)을 방문할 겸 필리핀을 다녀오게 되었는데 당시 필리핀 주재 한국인 천주교 평신도 협의회 회장직을 맡고 있던 친구 집에서 머물렀었다. 그런데 추기경이 필리핀을 방문했을 때에도 바로 그 친구 집에서 체류했다는 놀라운 사실을 알게 되었다. 그리고 영광스럽게도 추기경이 머물렀던 방의 침대를 우리 부부가 사용하게 된 것이다. 분에 넘치는 영광 때문이었는지 그 침대에서 자던 날 밤 나는 이유도 모르는 열병에 걸려 몹시 앓았다는 얘기를 수상식장에서 추기경께 전했더니 미안하다고만 했다. 하느님의 사랑 때문이라는 등의 진부한 얘기는 전혀 없이. 삶이란 우산을 펼쳤다 접었다 하는 일이요, 죽음이란 우산을 더 이상 펼치지 않는 일이라 하며 남을 위해 우산을 펴서 활용할 줄 아는 사람됨을 강조했던, 그리고 본인은 두 가지 언어를 구사하는데 참말과 거짓말이 그것이라 했던 분의 품격에 어울리는 답변이라 생각했다.

9. 종교는 선택일 뿐

70세를 훌쩍 넘긴 나이가 되었는데도 아직 나는 세속적 의미의 종교인은 아니다. 나이가 들고 건강이 나빠져 죽음이 가까워지면 사후 세계에 대한 두려움 때문에 어떤 형식으로든 종교에 귀의한다고들 한다. 그러나 무속신앙에 대한 불신을 내려놓지 못하고 있는 만큼 일반 종교적 관행에 대해서도 여전히 강한 반감을 버리지 못하고 있다.

인류 역사와 더불어 인간 능력의 한계를 뛰어넘는 초능력 세계에 대한 신비로움이나 두려움은 다양한 신앙세계를 창출해 왔다. 그리고 인간의 지혜가 크게 신장하면서 그 이전까지 존재하던 종교적 의식이나 관행에 대해 비판적 시각을 가진 진보된 종교관이 새로이 등장해왔다. 그러는 과정에서 이전에 존재하던 전통적 신앙을 미신이라 부르곤 했다. 새로 출현한 종교는 단지 주술사의 명령만 따르면 화를 피하거나 복을 받는다는 식의 전통적 주술행위를 비판하였던 것이다. 그리고 보다 설득력 있는 사회적 윤리관을 접목함으로써 동시대인의 공감을 이끌어 내기도 하였다. 그런데 이러한 과정에서 종종 여타 종교에 대해 매우 배타적인 교리가 형성되기도 했다. 그러나 보니 종교간 갈등이 오히려 인류역사상 주요 분쟁 요인을 제공하기도 하였다.

나는 기본적으로 종교니 신이니 천당이니 하는 것들은 모두 인간이 만들어 낸 개념일 뿐이라 믿는다. 물론 종교는 학문과는 달라서 논리적으로 분석하고 진위를 따질 대상은 아니다. 인간과 자연에 대한 근본 원리와 삶의 본질 등을 연구하는 철학은 기본적으로 논리학 및 인식론을 그 안에 포함시키고 있지만 종교는 논리성을 대체로 배제하는 특성이 있기 때문이다. 따라서 어떤 종교든 자신이 그 교리에 동감하고 실천하면서 마음의 평안과 행복을 찾을 수 있다면 족하다고 본다. 자기 종교만 옳고 다른 종교를 이단시하는 것은 올바른 신앙생활이 아니라 믿는다. 남들이 다 안 믿는 종교라도 자기가 믿고 행복해질 수 있다면 그것으로 족한 것이다. 믿고 안 믿는 것, 그리고 무엇을 믿을 것인가는 개인의 선택일 뿐이다.

김은국의 『순교자』라는 소설 속 주인공 중 한 명으로 알려진 L목사란 분이 있었다. 인천 지역에서 존경 받는 목회자였다. 그런데 그의 장남인 L교수는 내가 다니던 미국 대학에서 칸트 철학을 가르치고 있었는데 자기 아버지는 사기꾼이라고 비판하곤 하였다. 신도들에게 천당을 팔아먹고 있다면서. 그러던 어느 날 L목사가 위독하다는 소식을 듣고 L교수는 급히 귀국해 아버지를 대면하게 되었다. 이때 이 별난 성격의 L교수는 죽음을 앞둔 아버지에게 "아버지, 천당이 있다고 믿어요?"라고 물었다 한다. 아버지 L목사는 빙그레 웃으며, "야, 이놈아 내가 그걸 어떻게 아냐?"라고 답했단다. 그러자 L교수는 재차 물었단다. 그런데 왜 아버지는 평생 동안 신도들에게 본인도 모르는 천당을 팔아 왔냐고. 그러자 아버지는 "야 이놈아, 그건 그 사람들이 그렇게 믿고 싶어 하니까 그랬지. 이런 미욱한 놈 같으니라고." 이 말에 L교수는 아버지에 대한 오해와 편견을 떨어 버릴 수 있었을 뿐 아니라 존경까지 하게 되었다면서 우리에게 자랑했던 일이 생각난다. 멜빵 달린 반바지에 둥근 안경을 끼고 다니던 우스꽝스런 L교수의 모습이 그날만은 달라 보였다.

작고하신 어느 원로 소설가 한 분(아마도 김동리 선생으로 기억됨)이 천당을 믿느냐라는 기자의 질문을 받자 잘 모르겠지만 죽음 이후 아무것도 존재하지 않는다면 너무 허무해 사후 세계에 대한 기대와 연민의 정을 갖고 있다고 답했다는 기사를 접한 적이 있다. 우문현답이었던 것 같다.

제4부

대학이 내게 준 선물

제4부

대학이 내게 준 선물

1. 벌새가 되어 세계로 날다

1960년대에도 주로 커피를 팔지만 케이크와 음료도 함께 파는 첨단 카페가 있었다. 당시 학교 근처 일반 다방들은 다소 조명이 흐리고 경우에 따라서는 퀴퀴한 담배 냄새에 절은 곳인데 반해 우리가 들어간 곳은 대로변 1층에 위치하고 내부도 화사해서 한껏 멋을 낸 여학생들이 주로 많이 드나드는 곳이었다. 이곳에서 영어회화 클럽 결성식을 한다며 참석해 달라는 부탁을 받고 찾아가게 되었다. 둘러앉자마자 창립에 가장 주도적 역할을 한 박 군이 영어로 회의를 시작하였다. 잠정적인 회칙이라며 영어로 준비한 것을 나누어 주더니 각자 영어로 자기소개부터 하라고 했다. 제1조(article 1)는 클럽의 이름을 넣자는 등, 남들의 시선은 의식조차 않은 채 박 군은 어깨몸짓까지 해가며 놀랍도록 유창한 영어로 회의를 주재해 나갔다. 주위사람들, 특히 여학생들이 쳐다보는 것 같아 몹시 당황스럽다 못해 입이 꽁꽁 얼어붙었다. 하는 수 없이 두서 없는 말을 기어들어 가는 목소리로 가능한 한 짧게 답했다. 그야말로 심리적 문맹 상태에서 일종의 신고식을 마친 셈이다.

후기 대학 입학에 따른 정체성 위기를 극복하기 위해 군대까지 다녀 왔지만 과연 대학생활을 어떻게 하는 것이 좋을까 고심하던 차였는데 친구들 제안에 특별한 기대조차 없이 참가했던 이날 모임에서 상당한 충격을 받았다. 그리고 이 날 모임은 내 대학생활에 큰 전환점을 마련해 주는 계기가 되었다. 동아리 이름은 벌새(Humming Birds)였다. 아주 조그만 새이지만 전후좌우, 그리고 상하로 자유롭게 날 수 있다는 특성을 감안하여 선택한 명칭이었다.

1968년 결성된 이 동아리는 아직도 존속되고 있고 그동안 학계, 업계, 관계, 언론계 등에 실로 수많은 인재를 배출하였다. 학계만을 보더라도 약 20여 명의 대학교수, 그리고 한국경제학회 회장을 세 명씩이나 배출한 바 있다. 초창기 지도교수를 맡았던 K교수가 5대양 6대주 어디를 가도 이 동아리 졸업생이 있더라고 찬탄할 만큼 세계 주요 지역에서 활동해 왔다. 그야말로 벌새처럼 자유분방하고 역동적으로 말이다.

당시 동아리 모임은 매주 있었는데 항상 국내 주재하고 있는 외국인 저명인사들을 초청하여 함께 토론하는 방식으로 진행되었다. 최초 지도교수였던 최익환 교수의 배려로 학생 신분으로는 출입을 엄두도 낼 수 없었던 교수회관 식당에서 주로 모였다. 영국대사관 참사관 Eaton, AFKN News anchor, 미국장로교 한국대표부 목사 Rice, Fulbright Visiting Scholar였던 Professor Babara Mintz(그의 남편은 Korea Times English Reader였음), Mr. and Mrs. Enger, Peace Corp Volunteer였던 Mr. & Mrs. Eggar와 Mr. Bowler, 독일계 기업 주역이었던 Mr. Sasse(이분은 당시 방한이 계기가 되어 한국학을 전공하였고 독일에서 한국학 정립에 크게 기여하였으며 현재

는 한국에 귀화하여 전라도 지역에서 살고 있음) 등 실로 이루다 거론하기 힘들
만큼 많은 영어권 외국인들이 우리 동아리 모임 행사에 참여해 주었
다. 당시만 해도 영어로 의사 표현이 가능한 대학생들이 많지 않아 그
들은 우리를 한국 문화를 체험할 수 있는 희소가치가 큰 매개자로 인
식하였던 것 같다.

창립 일주년 행사에는 수십 명의 외국인 인사들이 참여해 마치 수준
높은 국제회의장 같은 분위기를 연상할 정도의 파티가 열렸다. 당시
우리의 동아리 활동은 실로 다양하였는데 Mr. and Mrs. Enger의 지도
로 해마다 창립 기념일을 전후하여 영어 연극을 하였고(이 전통은 지금도
이어져 오고 있음), 각종 국제대회 통역요원으로 활동도 하고, 방학에는
설악산 등으로 외국인과 함께 여행을 다녀오는가 하면, 영어 글쓰기
훈련을 별도로 받기도 하였다. 나는 이와는 별도로 매일 일간지 신문
사설이나 한국 주요 단편 소설 등을 번역하여 수정을 받는 공부까지
병행하는 등 실로 필사적인 노력을 기울였다.

이러한 동아리 활동을 통해 스스로의 능력 계발과 자부심의 발현이
될 수 있다는 심증이 굳어지게 되었다. 그래서 나와 비슷하게 정체성
위기를 벗어나지 못하고 있는 동료 학생들에게 새로운 활력을 불어넣
을 수 있는 기회를 제공하기 위해 가능한 한 우수한 후배들을 우리 동
아리에 영입하는 데 심혈을 기울였다. 일단 전교 수석이나 단과대학
또는 학과별 수석합격 입학자들을 중심으로 영입에 나섰다. 물론 당시
대다수 성대 학생들은 내가 그랬던 것처럼 1차 대학입시에서의 실패
로 인한 충격에서 벗어나지 못한 상태에 머물러 있다 보니 우리 제안
에 쉽게 응해 오지는 않았다. 그러나 점차 동아리의 명성이 퍼져나가
면서 가입을 희망해오는 사람이 증가하기 시작하였고 급기야는 여러

단계의 시험을 거쳐 동아리 회원을 선발하는 방식이 정착되기에 이르렀다.

이러한 과정을 통해 영입된 회원들의 열의는 실로 대단했다. 그리하여 내가 3학년이 되던 해에는 동아리 회원이 주축이 되어 영자신문 발간을 학교에 청원하게 되었다. 총장은 학생들의 뜻은 가상하나 학교 재정 여건상 당장 허용해 주기는 어렵다고만 하였다. 그래도 우리들은 실망하지 않고 거의 한 달에 한 번 정도 총장께 같은 내용의 청원서를 가지고 찾아갔다. 약 일 년쯤 지난 시기에 젊은 총장이 새로 부임하면서 비로소 우리의 뜻이 받아들여졌다. 40대 후반의 젊은 신임 총장은 학교가 먼저 제반 여건을 조성한 다음 학생들로 하여금 영자신문을 발간하는 데 수고해 달라고 부탁해야 할 일을 학생들이 먼저 일 년 이상 대신 추진해 왔는데도 이를 허락하지 못한 것에 대해 사과부터 했다. 4학년이 막 시작되는 3월 초였다. 마치 세상을 다 얻은 듯 기뻤다. 당시 취업은 요즈음이나 마찬가지로 힘들었고 따라서 4학년이라면 오로지 취업 준비에 매진해야 할 때였지만 나는 이로부터 약 3달 반 동안 집에 거의 가지 못한 채 영자신문 창간에 올인하였다. 그리하여 1970년 6월 15일 드디어 '타블로이드' 판 영자신문 'Sungkyun Times'를 발간할 수 있었다.

창간호 축사는 성균관대학교 박동묘 총장과 이병철 이사장 그리고 서울대학교 최문환 총장에게 부탁하였다. 당시만 해도 이분들과 같은 사회 저명인사들마저 영어로 글쓰는 것을 부담스러워할 때였다. 하는 수 없이 한글로 된 축사를 받아 내가 전부 영어로 번역을 해 게재했다. 또 한 가지 문제는 그때만 해도 이분들의 영어 서명이 준비되어 있지 않았다는 점이다. 감사하게도 모두들 여러 번 연습을 거쳐 새로 만든 영문 서명을 해주었다. 단 한 분은 영문 서명을 꼭 해야 할 필요가 있느냐며 한자로 서명을 대신해 주었다. 불과 50년 정도 전 우리 사회의 국제화 수준을 가늠할 수 있는 일화라 생각된다.

여하튼 벌새(Humming Birds)라는 동아리는 나로 하여금 정체성 위기를 극복하고 적극적이고 창의적으로 대학 생활을 영위할 수 있게 해준 귀중한 매개체가 되 주었다. 뿐만 아니라 일단 이러한 활동으로 인해 대학생활 자체에 흥미를 갖게 되면서 나는 경제학과 수업 외에 영문학과, 국문학과, 사학과 등의 과목들을 최대한 청강하였다. 이것이 평생 나에게 큰 자산이 되었음은 물론이다. 이러한 과정에서 나는 이희승 교수, 박종화 교수, 박종홍 교수, 조좌호 교수 등과 같은 당대 최고 수준의 석학들을 접할 수 있는 귀중한 경험을 얻기도 하였다.

2. 월간 다리의 영욕

중학교 때부터 시작했던 가정교사 일은 대학교 일학년 때를 제외하고는 제대 후 일 년이 경과할 때까지 나와 우리 가정의 주 수입원 중 하나였다. 그러나 그후 더 이상 가정교사 자리를 구하는 것이 불가능해지면서 당시 거주하던 구파발 집 앞마당에 일종의 가건물 계사를 짓고 소규모 양계 사업을 시작하였다. 병아리를 사다가 키워 계란도 수확하고 수탉은 중닭만큼 자랐을 때 육계로 팔아 생계 유지에 보태고자 하였다. 물론 그것만으로는 부족해 교통사고로 오래 병상에 있던 누이동생이 박봉의 이른바 경리직 일을 시작했다.

축산의 경험도 전혀 없을 뿐더러 마케팅의 기본도 모르면서 시작한 영세 규모의 양계사업은 일 년을 버티지 못하고 접게 되었다. 영세업자가 계란과 육계의 판로를 적시에 확보하는 일, 그리고 적정 가격에

판매할 수 있는 방안이 없었다. 계란과 육계 수집자 입장에서 보면 대규모 양계장에서 염가로 한꺼번에 필요한 물량을 확보할 수 있는데 영세업자를 찾아다니며 수집할 이유가 없었기 때문이다. 더구나 대형 양계장에서는 중닭을 미리 살처분하여 털까지 뽑아 요리가 가능한 형태로 공급하고 있었고 경우에 따라서는 폐사한 닭만을 염가로 사가는 수집업자들이 많았기 때문에 영세 양계장은 동네 사람이나 지인들을 대상으로 단골을 확보하는 외에 달리 뾰족한 방법이 없었다.

그래서 생각한 것이 영어 능력을 활용하는 일거리였다. 영자신문사 주간 T교수가 이러한 나의 어려움을 알고 외국문헌 중 좋은 글을 번역하여 잡지에 싣는 일을 알선해 주었다. 소개받은 월간 『다리』라는 잡지는 서대문구 국회의원이었던 K의원이 중심이 되어 발간한 것인데 (고문은 사학계 원로였던 서울대 이병도 교수였음) 은사였던 T교수님(노동경제 전공)께 영어 잘하는 학생을 한 명 추천해 달라고 해서 성사되었던 것이다. 내게도 도움이 되는 일을 돈까지 받으며 할 수 있다는 생각에 기꺼이 응했다. 그리고 노동 관련 외국 주요 문헌을 조사하던 중 슐츠 교수의 "인간자본에 대한 투자"라는 귀중한 글을 접할 수 있었다. 그러나 정해진 급여가 아니라 번역하여 게재가 된 글의 분량에 따라 약간의 번역 수고비를 주는 것이 전부였다. 결국 금전적으로 거의 도움이 되지 않아 이 번역일도 서둘러 접고 말았다.

그런데 이 잡지사와의 인연을 일찍 접은 것이 나에게는 천만 다행이었다. 미국에서 유학 중이던 어느 날 한국 신문에서 월간 『다리』지와 관련된 주요 인사들이 모두 구속되었다는 뉴스를 접하게 되었던 것이다. 놀란 가슴을 진정하기 어려웠다. 더구나 구속되었던 인사들이 나중에 풀려나 고발한 내용은 더욱 놀라웠다. 옷을 전부 벗기고 양손을 등 뒤로 묶은 채 거꾸로 매단 다음 콧구멍에 물을 붓는 등 가혹 행위를 가하며 허위 자백을 강요했다는 사실을 폭로한 것이다. 그 잡지사가 게재했던 어떤 글도 좌파 노동운동과는 별 연관이 없었던 것으로 기억하기에 두고두고 납득이 안 되는 일이었다. 당시 김대중 대표의 대변인이자 야당 중견 의원인 K의원을 고사시키기 위한 것이라고 했다. 사실 당시만 해도 노동경제를 전공으로 하고 글을 쓰는 일은 매우 위험도가 높은 일이었다. 노동이란 단어 자체가 은연중 금기어가 되고 근로자라는 용어로 대체되기도 했던 시기였다.

3. 내 이름은 '이 흐이승'이다

"자네는 누군가? 처음 보는 얼굴인데."

다른 학과 전공과목 수업에 염치없이 제일 앞자리를 차지하고 있던 나에게 물었다. 오랫동안 기회를 보다 청강하게 된 이희승 교수의 국어학 강좌였다. 수강학점 인정 허용 한도 때문에 정식 수강 신청은 못하였지만 선생님의 강의를 꼭 한번 듣고 싶었다며 허락해 달라고 부탁했다. 이번에는 당신이 누군지 아느냐고 되물었다. 매우 당황스런 질문이었다. 선문답도 아닌데 하는 생각을 하며 선생님 성함을 조심스레 말씀드렸다. 그랬더니 오가는 길에서 뵈었을 때와는 전혀 다른 모습으로 당신의 이름은 '이 흐이 승'이라 발음해야 된다고 하였다. 그리고는 내 이름도 모르면서 내 강의를 수강할 생각을 했느냐고 호통을 쳤다. 이렇게 해서 당대 최고 석학 중 한 분과의 인연을 가지게 되었다.

당시 선생님은 대학원장직을 맡고 있었는데 등하교 길에 버스 안에서 자주 마주치곤 했다. 150센티미터도 채 안 돼 보이는 왜소한 체구로 손잡이를 잡으려 해도 제대로 잡을 수 없는 정도였는데 보자기에 책을 싸들고 버스에 타곤 했다. 자리를 양보해 드려도 마다했고 그러다 보니 버스가 급정거할 때마다 넘어질 뻔하는 모습에 민망함을 감출 수 없었다.

선생님은 1896년생으로 일제하에서 조선어학회 사건에 연루되어 옥고를 치렀고 외솔 최현배 선생님과 한글 전용 여부와 표기방법 등을 둘러싸고 격렬한 논쟁을 벌이면서 세간의 관심을 받게 되었다. 외솔 최현배 선생님은 철저한 한글 전용 방식을 주장하며 일본식 표기어와 한자어를 순수 한글로 전환하는 데 앞장섰다. 또한 한자식 세로쓰기를 버리고 가로쓰기를 주창한 분이다. 한편 일석 이희승 선생님은 한글 전용이라는 기본 입장은 공유하였으나 이미 우리말화된 한자어를 인위적으로 한글식 표현으로 대체하자는 의견에는 생각을 달리하였던 것으로 기억된다.

한 번은 광화문 네거리에 국제극장이라는 큰 극장이 있었는데 우연히 그 근처에서 선생님을 마주치게 되었다. 광화문 지하도를 건너 학교로 가는 버스를 타려고 막 계단을 내려가는 중이었다. 아래쪽으로부터 계단을 올라오는 선생님을 보고 인사도 할 겸 발걸음을 멈춰 섰다. 그런데 선생님은 발밑 계단만을 주시하며 올라오다보니 나를 보지 못한 듯 지나쳐 갔다. 쫓아가 인사라도 해야 되겠다 싶어 뒤를 따랐는데 선생님은 극장 매표소 쪽으로 향하고 있었다. 그런데 영화 제목이 잘 생각나지 않지만 선생님의 품격에 전혀 어울리지 않는 것이었다.

"아, 한국의 대표적 석학이 어떻게 저런 영화를 백주 대낮에 보러 왔단 말인가?"

기가 막혀 입이 다물어지지 않았다. 그런데 표를 구입한 선생님이 되돌아 지하도 쪽으로 오는 것이었다. 일단 인사부터 하고 보자는 심정으로 다가가 꾸뻑 고개 숙여 인사를 마친 후 표를 사셨는데 왜 안 들어가시느냐고 물었다. 그랬더니 우리 집에서 일하는 아이가 이 영화를 보고 싶다 해서 표가 동나기 전에 예매권을 사러 왔다는 것이다. 보자기에 싼 책 보따리 속에 예매한 표를 소중히 끼워 넣은 후 계단을 내려가는 선생님을 한동안 서서 물끄러미 바라보았다.

그러나 내가 정작 선생님을 가장 존경할 수 있었던 점은 학문에의 정진과 원칙에 충실하고 명분을 벗어나지 않으며 솔선수범하는 생활태도라 생각된다. 세속적으로 인기가 별로 없는 국어 연구에 평생을 바쳤던 점, 더구나 고어 해독처럼 쏟아 붓는 시간과 정열에 비해 성과가 별무할 수도 있는 일에 일생을 헌신한 결과 한글대사전까지 편찬한 점은 그 누구도 범접할 수 없는 위대한 학문적 업적이요, 성취라 생각된다. 선생님처럼 구체적이고 확고한 목표를 일찍이 설정하고 평생을 정진할 수 있는 사람이 또 있을까? 20세기 한국 역사에 가장 크게 빛날 국어학자로 기억되리라 믿어진다. 진실로 학문하는 사람으로서의 모범을 보여 주신 선생님을 가까이서 볼 수 있었다는 것은 영광이고 행운이었다.

4. 창의성의 대가, 월탄

일석 이희승 선생님과는 아주 대조적인 월탄 박종화 선생님이 성대 국문과 교수로 재직하고 있었다. 시, 소설 등 많은 작품을 내고 수많은 일화를 남기며 당시 문학계를 풍미했던 분이다. 일석이 냉철한 이성의 소유자였다면 월탄은 창조적 감성의 소유자였다. 특히 선생님으로부터 가장 감명 깊게 들은 강의 내용은 역사적 사실에 대한 창조적 해석이었다. 선생님 강의는 일반적인 예상을 뒤엎는 경우가 많아 마치 긴장 속에 탐정소설을 읽는 듯하였다.

예컨대 처용가에 대한 강의 내용을 들 수 있다. 몇몇 학생에 대한 질문이 끝난 뒤 선생님은 처용이 한국에 표류하였다가 포로가 된 외국인이 틀림이 없다는 얘기로 말문을 열었다. 그리고 그는 처용의 탈에서처럼 코가 아주 큰 사람이었다 했다. 잡혔을 당시 이름을 물으니 'John'이라고 대답했는데 당시 'J'는 매우 강하게 발음되었기 때문에 '천'이라 들렸고 이를 이두로 표기한 것이 '처용'이란 주장을 했다. 확인할 수 없는 일이지만 사실 여부를 떠나 실로 소설가다운 창조적인 해석이라 생각되었다.

선생님은 삼국유사에서 신라시대 헌강왕의 서자로 기록하고 있는 처용의 위상에 대해서도 전혀 다른 해석을 했다. 일단 당시 표류한 서구인(아마도 서역의 이슬람 상인)이 발견되자 사뭇 그 외양이 신기하여 사람들이 그를 신격화한 후 신당에 모시고 처녀까지 바쳤다고 보았다. 잡혀 먹힐 수도 있다는 두려움에 떨던 처녀는 점차 그가 비록 외양은 달라도 자신과 별반 다름없는 사람이란 것을 깨달았다고 했다. 그러나 그의 사회적 위상이 불안하고 언어마저 불통이라 장래가 불투명하다는 사실을 깨닫고는 동네 젊은 총각들과 불륜을 저지르게 되었고 이런 일이 빈번하다 보니 결국 처용에게도 들켜 버렸다고 했다. "…… 집에 들어와 잠자리를 바라보니 다리가 넷이어라. 둘은 내 것인데 둘은 뉘 것인고. ……"라는 식으로 쓰여진 처용가에서처럼 여인의 불륜은 들통이 났지만 이를 문제삼을 만한 힘이 없던 처용은 그저 탄식조의 시만 읊을 수밖에 없었다고 했다. 진실 여부를 떠나 역시 매우 창조적이고 경이로운 문학적 해석이라는 생각이 들었다.

또 다른 예로 선생님의 신라 난생설화에 대한 독특한 해석이 기억난

다. 박혁거세가 알에서 태어났다는 신화는 실제로는 알 모양의 구유에
담겨 유기된 아기가 발견된 사실을 설화로 만든 것일 수 있다고 했다.
본래 우랄 알타이어 계통의 민족들은 부족의 세력 확산을 위해서 또
는 자신에게 경쟁자가 될 수도 있는 장자(큰 아들)를 가능한 한 멀리 보
내 세력을 확산하는 동시에 자신에 대한 암묵적 위협을 사전에 제거
하는 효과도 내었다는 것이다. 그러면서 징기스칸도 장자를 먼 변방에
머물게 하였다는 사실까지 예시하였다. 따라서 이들 민족에서는 말자
(막내아들)가 왕위를 계승하는 일이 빈번했다고도 했다. 그러다 보니 특
히 장자가 서자일 경우에는 신변이 매우 불안해질 수밖에 없고 위기
를 모면하기 위해 예컨대 알처럼 생긴 구유에 넣어 갔다 버리는 척한
다음 주변 사람들로 하여금 거두어 키우도록 부탁했을 수 있다는 차
원에서 박혁거세 탄생신화를 재해석하기도 하였다. 삼국사기 등에 나
오는 얘기와는 그 내용이 사뭇 달랐지만 선생님의 어쩌면 능청스러운
억지가 더 사실처럼만 느껴졌다. 실제로 어떤 것이 진실에 가까운지는
알 길이 없기에 더욱 흥미로운 해석이었다.

5. 지당의 96점

"자네 왜 여태껏 선생님께 인사드리지 않았나?"

은사이자 선배인 K교수께서 나에게 이른 말이었다. 지당 박준서 선
생님은 내가 가장 존경하는 은사였고 이미 십여 차례 오가며 마주칠
때마다 인사를 드렸는데 아직도 인사를 안 했다니 혹 오해를 한 것 아
니냐고 답변했다. 그랬더니 K교수는 그것은 인사가 아니라 했다. 정중
히 집으로 찾아가 뵈어야 한다는 것이다. 순간 실망감이 엄습해 왔다.
나는 어려서부터 집안 형편 때문에 어떤 형태로든 선생님들께 한 번

도 촌지나 선물을 해 본 적이 없었다. 그리고 그로 인해 유무형의 불이익을 받았던 적도 있었다. 때문에 무엇인가를 사들고 선생님을 찾아가는 일에 대해서는 남달리 거부감이 컸고 심지어 그런 일을 혐오하기도 했었다. 그런데 선생님 댁으로 찾아뵈어야 한다니……

어쨌든 큰 실망감을 삭여 가며 선생님 댁을 찾아갔다. 선물은 거의 형식적인 수준의 것으로 준비했다. 예상과 달리 선생님은 문 앞까지 나와 반겨주었다. 사모님이 마당에서 직접 재배하여 수확했다는 모과로 다린 차까지 대접해 주었다. 그간 미국에서 공부했던 과정들을 간단히 보고하는 식으로 말씀드리고 어려운 자리를 서둘러 떠나려 했더니 선생님은 저녁까지 먹고 가라며 나의 유학시절 공부한 교과목부터 시작해서 대학원에서의 경제사 과목의 개설 여부, 그리고 학위 논문의 구체적 내용과 방법론에 이르는 실로 광범위한 주제의 질문을 했다. 이렇게 집으로 찾아뵈어야 비로소 아끼는 제자가 무엇을 어떻게 공부했는지를 알 수 있는데 그저 학교에서 여러 사람들이 함께 있는 자리에서 형식적인 목례나 하는 것을 인사라고 생각했던 자신의 무지가 내심 부끄러웠다.

선생님은 내가 입학할 당시 학과장이었다. 신입생 환영 겸 야외로 소풍을 나갔을 때는 노래자랑의 심사도 맡았다. 당시 나는 노래를 별로 잘하는 편이 못 되었다. 그런데 학생들 노래가 모두 끝나자 곧이어 수상자 발표를 했는데 놀랍게도 내 이름을 제일 먼저 부르는 것이었다. "아, 이거 내가 수석 입학자라고 특별대우하시는 건가?"라고 멋쩍은 표정으로 일어섰는데 전체 참가자 중 최하위라고 했다. 민망한 착각이었다. 엄정한 심사를 한 선생님이 남달라 보였다.

그러나 내가 정작 선생님에 대해 관심을 가지게 된 것은 세 학기에 걸쳐 수강한 선생님의 경제사 연속 강의에서였다. 선생님은 일석 이희승 교수처럼 왜소한 체격의 소유자였다. 그리고 강의라야 본인이 가지고 있는 노트를 불러 주는 게 거의 전부였다. 거기다 천식 때문인지 강의 중 바튼 기침을 계속했다. 강의에 염증을 느낀 학생들 중 일부는 기침하는 회수를 '바를 정자(正)'로 표기해 가며 세는 일로 강의 시간을 보내기도 했다. 그런데 나는 선생님의 강의 내용에서 전개되는 논리의 신선함과 역동성에 매료되었다. 특히 일제의 한국경제 침탈과정을 설명할 때는 그야말로 전율이 느껴지기까지 했다. 그래서 선생님 과목을 열심히 공부했고 첫 중간시험에서 다른 학생들보다 2배 가까이 많은 분량의 답안을 쓸 수 있었다.

놀랍게도 다른 과목에서는 받아보지 못한 89점이 나왔다. 너무나 당황스런 결과였다. 그래서 학기말 시험 때는 시험 준비 방식을 바꾸었다. 기본적으로 선생님 강의 내용은 철저히 숙지하되 참고문헌으로 소개된 책들을 함께 읽고 나름대로의 의견을 첨가하여 답안을 썼다. 이번에는 96점이 주어졌다. 그런데 유학에서 돌아와 선생님 댁을 방문했을 당시 선생님은 잠시 머뭇거리더니 "내가 자네 학교 다닐 때 96점을 준 적이 있지"라고 하는 것이 아닌가. 무슨 뜬금없는 이야기인가 싶어 그저 감사하다는 영혼 없는 대답만 하고 나왔었다.

당시 대학원 입학시험에서는 교수들이 자신의 전공분야 별로 출제를 하고 이를 모두 함께 취합한 다음에 학생들로 하여금 그중 일부 문항을 선택하여 답하는 식으로 진행되었다. 채점은 대체로 이틀에 걸쳐 편리한 시간에 이루어졌는데 선생님은 첫날에는 거춤거춤 읽어 본 다음 몇 개만 접어놓고 나머지는 60, 70, 80점 그리고 낙제점으로는 40점을 주곤 했다. 85점 이하는 그렇게 네 가지 성적밖에 없었다. 그리고 다음 날 접어놓았던 답안을 채점하면서 85점 이상의 성적을 주었다. 그런데 놀랍게도 이 성적대의 점수를 정할 때에는 평소 인상적이어서 집에 보관해 두었던 답안과 비교를 한 연후에 결정한다는 사실이었다. 이 사실을 알게 된 후 나 역시 채점에 있어 어떤 일이 있더라도 정밀한 평가기준을 설정하고 공정성을 유지하는 원칙을 고수하게 되었다. 결코 학생들 앞에 일말의 부끄러움도 없을 정도로 공정한 평가자로서 교직을 마감하고 싶어서였다. 또한 이때에 비로소 선생님께서 나에게 96점을 주었단 말씀의 의미를 깨닫고 선생님의 애정에 머리 숙여 감사했다.

모교에 부임하면서 어느 날 은사들 앞에서 연구 발표회를 가진 적이 있었다. 1970년대 말부터 1980년대 초 불합리한 이중 곡가제 운용으로 인해 눈덩이같이 불어나는 양곡관리 특별회계의 적자 문제는 이른바 완충재고 운용에 의해 해소될 수 있다는 취지의 논문을 컴퓨터 시뮬레이션 기법까지 동원해가며 자신만만하게 발표했었다. 그러나 반응은 납득하기 어려울 만큼 싸늘했다. 가장 존경했던 지당 박준서 교수님께서 며칠 후 직접 쓴 "실사구시"라는 네 글자를 아무 말도 없이 건네주었다. 당혹감도 들고 또 서운하기도 했다. 나처럼 한국경제를 계량경제학적 방법론까지 동원하여 분석할 수 있는 학자가 당시에 거의 없던 시절이었기에 더욱 그러했다. 그러나 얼마 후 자신의 무지함을 깨닫고 얼굴을 들고 다닐 수조차 없었다.

미가가 오르면 사들이고 내리면 정부 비축미를 되팔면 정부에 적자가 발생하지도 않을 것이며 만일 어느 해 작황이 매우 나빠 미가가 폭등하더라도 외국에서 수입하여 시장수요에 대처하면 된다는 취지의 논문을 발표했던 것인데 지금 생각해도 부끄럽기 이를 데 없는, 그리고 세상 물정 모르는 정책 대안이었다. 농가로부터는 비싸게 사들이고 도시 서민들에게는 싼값으로 공급하고 있는 한국의 정치 역학적 현실이나 외국으로부터의 수입은 장기 공급계약에 따라 가격과 물량이 결정되고 인도되며 또 국제 거래 자체가 독점적 국제 곡물 메이저들에 의해 좌지우지된다는 사실도 전혀 알지 못했던 것이다. 결국 내가 한 것은 한낱 정신적 유희에 불과한 것이었다. 이후 정년 퇴임시까지 약 30여 년 동안 나는 지당 선생님의 가르침대로 주로 한국 경제의 본질적 문제에 대한 실사구시적 연구에 전념하게 되었다. 그리고 그 덕택에 한국경제학회로부터 제2회 최호진학술상을 받기도 하였다.

6. 지당 기념 세미나로 사은하다

학문적으로 뿐만 아니라 선생님의 언행은 1980년을 전후한 정치적 암흑기를 거치며 혼란에 빠졌던 나에게 든든한 버팀목이 되었다. 극도의 좌절감과 방황 끝에 선생님을 찾아가 도대체 어떻게 행동해야 할지 자문을 구한 적이 있다. 선생님은 당신과 같은 평범한 백년 서생이 무엇을 알겠느냐고만 하여 다소 실망스럽게 돌아왔던 일이 있었다. 그로부터 약 한달쯤 지났을 때였다. 갑자기 내 연구실 문을 두드리며, "이군, 내 방에 와서 차나 한 잔 하지"라고 했다. 선생님은 지난 한달 정도를 내 질문에 대하여 생각해 보았다고 하며 고심 끝에 얻은 본인의 소견이라고 자신의 견해를 전해 주었다. 당시 선생님의 답변은 시국에 대해 어떻게 인식하고 행동하는 것이 좋겠다고 하는 식의 얘기와는 전혀 상관없이 단지 시류에 너무 휩쓸려 인생을 낭비하지 말라는 것과 지나친 현실 참여는 결국 개인의 희생만 가져온다는 것이었다. 내가 듣고 싶었던 내용의 의견은 아니었지만 제자가 젊은 혈기로 인해 혹시라도 신분상의 위해를 당하는 일이 없어야겠다는 은사로서 마땅한 충고였다는 생각이 든다. 그리고 당시의 상황에서 스승으로서 제자에게 해 줄 수 있는 최선의 조언이었다는 것을 선생님이 타계한 후 동생분이 전해준 말을 듣고서야 확실히 깨달았다.

장례식이 끝난 다음에 동생 되는 분이 전해준 말은 다음과 같다. 형님(지당)은 일본 유학 시절 독립운동을 위한 독서회 활동을 벌이다가 발각되어 옥고를 치렀다는 것이다. 같이 체포된 동지들은 사실을 인정하고 선처를 바래 곧 풀려났지만 형님은 인정도 않고 선처를 호소하지도 않아 오랫동안 유치장에 감금된 상태에서 고문을 받았다는 것이다. 그리고 본인도 일정 기간마다 끌려가 너도 형처럼 처신하면 그냥 두지 않겠다며 혼을 내어 여러 차례 곤혹을 치렀다는 것이다. 그때 이후 형님은 건강이 나빠졌고 그래서 평생 바튼 기침을 했던 것 같다고도 했다. 그런데 이러한 사실을 누구에게라도 알리게 되면 형제의 연을 끊겠다고 해서 형님이 타계한 오늘에야 속시원히 털어놓는다 했다.

사실 선생님의 학문적 성찰이나 논조를 어떻게 해서든 글로 기록해 두고 싶어 구두로라도 전해 주면 받아 적어서라도 책을 내고 싶다고 여러 번 부탁했지만 결국 응해 주지 않았다. 납득이 안 되는 일이라고만 생각했었는데 일제하에서의 독서회 사건 경험으로 인해 두 번 다시 시국 사범으로 몰릴 만한 구실을 만들고 싶지 않았던 것 같다. 선생님의 경제사 연구 방법론은 '오오츠카 히사오'의 비교사학론에 가까웠고 다분히 마르크스적 방법론을 일부 수용한 것이어서 군사 독재 시절에 이러한 인식에 근거한 글을 쓴다는 것은 자살행위나 다름이 없었을 것이었음을 역시 나중에야 깨닫게 되었다. 그럼에도 불구하고 여러 제자들이 선생님의 정년 퇴임을 기념할 만한 논문을 한 편이라도 남겨 달라 강청하여 결국 "집권제의 기초"라는 옥고를 받아냈고 정년 기념 논문집에 게재할 수 있었다. 그리고 그것이 선생님이 남긴 유일한 논문이 되었다.

한 번은 K교수가 지당 선생님을 모신 자리에서 방학 동안에 레닌의 제국주의론 원본을 읽었다고 하며 다른 사람들이 펴낸 평론에 의존하다 보니 그동안 잘못 이해했던 부분이 있었다는 본인의 소회를 밝힌 적이 있었다. 얘기를 귀담아 듣던 지당 선생님은 일부 잘못 이해한 부분이 있는 것 같다고 했다. K교수가 당황한 듯 이의를 제기하자 ○○ 장이 시작되는 면에 있는 각주를 다시 한 번 살펴보면 본인 얘기가 옳다는 것을 알 수 있을 것이라 했다. 시시비비를 가리기 이전에 주제가 사전에 정해진 것도 아닌데 어떻게 저렇게 확실한 근거까지 들어가며 본인 입장을 밝힐 수 있는지 아연 실색할 뿐이었다.

이렇듯 모든 논리에서 허점을 찾아볼 수 없었던 분이어서 모든 제자들이 선생님을 어려워했다. 더군다나 너무나 완벽주의자여서 정년을 앞두고서야 세 명 정도의 제자를 두었을 뿐이다. 선배 C교수가 그 중 하나다. C교수는 선생님이 학위 논문 초안을 써 갈 때마다 심한 질책을 하여 한 번은 지정해준 기일 내에 쓰겠다고 약속한 논문 초안을 미처 마무리도 못한 채 찾아갔다고 했다. 그랬더니 자네가 뭐 그리 대단해서 한 번에 완벽한 글을 쓰려고 하느냐며 "이종원 군을 좀 보게나, 알든 모르든 일단 뭘 써와야 도와주지 않겠나?"라고 하더란다. 선배가 이 교수 때문에 혼이 났으니 술을 한 잔 사라고 내게 화풀이하는 바람에 어정쩡한 기분으로 선배를 위로한 적이 있다.

나도 선생님이 가장 어려운 분이었다. 그러나 일정 시간이 지난 후부터는 어차피 선생님 마음에는 들 수 없을 것 같아 아예 신경을 쓰지 않고 책을 출판할 때마다 전해드렸다. 그런데 사실 한 번도 칭찬을 들어 본 적은 없었다고 K교수께 푸념한 적이 있다. 혹시 애썼다고는 말씀하지 않더냐고 반문하기에 그런 적은 여러 번 있다고 답했다. 그랬더니 바로 그게 선생님이 하는 최고의 칭찬이라는 것이다.

선생님은 2003년 12월 말경 제자들이 묵은세배(새해가 되기 직전 연말에 드리는 문안 인사)차 찾아가기로 약속한 바로 하루 전날에 타계하셨다. 너무나 큰 상실감에 K교수가 주축이 되어 선생님이 지은 시 한 수를 골라 창사 이춘희 선생이 쓴 다음 이를 음각한 시비를 묘소에 세웠다. 특별한 돌을 얻기 위해 K교수가 지방까지 직접 방문하여 사왔다. K교수의 지당 선생님에 대한 공경은 타의 추종을 불허할 정도이다. 재임시에 보면 적어도 아침 출근해서 한 번, 퇴근할 때 한 번은 반드시 인사를 드렸다. 나와 다른 제자들은 정초에 세배 드리는 정도였지만 K교수는 연말에 묵은세배를 따로 드리며 정초에 필요한 음식 일부까지 전해드리곤 했다. 따라 하기 어려워 나는 진작 포기하고 말았지만 K교수는 자식 이상의 도리를 했다.

지금도 매년 스승의 날이 있는 주 토요일에 10여 명 안팎의 제자들이 묘소를 참배하는 것이 관행화되고 있다. 집사람이 자기 집안 선조의 묘는 한 번 찾아보지도 않는 사람이 어떻게 선생님 묘는 해마다 찾아뵙는지 이해가 안 간다고 싫은 소리를 한 적도 있다(이 글로 그 답을 대신 할 수 있었으면 한다). 그리고 선생님이 타계한 지 10년째 되는 해(2013년)부터 지당 박준서 교수 기념 세미나를 제정하여 매년 10월 세 번째 금요일에 개최해오고 있다. 학교와 동문이 공동 주최하고 내가 운영 중인 다산경제연구원이 주관하는 형식이다. 나의 대학 시절 경제학에 대한 열정과 관심을 일깨워 주었고 내가 강단에 선 이후에도 정신적 지주가 되어준 선생님을 어떤 식으로라도 우리 곁에 모시고 싶어서였다.

7. 인간 자본론

경제학이 무엇을 하는 학문인지도 모른 채 단지 우수학생들이 주로 선호하는 분야라는 차원에서 경제학과를 선택했던 터라 입학 후 한 동안 난해한 교과목들을 수강하며 혼란 속에서 세월을 보내게 되었다. 그러던 중 군대에서 제대한 후 동아리 활동 차원에서 영문으로 된 글들을 접할 기회가 많아졌고 덕분에 영문 번역 아르바이트까지 할 수 있었다. 그때 의뢰받은 번역 자료 중 슐츠(Theodore W. Schultz) 교수의 1960년도 미국경제학회 회장 취임사는 큰 울림으로 다가왔다. "인간 자본에 대한 투자"(The Investment in Human Capital)라는 제목의 연설문이었다. 그는 이 분야에 대한 연구업적으로 1979년에 노벨경제학상을 수상한 바 있다. 방황하던 나에게 경제학도로 추구해야 할 비전을 제시해 줌과 동시에 경제학에 열정을 가질 수 있는 계기를 마련해 준 글이었다. 이후 '인간 자본'이란 네 글자는 평생 내 마음속에 화두로 자리하게 되었다.

1960년대는 대학생들에겐 문맹퇴치와 농촌봉사가 가장 바람직한 사회 활동의 덕목으로 자리 잡았던 시기이다. 가족의 생활비와 동생들의 등록금 마련을 위해 주야 불문하고 고된 일을 마다하지 않던 공단의 여공들이 아름다워 보이던 시기였다. 아울러 횃불로 어둠을 밝혀가며 고속도로 건설에 젊음을 불사르던 건설노동자들의 땀방울이 거룩해 보였던 시기이기도 했다. 절대 빈곤으로부터의 탈출과 가족의 생존을 위해 헌신하던 지칠 줄 모르는 정신력 그리고 아는 것이 힘이라 믿으며 특히 자녀 교육에 전력을 다했던 불굴의 의지는 당시 한국의 인적자본 축적에 획기적인 기여를 했다. 노동의 가치와 노동의 생산성

향상 문제가 젊은 경제학도에게 깊이 각인된 시기였다.

미국으로 유학을 떠난 첫 학기에 국제경제학 과목을 듣게 되었다. 담당 교수가 비교우위론을 설명하는 가운데 한국은 노동의 생산성이 낮아 임금 수준이 낮을 수밖에 없지만 이러한 저임노동력을 집약적으로 활용함으로써 국제 경쟁력을 가질 수 있다고 하였다. 나는 즉각 반발하였다. 한국 노동자들의 임금 수준이 낮은 것은 사실이지만 이는 주로 노동의 자본 장비율(노동자가 활용할 수 있는 장비의 수준)이 낮은데 기인하는 것일 뿐, 일에 대한 열정과 헌신성을 감안 할 때 결코 노동력 자체의 생산력이 떨어진다고 볼 수 없다고 하였다. 그리고 비교우위에 대한 중간 시험문제가 출제되었을 때 나는 평소 소신대로 답안을 썼다. 교수의 논리도 일리가 있다는 점 충분히 이해는 됐지만 오랫동안 간직해온 인적 자본의 가치라는 화두를 내려놓고 싶지가 않아서였다. 물론 예상한 대로 성적이 매우 나빴고 결국 나는 그 과목의 수강을 철회하였다.

노동경제학을 전공하려던 당초 계획은 나로선 어찌할 수 없는 이유로 실현될 수 없었고 대신 계량경제학과 국제경제학을 복수 전공으로 학위를 취득하게 되었다. 그러나 귀국 후에는 지당 선생님의 가르침대로 주로 한국 경제의 본질적 문제에 대한 실사구시적 연구에 전념하게 되었다. 그리고 평생의 한국 경제 연구에서 얻게 된 주요 결론중 하나는 한국 경제가 20세기 후반 세계의 주목을 받을 만큼 고도성장을 거둘 수 있었던 근본 원인 중 하나가 바로 인적자본의 축적이라는 점이었다.

정년 퇴임 이후에도 한국 경제 현안에 대해 나름대로 관점을 정립해 나가는 일을 게을리하지 않았다. 그리고 2017년에 『쿠오바디스 한국

경제』라는 저서를 펴내게 되었는데 이 책에서 전달하고자 한 핵심 메시지 중 하나는 차후 경제 발전은 이른바 인적자본의 확충을 통해 이루어져야 한다는 사실이다. 경제학이란 모름지기 인간의 물적 여건 개선, 즉 경제 발전을 목표로 하고 있으며 이는 경제 성장과 안정 그리고 각종 불균형의 시정과 복지의 향상으로 대변될 수 있다고 볼 수 있는데 이 책에서 역점을 둔 인적자본은 경제 성장은 물론 불균형의 시정이나 복지의 향상을 동시에 개선할 수 있는 방향으로 축적되고 활용될 수 있다고 주장하였다. 한국의 미래는 인적자본의 확충 여부에 달려 있고 인적자본 중심의 경제 패러다임은 인적자본주의 시대의 중심 사조로 자리 잡아야 할 것이라 믿고 있기 때문이다. 또 이렇게 함으로써 오랜 동안 마음속에 간직해온 인간 자본이란 화두에 화답하고 싶었다.

경제학자의 기본 덕목으로 '더운 가슴'(warm heart)과 '차가운 머리'(cool head)를 요구했던 알프레드 마셜(Alfred Marshall)의 말대로 나는 경제학 연구의 기본 자세를 '냉철한 이성'과 인간에 대한 '따뜻한 마음'에 두고 경제학을 궁극적으로 인류의 복지 향상을 위한 학문으로 인식하며 미래를 선도할 새로운 패러다임은 인간이 중심이 되는 인적자본주의 또는 인본자본주의가 되어야 한다고 주장한 바 있다.

8. 내게 대학은?

브람스는 두 곡의 연주회용 서곡을 작곡한 바 있다. 그 중 하나인 작품 번호 80번은 통상 '대학 축전 서곡'이라 부른다. 영국의 브레슬라우 대학에서 명예박사학위(1876년)를 수여해준 데 대한 답례로 1880년경에 작곡한 것이다. 이 곡은 위엄 있는 분위기나 기쁨에 넘치고 빛나는 악상이 아니라 활달한 학생들의 모습이나 즐겨 부르던 노래 등의 악상을 인용하여 작곡되어 우리에게 매우 친숙한 느낌을 주는 곡이다. 그는 같은 해에 두 번째 서곡인 '비극적 서곡'(작품 번호 81)을 완성하였다.

그런데 우연히도 이 두 곡은 나의 대학생활과 많이 닮았다는 생각을 자주 하곤 했다. C단조로 조성된 '비극적 서곡'을 들을 때마다 나는 전기 대학입시에 실패하고 후기 대학에 다니며 느꼈던 좌절감과 정체성 혼란기를 떠올리곤 했다. 그리고 '대학 축전 서곡'에서는 군 제대 후 이러한 좌절과 혼란을 극복하고 왕성한 대학생활을 펼쳐나갈 당시의 내 모습을 찾을 수 있었다. 동아리 활동을 통해 적극적이고 다양한 활동을 벌이거나 인생의 큰 스승들을 만나 울림이 큰 가르침을 받을 수 있었던 감동의 순간들을 이 곡을 통해 느낄 수 있었던 것이다. 비극적으로 시작한 대학 생활을 인간적 성숙과 희망을 안겨 주는 축제로 승화시켜줄 수 있게 해준 대학생활을 나는 내 생애의 가장 행복했던 시기 중 하나로 기억하고 있다.

제5부

신세계 체험기

제5부

신세계 체험기

1. 상상을 초월한 자연의 위력

1973년 12월이었다. 짧은 겨울방학이었지만 대다수 미국 학생들은 고향으로 떠나 버린 때였다. 을씨년스러울 만큼 텅 빈 교정에는 오갈 데 없는 외국 학생들만 남아 외로움과 씨름하고 있었다. 우중충하던 하늘이 먹구름으로 뒤덮이더니 여름 장맛비처럼 눈송이가 쏟아져 내리기 시작하였다. 지척을 분간할 수 없을 정도로 쏟아지는 눈을 보고 있자니 일단은 신이 났다. 집 사람과 나가 뒹굴기도 하고 눈싸움도 하다가 지칠 대로 지쳐서야 집으로 돌아왔다. 노곤함을 더운물로 씻어버린 후 크고 솜사탕 같은 눈송이를 바라보고 맥주를 마시며 모처럼의 신나는 겨울 풍경을 자축했다.

그런데 밤이 되어서도 폭설은 계속되었고 아침에 일어나 보니 유리창이 눈으로 가려 밖이 보이지 않을 정도로 눈이 쌓여 있었다. 밖으로 나가 보니 지붕이 있는 현관 복도 부분을 제외하고는 눈 벽이 쌓여 완전히 눈 속에 갇힌 꼴이 되었다. 처음에는 난생 처음 보는 풍경이 경이

롭다는 생각에 다소 흥분까지 되었다. 그러나 정신을 차리고 곰곰 생각해 보니 큰일이었다. 자동차가 아예 눈 속에 묻혀 버려 보이지 않게 되었다는 사실보다 당장 먹고 마실 식음료를 사러 나갈 길이 원천적으로 봉쇄되었기 때문이다. 결국 복도로 연결된 같은 아파트 단지에 사는 한국 학생들끼리 서로 연락해 라면이며 음료수 등을 나누어 먹으며 눈이 치워지기를 기다렸던 기억이 있다. 다시 일상으로 돌아가기까지는 약 일주일 정도 소요되었던 것으로 기억된다. 큰 대륙에 위치한 나라는 기후 변화도 메가톤 급이란 생각이 들었다.

두 번째 폭설을 경험한 것은 1977년 겨울이었다. 당시 나는 내가 다니고 있던 인디아나 대학에서 약 한 시간 거리에 있는 '인디아나폴리스' 소재 IUPUI 대학에서 강의하고 있었다. 12월 초순으로 종강이 얼마 남지 않은 시기였다. 폭설이 예보되어 있고 오후부터 눈이 오는 모습이 예사로워 보이지 않았지만 결강할 수 없어 근심 속에 길을 나섰다. 조심스레 운전하다 보니 약 2시간 정도 걸려서야 IUPUI에 도착했다. 눈 때문인지 출석한 학생 수가 많지 않았다. 그런데 창문을 들이치는 눈보라가 점차 공포를 자아낼 정도로 심해져 결국 서둘러 강의를 중단하게 되었다. 집으로 돌아가기 위해 일단 밖으로 나와 보니 폭설을 넘어 마치 눈 폭탄들이 쏟아져내린다는 표현이 맞을 것 같은 형국이었다. 두려움이 앞섰다. 켄트에서의 폭설 경험이 떠올라 한시 바삐 집으로 돌아가야겠다는 생각이 들었다. 물론 '인디아나폴리스'에서 모텔을 찾아 묵을 수도 있었지만 며칠이나 묵게 될지도 모르는 상황에서 더구나 이를 감당할 재정력도 없어 일단 귀가하기로 결정했다. 출발 시각이 저녁 7시경이었고 평소 같으면 8시 전에 집에 도착할 수 있는 거리였으나 내가 도착한 것은 약 10시간 후인 다음날 새벽 5시경이었다. 생사의 갈림길에서 헤매야 했던 실로 무모하고 어리석은 결정의 결과였다. 집에 오니 집사람은 내가 눈 속에 파묻혀 죽었을지도 모른다는 생각에 꼬박 밤을 지새워 가며 우는 바람에 눈이 퉁퉁 부어 있었다.

그날 내린 눈은 2m 이상이었던 것 같다. 고속도로를 달리다 도로를 벗어나 뒤집힌 트럭 운전사들이 여러 명 죽었다는 소식과 눈 속에 묻힌 상당수의 트럭 기사들이 운전석 옆에 달린 환기통으로 숨을 쉬고 눈을 녹여 수분을 섭취해가며 연명했다는 소식을 나중에 접할 수 있었다. 핸드폰이 발명되기 이전 시대였지만 그나마 트럭 운전기사들은 무전기도 있고 CB(Citizen Band)를 이용해 상호 소통을 할 수도 있어 자신의 위치나 상황을 외부에 알릴 수 있었지만 승용차 운전자는 그렇지 못했다.

강한 바람을 동반한 폭설이 수평선에 가까운 궤적을 그리며 운전석 앞유리창을 향해 쉴 새 없이 들이치는 바람에 시야 확보를 위해 창문을 열고 손으로 눈을 쓸어가며 운전해 나갔다. 일단 중도에 한 번 정지하면 다시는 차를 움직일 수 없을 것이란 판단에 거의 10시간 동안 천천히 그러나 쉬지 않고 차를 몰았다. 경악할 만한 자연의 위력에 혼줄을 놓아가며 생존을 위해 분투했던 하룻밤 귀가길이었다. 이후 쌓인 눈을 다 치우고 일상으로 돌아가기까지는 약 3주 정도 소요되었던 것으로 기억된다. 그동안 석탄을 싫은 기차가 시내에 진입하지 못해 난방시간을 제한하였음에도 불구하고 산적해 있던 석탄 야적장이 거의 텅 비어가는 것을 보며 마음 조렸던 기억이 새롭다.

대륙의 일기는 폭설뿐이 아니었다. 해마다 봄철이면 남쪽(주로 텍사스나 애리조나 또는 뉴멕시코)으로부터 대륙의 중심부로 올라오는 토네이도

(매우 큰 회오리바람) 또한 가공할 만하다. 깔때기 모양을 한 엄청난 크기의 회오리바람이 이동하며 비바람과 우박 등을 뿌리는데 가장 밑 부분이 땅에 닿게 되면 그 지역은 순식간에 폐허가 되어버린다. 달리던 기차가 토네이도에 전복되었다는 뉴스를 들은 적이 있을 정도로 그 파괴력은 우리의 상상을 뛰어넘는 것이었다. 인디아나 대학도 이 토네이도가 통과하는 길목에 위치하고 있어 해마다 토네이도가 발생할 즈음에는 종종 학교 전체에 경보가 울리고 강의가 중단되기도 하였다. 그리고 '모빌 홈'(mobile home)에 사는 사람들은 모두 다른 시설로 대피하곤 했다.

물론 이 토네이도를 영상으로 보면 환상적인 볼거리란 생각을 떨칠 수 없다. 그러나 이것에 근접한 지역에 있어 보면 밀려오는 공포감이 얼마나 큰지를 실감할 수 있다. 이 토네이도는 다행히도 사람이 많이 살거나 큰 건물들이 밀집해 있는 대도시는 잘 지나가지 않고 또 통과하더라도 원통형 회오리바람의 밑둥이 땅에 내려앉지는 않는다. 높은 건물 등 구조물들이 토네이도 이동에 장애물 역할을 하기 때문이라고 한다. 그래서 토네이도는 평야 지역에서 조우하게 될 때 위험성이 더 커진다고도 한다.

이러한 토네이도를 1977년 여름 약 3주간에 걸친 미국 횡단 여행 중 먼발치에서 조우한 적이 있다. 찬란한 노을 색과 더불어 흰색과 검은 색이 혼합된 구름이 홍수에 밀려 내려오는 부유물처럼 하늘을 가르며 다가오고 있었다. 옐로스톤 공원을 구경하고 '사우스 다코다' 주 평원을 지나고 있을 때였다. 위험하다는 생각과 아름답고 경이롭다는 생각이 교차되고 있는 순간 호두알만한 우박들이 사정없이 쏟아져 내렸다. 차창을 부수기라도 할 듯 그리고 자동차 지붕이 찌그러질 정도로 엄청난 양의 큰 얼음 덩어리들이 마치 기관총이라도 쏘아대는 듯한 소리를 내며 우리가 타고 있던 조그만 방게차를 덮쳐 왔다. 순간 낮은 곳이 보다 안전할 것이란 생각에 고속도로 노견 오른편에 보이던 움푹한 지역으로 차를 몰아 내려갔다. 그런데 잠시 후 그토록 세차게 쏟아붓던 우박도 언제 그랬느냐 싶게 그치고 차를 전복시킬 만큼 불어대던 바람도 거짓말처럼 잠잠해졌다. 멀리 붉은 노을을 대동한 토네이도가 우리로부터 먼 곳으로 방향을 틀어가며 이동하는 모습이 시야에 들어왔다. 바로 전의 두려움은 사라지고 실로 장엄한 모습에 넋을 잃고 쳐다보았었다. 순식간이었지만 공포감과 황홀감이 교차하는 찰나 자연의 위력에 경외감이 엄습해 왔다.

2. 성 문화 충격 I

어두컴컴한 매표소 안 무관심한 표정의 흑인 여성이 우리를 거들떠보지도 않은 채 세장의 입장권을 던져주었다. 쳐다보지 않아서 다행이라 생각했다. 이역만리 타향에서 알아볼 사람이 있을 리 없건만 계속 신경이 쓰였기 때문이다. 서둘러 어두운 극장 안으로 몸을 날렸다. 우리가 홈스테이 프로그램의 일환으로 머물고 있던 오츠 부부의 집까지 찾아와 태권도 격파 시범을 보여준 지인을 따라 2시간 거리의 콜럼버스를 방문했던 때였다. 그동안 관심의 대상이었던 이른바 문화영화라고 에둘러 표현하던 포르노영화를 함께 보러 갔던 것이다. 벌거벗은 채 성행위를 묘사하는 화면은 차마 눈뜨고 보기 민망하였다. 더구나 동행한 사람의 조합도 불편하기 이를 데 없었다. 신혼 유학생 부부와 목사가 함께 한 관람이었기 때문이다. 마음만 바장이다 영화가 끝나기도 전에 약속이나 한 듯 거의 동시에 일어나 나왔다. 영화가 끝나고 불이 켜

졌을 때 주위 사람들과 눈을 마주칠 일에 신경이 쓰였기 때문이다.

사실 나중에 안 일이었지만 포르노 영화라 해도 그때까지는 남녀의 은밀한 곳이 직접 보이는 것은 금지되어 있었다. 그런데 그로부터 약 3년 후 박사과정을 밟기 위해 인디아나 대학으로 옮겨갔을 때였다. 학생회가 주관하여 19금 영화를 상연한다고 하여 별생각 없이 상연 장으로 갔다. 제목은 '딥 스로웃(Deep Throat)'이었다. 그런데 남녀의 성기는 물론 실제 성행위를 하는 장면들이 확대되어 화면 전체에 나타나는가 하면, 신음소리가 홀 안을 가득 채우기도 하였다. 성적 흥분이 안 되어 고민하던 남녀가 구강 섹스를 함으로써 성욕을 되찾는다는 줄거리가 있기는 하였지만 너무나 적나라한 영상에 우리는 거의 눈을 감았다. 그리고 혹시 한국 학생들 중 누군가가 우리를 발견할 수도 있다는 생각에 두려워 고개도 못 들고 앉아 있었다. 그런데 미국 학생들은 남녀가 스크럼까지 한 채 신음 소리를 흉내 내거나 '더더더……'를 연발하기도 했는데 마치 축제장에 나와 있는 듯 즐거워하는 것이었다. 동서양 간의 차이가 이렇게 클 줄은 미처 몰랐다. 그들은 한 치의 부끄럼도 없이 영상을 보며 'laugh it away', 즉 웃어 넘겨버리고 있었기 때문이다. 그러나 그날의 영화는 우리에게는 너무나 충격적이고 생각만 해도 구역질이 나서 한동안 식사조차 제대로 하지 못했다.

이후에도 미국 생활에서 우리는 납득하기 어려운 일들을 자주 겪곤 하였다. 내가 다니던 인디아나 대학은 뮌헨 올림픽에서 7관왕을 차지한 치과의사 마크 스피츠가 다녔던 학교로 올림픽 규모의 수영장이 3개나 있었다. 그 중 겨울에도 운영되는 실내 수영장이 두 개나 있어 자주 이용하곤 했는데 그곳에는 사우나 시설까지 있었다. 그런데 그곳에만 가면 전혀 알지도 못하는 미국 학생들이 민망할 정도로 친절을 베푸는

것이 짐짓 거북하기까지 했다. 나중에 알고 보니 이들 대부분이 동성애
자라는 것이다. 동양인들이 체구도 작고 음모도 적어 여성처럼 보였을
수 있다는 얘기를 듣고는 그후 실내 수영장 출입은 삼갔던 일이 있다.

또 내가 살던 학교 아파트에는 남자끼리 사는 학생들이 있었지만 별
생각 없이 지나쳤는데 알고 보니 이들 대부분이 동성애자들이었다. 그
렇지 않고서는 같은 방을 남성 두 사람이 함께 쓸 일이 없다는 것이다.
지금도 한국에서는 단체 관광이나 연수를 가면 같은 성 참가자끼리 동
숙하는 것이 지극히 관행화되어 있는 것을 보면 우리와는 인식이 매
우 다르다는 것을 알 수 있다. 반면 한국에서 흔히 볼 수 있는 행위라
할 수 있는 여학생들끼리 팔짱 끼고 걷는 행위도 서양인에게는 동성
애자로 자칫 오인될 수 있다 하니 동서양의 문화 차이가 새삼스럽다.

훨씬 후의 일이지만 연구년을 맞아 워싱턴에 있는 죠지 와싱톤 대학
교(George Washington University)에 방문 교수로 나가게 되었는데 당시까
지도(1985~6년) 한국 교수 월급으로 미국 체재 비용을 감당하기가 매우
어려울 때였다. 따라서 아파트 임대는 엄두도 못 내고 남의 집 방 하나
를 부분 임대할 계획을 세웠다. 학교 사정상 집사람이 함께 나오지 못
해 혼자 누워 잘 공간만 있으면 되었기에 생각해낸 방안이었다. 그러
던 중 어느 단독 주택 지하에 방 하나가 나왔다 하여 가보았다. 집도
깨끗했고 주인도 매우 친절했다. 단 한 가지 화장실과 욕실은 1층에만
있어 주인과 공동으로 써야 했다. 다음 날 와서 계약하고 싶다고 한 후
돌아와 미국인 동료 교수에게 얘기했더니 가지 말라고 했다. 동성애자
가 확실하다는 것이다. 그리고 보니 그 주택 1층에 있는 욕실이 밖에
서 들여다보일 수 있는 투명한 유리로 되어 있던 것이 불현듯 생각났
다. 섬찟했다.

3. 성 문화 충격 II

통일 문제 연구를 위해 독일과 동구권 학자들을 만나러 뮌헨에 들렀을 때였다. 올림픽 때 사용했던 수영장이 일반인들에게도 개방되어 있다기에 잠시 틈을 내어 찾았다. 올림픽이 치러진 지 오랜 시간이 흘렀지만 모든 시설이 잘 관리되고 있었다. 수영을 마치고 샤워장에 들러 탈의장으로 막 나가는 순간 여러 명의 여성들이 벌거벗은 채 옷을 갈아입고 있는 모습이 시야에 들어왔다. 깜짝 놀라 순간적으로 주요 부위를 두 손으로 가린 채 구부정한 모습으로 옷보관함이 있는 곳으로 달려갔다. 그런데 그 여성들은 아무런 관심조차 보이지 않았다. 남녀 탈의장은 별도 위치에 있었지만 칸막이가 없이 같은 공간을 쓰고 있었던 것이다.

순간 동료 교수 중 독일에서 공부했던 분이 들려주었던 얘기가 불현듯 생각났다. 학위 논문을 쓰던 중 지도교수가 예비 원고를 작성해 집으로 찾아오라 했단다. 약속 시간에 늦는 것을 무척 싫어하는 교수 성격 때문에 서둘러 나서다 보니 예상보다 30분이나 일찍 도착하였단다. 어떻게 할지 망설이다가 약 10분쯤 지난 후에 초인종을 눌렀는데 대답이 없어 슬쩍 문을 밀어 보니 스르르 열렸더란다. 자기를 위해 미리 열어 둔 것이라 믿고 들어선 순간 지도교수가 부부행위를 하는 장면이 들어와 질겁하고 돌아나오려 했단다. 그런데 지도교수는 "괜찮네, 우린 거의 끝났네."라며 거리낌 없이 맞아 주었다는 것이다. 그날 교수로부터 논문 지도를 받는 내내 무안하고 불편했던 기억을 결코 잊을 수 없다는 얘기를 들은 적이 있다.

이렇듯 성문화가 사뭇 독특한 독일의 뮌헨 외곽에 'Englishe Garten', 즉 영국식 정원(English Garden)이 있는데 날씨가 좋은 날에는 누드 캠프가 되곤 한다. 문화적으로 후진 단계에 있던 독일이 경제력이 신장되면서 문화적 선진화를 위한 사업의 일환으로 이 정원을 조성했다고 한다. 그런데 날씨가 좋은 날이면 이 공원은 수많은 나체족으로 가득 찬다 했다. 마침 그 지역을 지나는 동안 날씨도 쾌청하고 하여 그 정원(실제로는 엄청나게 큰 공원임)을 찾아갔다. 마치 다비드상과 흡사하게 생긴 젊은 사내가 나체로 여유롭게 거니는가 하면 실오라기 하나 안 걸친 남녀가 함께 배구 시합을 하는 모습이 시야에 들어왔다. 펄쩍펄쩍 뛸 때마다 출렁이는 남성의 심볼과 여성의 가슴을 민망해서 똑바로 쳐다볼 수 없었다. 이곳에서는 옷을 입고 다니는 것도 자유라고 했지만 오히려 옷을 입고 다니는 것 자체가 부담스럽게 느껴져 오랜 시간 버티지 못하고 나온 적이 있다. 이런 광경을 보면 동료 교수 Y가 자신의 지도교수와의 거북했던 조우 사건도 반드시 지어낸 거짓말이 아닐 수도 있다는 생각이 들었다.

이번에는 미국에서의 일화다. 아내의 지도교수 부부와 그 동료 교수 부부를 함께 만나 식사한 적이 있었다. 불행하게도 얼마 후 한쪽은 남자가 그리고 다른 쪽은 여자가 지병으로 거의 같은 시기에 타계했다는 소식을 듣게 되었다. 그런데 놀라운 것은 남은 두 사람이 함께 살기로 했다는 것이다. 그것도 돌아가신 분들의 유언에 따라. 우리로서는 쉽게 이해가 되지 않았다. 그러나 그들은 일생 동안 생사고락을 함께 해오다시피한 절친한 친구 사이였으며, 따라서 남은 두 사람이 서로 의지하고 여생을 보내는데 더 이상 좋은 상대가 없다는 점에서 수긍이 가기도 했다. 이런 얘기를 동료 교수에게 한 적이 있었는데 나를 물끄러미 쳐다보다가 정색을 하며 "이 교수는 미국에서 나쁜 물이 들었다"며 앞으로는 이 교수와 부부 동반으로 만나서는 안 되겠다고까지

한 적이 있는 것을 보면 진실로 동서양의 남녀관계에는 큰 인식의 차이가 있어 보인다.

미국 생활에서의 에피소드를 한 가지 더 소개해 본다. ○○대학 재학 시절이었다. 절친한 선배가 주었던 충고 중 하나가 미스 아무개를 조심하라는 것이다. 유부남 안 가리고 유혹한다 했다. 공부는 뒷전이고 애정행각으로 학점을 따낸다고도 했다. 이 여성 때문에 해당 학과에서는 한국인에 대한 이미지가 매우 나빠졌고, 그래서 한국 학생에게는 입학 허가도 잘 안 나온다 했다.

문제의 여성이 우리를 자신의 집으로 초대했다. 우리들 만남에 어울리지도 않는 촛불만 여러 개 켜 놓고 소등해 놓은 집으로 우리를 안내했다. 부담스럽고 불편한 분위기였다. 그러나 별 탈 없이 돌아왔고 답례로 그 여성을 우리 집에 초대하였다. 완충 역할을 할 사람이 필요할 듯하여 L선배도 불렀다. 이런 저런 얘기로 약 한 시간쯤 지났을 무렵 그 여성은 자리가 이렇게 길어질 줄 모르고 밖에 친구를 기다리게 하였다고 말했다. 화들짝 놀라 우리는 누군지 모르지만 얼른 집안으로 들어오시게 하라 했다. 문을 열고 나갔더니 거기에는 내가 속한 단과대학의 경영학과 교수가 추위를 참으며 바장이고 있었다. 문제 여성의 섹스 파트너였던 모양이다. 선배의 충고가 거짓이 아니었음을 알 수 있었다. 문제는 나를 보고도 그 교수는 하등의 부끄러움이나 어색한 표정을 보이지 않았다는 점이다.

문제의 여성은 다음 해에 ○○나라 사람과 결혼하여 유럽으로 이주해갔다고 전해 들었다. 그런데 신학기가 되어 방학 동안 보지 못했던 동료 학생들과 오랜만에 담소하고 있을 때였다. 누군가 등을 가벼이 두드리며 반가움을 표하는 듯하여 뒤돌아보았더니 바로 문제의 여성이 우리 집을 방문했을 때 한 시간씩이나 추위를 무릅쓰고 밖에서 기다리고 있었던 교수였다. 창피해서라도 우연히 마주치더라도 모른 척 자리를 피했을 것 같았는데 이분은 나에게 다가와 유럽에 간 김에 그 여성을 찾아가 반가운 재회를 하고 돌아왔다는 말을 자랑스레 하는 것이었다. 할 말이 없었다.

4. 스트리킹의 원조는 한국?

이번에는 내가 유학할 당시 미국 대학가에서 유행했던 스트리킹(streaking) 목격담을 소개해본다. 스트리킹이란 벌거벗고 대중 앞에서 달리는 행위인데 내 기억이 맞는다면 1974년 초 미국 하버드 대학에서 처음 시작된 일탈 행위이다. 내가 다니던 대학에서도 같은 해 가을 학기말 시험이 끝날 무렵 남녀 기숙사에서 벌거벗은 학생들이 뛰쳐나와 교정과 도로 위를 질주한다는 소식을 들었다. 슬며시 흥미가 동했으나 우리가 사는 기혼자 아파트에서는 사뭇 먼 거리에 있는 지역이고 또 정확히 몇 시에 시작할지 알 수도 없는 일이어서 포기하였다. 대신 다음날 신문을 보고 확인하는 것으로 만족해야 했다.

미국의 대학 공부는 쉽지 않다, 또 대다수 학생들은 대학에 오면서부터 재정적으로 독립해야 하므로 각종 아르바이트로 등록금도 충당해야 하는 심리적 압박에 시달리고 있는 상황에서 이런 행사가 학생 단체에서 시작되자 불길 번지듯 전국으로 확대되었다. 이후에 각종 스트리킹 기록이 작성되었고 그 사건들이 타임지에 소개되기도 했다. 예컨대 가장 높은 곳에서의 스트리킹을 위해 나체로 스카이다이빙을 한 사람, 가장 많은 사람들 앞에서의 나체 질주 기록을 위해 미국 최대 스포츠 행사인 수퍼볼(미식축구 연말 결승)과 월드 시리즈(프로야구 연말 결전)

에서 나체 질주를 한 사람이 있는가 하면, 가장 느린 스트리킹은 뉴욕 센트럴 파크에서 작성된 무명의 노인 부부의 나체 산책이었는데 사람들은 이를 '스네일링(snailing)'이라 불렀다. 달팽이처럼 천천히 움직였다는 뜻이다. 이렇듯 다양한 유형의 나체 질주 소식은 가끔 들었지만 실제 목격한 적은 없었다.

그러던 어느 날 학생회관 식당에서 일어난 일이었다. 새로 도착한 한국 유학생을 안내하자며 함께 자리를 해달라는 A형 부탁으로 나가 있었다. 그때 갑자기 문짝이 양쪽으로 제켜지더니 굉음과 함께 나체로 오토바이를 탄 남자 한 명이 돌진해 들어왔다. 헬멧만 쓴 모습이었다. 그리고는 급히 방향을 180도 바꾸어 되돌아 나가버렸다. 삽시간에 일어난 일에 놀라기도 했지만 신선한 경험에 즐겁기도 했다. 소문만 들었던 미국 대학문화의 실제를 확인했다는 심정이었다. 내가 저런 행위는 1974년경 미국에서 처음 나타난 것이라고 알은체했더니 A형은 그렇지 않다고 했다. 한국에서도 대학 시절 이미 자신의 친구들이 그런 행위를 호기심에서 한 적이 있다는 것이다.

새 학기가 될 때마다 등록금 마련 문제로 고민하던 학생들이 적지 않은 것이 우리나라 대학의 실정이었다. A형과 같은 과 친구 한 사람도 등록금 문제로 휴학을 고려하고 있었다 했다. 돈을 빌려줄 수 있는 여유가 있는 친구도 있었지만 자존심을 건들일 수도 있다는 생각에 망설이고 있을 때 한 친구가 기발한 제안을 내놓았다 한다. 이화여대 앞에 있는 돌다리를 나체로 건너갔다 오는 조건으로 등록금을 빌려주자는 것이었단다.

그런데 놀랍게도 등록금 걱정으로 고민하던 친구가 갑자기 의연한 모습으로 그 제안을 받아들였다고 한다. 일행은 택시에 동승한 후 이

화여대 정문 앞에 이르렀고 문제의 학생이 엄호 속에 택시 안에서 탈의를 한 후 상황을 살피다가 냅다 뛰쳐나가 다리 위를 오가는 나체 질주를 마친 후 택시로 돌아왔단다. 택시기사는 공범으로 검거될 수도 있다는 우려 때문에서였는지 전속력으로 현장을 탈출하는데 협조한 적이 있다 했다. 1960년대 초반이었으니 자신들이 스트리킹의 원조라는 주장이다. 듣고 보니 있음직도 한 일이었다. 그리고 나체 질주란 그 이전에도 존재했을 것 같은 생각이 들었다. 그러나 미국에서처럼 마치 특별 이벤트의 하나로 오래 지속적으로 나타나는 나라는 없어 보인다.

5. 켄트주립대학과 공권력

미국에 유학을 오는 학생이 많지 않은 시절이었고 더구나 오하이오 주에서도 아주 작은 캠퍼스 타운에 있는 켄트주립대학에 한국 학생이 오는 일은 매우 드물었다. 우리는 모교인 성균관대학과의 교수 및 학생 교환 프로그램의 일환으로 그 대학에 가게 되었으므로 선택의 여지가 없는 셈이었다. 다행히 같은 프로그램으로 우리보다 먼저 그 곳에 세분의 선배가 와 있었고 그 외에도 몇몇 한국 학생이 더 있다는 사실을 나중에 알게 되었다. 나의 대학 선배 외에 두 분(I와 K)의 정치학 석사 과정 학생이 있었는데 이들은 석사과정만 7년 이상 다니고 있었다.

I선배는 이런 저런 이유로 한국 사람 만나는 것을 기피해 왔으나 나의 대학 선배인 L선배의 권유로 가끔 씩 한국 학생들 모임에 참석하곤 했다. 모임이라야 주로 우리 부부와 이 선배 그 대학 철학과 교수로 '칸트'를 전공한 L교수 그리고 I 정도였다. 그러는 사이 이 시골 구석에 있는 학교에도 한국 학생들이 하나둘씩 꾸준히 늘어 가고 있으니 먼저 온 선배들이 후배들을 잘 이끌어 줄 필요가 있다는데 의견이 모아

졌다. 그래서 우선 대표로 I가 '미국 유학생활에 대한 안내'라는 주제로 간단한 환영사를 하곤 했다. 그런데 I는 환영사 서두에서 자신이 결코 잊을 수 없다는 일화를 소개하곤 했다. 미국에 온 지 오래되었지만 한동안 자신은 경찰 따위는 사람 취급도 안 했다고 했다. 한국식으로 표현하자면 포졸 내지 나졸 따위에 불과하다고 보고 무시해 왔다는 것이다. 그런데 여러분은 절대로 미국 경찰을 함부로 상대하면 안 된다고 하였다.

아마도 언젠가 우리가 동행했던 날에 일어난 일 때문에 얻은 교훈인 듯싶었다. 학교 외곽에 있는 볼링장에서 게임을 마치고 우리 부부와 이 선배가 동승해서 학교로 오려던 참이었다. 볼링장 주차장에서 대기하다가 우회전해서 학교로 향하려는 순간이었다. 나는 왼쪽에서 다가오는 차가 가까워 보여 기다렸다 가자고 했는데 I는 이를 무시한 채 우회전하면서 도로로 올라섰다. 그때 왼쪽에서 오던 차가 끽소리를 내며 급정거하는가 싶더니 경찰 점멸등이 번쩍이기 시작했다. 하필이면 접근하던 차가 경찰차였던 것이다. 나는 "경찰이 우리에게 서라고 하는 것 같으니 차를 일단 세웁시다."라고 했다. 그런데 I는 "짜식들, 나졸 따위가 감히 내게 웬 지랄이야."라고 신경질적으로 반응하며 정지 경고를 무시하고 달렸다.

그때였다. 뒤따르던 경찰차가 이번에는 큰 경적을 울리더니 전속력으로 다가왔다. 옆을 지나치는 순간 조수석에 앉은 순경의 신경질적으로 일그러진 얼굴이 눈에 들어오는 순간 갑자기 우리 차 앞을 45도 각도로 가로막으며 정지했다. 이어 두 경찰이 내리더니 권총을 꺼내 우리 차 쪽을 겨누며 다가와 문을 열라고 했다. 그리고 I가 뭐라고 답변도 하기 전에 두 손을 머리에 얹고 나오라고 명령했다. 다른 경찰 한

명은 뒷좌석에 있던 우리를 향해 총을 겨누고 있었다. 밖으로 끌려 나간 I는 두 손을 차에 얹고 두 발을 벌린 체 엎드린 자세로 검문을 받는 신세가 되었다. 말 한마디 제대로 해볼 겨를도 없이 순식간에 벌어진 일이었다. 결국 임기응변에 능하고 순발력이 좋은 이 선배가 우리의 신분과 접근하는 차에 대한 속도감 판단 미숙, 그리고 점멸등이 정지하라는 뜻인지 몰랐다는 등의 다양한 구실을 늘어놓은 후에 I는 그토록 자신이 우습게만 보았던 미국 경찰로부터의 모욕적인 검문 과정에서 해방될 수 있었다. 이 일이 일어난 이후 새로운 유학생이 올 때마다 I는 미국에서는 경찰 말을 잘 들어야 한다는 충고를 반드시 해주곤 했다.

사실은 우리가 다니게 된 켄트주립대학은 1970년 5월 4일에 학생들이 교정에서 반전시위를 벌이다 경찰들이 쏜 총에 4명이 숨지고 9명이 부상당하는 충격적인 사건이 벌어진 학교였다. 당시 학생들은 1970년 4월 25일 미국이 캄보디아를 침공한 사실을 닉슨 대통령이 5일 후에야 알리자 이에 항의하여 시위하던 중이었고 4월 24일에는 학사장교 훈련단 건물에 불을 지르기까지 했다. 시위 학생들이 점차 대학 본부 쪽으로 전진해오자 잔디 광장 건너편에 진을 친 경찰들이 테이프로 폴리스 라인을 설치한 후 이곳을 넘어 서면 발포하겠다고 했다. 그러나 학생들이 이 경고를 무시하고 행진해 나가자 경찰은 사정없이 발포해버린 것이다. 이 사건을 계기로 미국 전역에서 8백만 명에 달하는 학생들 시위가 뒤따랐다. 지금은 이 현장이 국립역사 유적 기록 대장에 등재되어 있고 발포 장소에는 기념박물관이 건립되어 있어 관람 투어가 진행되고 있다.

당시에 현지인들 중에는 자기들은 국가를 위해 세계 제2차 대전에 참전까지 했었는데 요즈음 아이들은 군대에 가기 싫어 시위나 하고 있다면서 학생들이 동네 이름에 먹칠을 하여 집값만 떨어뜨렸다고 볼멘 소리를 하는 시민들도 있었다. 그러나 미국이 명분도 없는 전쟁에 참 여하여 애꿎은 아이들만 희생시키고 있다는 여론이 상대적으로 높았 다. 여하튼 경계선을 정해 놓고 넘어 오면 발포하겠다고 한 다음 이를 어기면 무차별 발포하는 것이 미국의 공권력 행사 관행이었다. 당시 동 원된 부대는 오하이오 주 방위군이었지만 그 이후에도 명분은 달라도 경찰에 의한 과잉 진압과 폭행이 끊이지 않고 발생하는 것을 보면 I가 충고 했듯이 미국에서 공권력에 대한 저항은 실로 생명을 담보해야 할 만큼 엄청난 결과를 초래할 수 있다는 사실에 유념할 필요가 있다.

6. 정신과 의사의 우월적 지위

신학기가 되어 인사차 연구실에 들렀는데 배 교수가 안 보였다. 학 과장인데 어인 일인가 싶어 학과 비서에게 물어보니 놀랍게도 몸이 불 편해 병원에 입원해 있다 했다. 단 면회는 안 된다고 했다. 얼마 후 퇴 원했다는 소식을 듣고 집으로 문병을 갔다. 걱정했던 것과는 달리 밝 은 표정으로 맞아 주었다. 배 교수는 나의 모교에 재직하다 유학을 떠 나 학위를 취득한 후 중부 코네티컷주립대학교(Central Connecticut State University: CCSU) 경제학과에 종신직 교수 겸 학과장으로 재직 중이던 선 배 교수였다. 아내가 그 학교에서 연구년을 보낼 수 있도록 중재해준 것이 계기가 되어 가끔 찾아뵙곤 하였다. 나는 2000년 가을부터 예일 대학에 'Fulbright Senior Lecturer'로 초빙받아 한국 경제를 강의하게 되었는데 아내가 방문교수로 있게 된 CCSU 근처(예일대학으로부터 약 한 시간 거리에 있음)에 아파트를 임대해 살고 있었다.

어디가 편찮았는지 조심스레 물었더니 30년 이상 미국에 살았는데 아직도 이해되지 않는 게 많다는 얘기로 말문을 열었다. 특히 이번의 병원 입원 사건은 정말로 황당하고 또 일면으로는 두렵기까지 한 경험이었다고 했다. 가을 학기에 가끔 현기증이 나고 경미하나마 구토 증세도 있고 해서 짧은 겨울 방학을 이용해 가벼운 마음으로 인근 병원에 건강검진을 갔었단다. 그런데 증세를 듣고 있던 의사가 만일을 위해 입원해 보다 정밀한 검사를 받아 보라고 권했단다.

사실 미국생활에서 가장 부담스러운 일 중 하나는 천문학적인 의료비라 할 수 있다. 다행스럽게도 우리 부부는 십 년 가까운 미국생활 중한 번도 병원에 신세를 진 적이 없었다. 큰 병이 나면 차라리 한국에 들어와 치료 받는 것이 오히려 비용도 싸고 또 안심도 된다는 것이 미국에 사는 한인들의 일반적 인식이었다. 일상 생활 언어도 의사 소통에 한계가 있는데 병원에서 의사들이 사용하는 전문용어는 더욱 알아 듣기 수월치 않기 때문이기도 했다. 또한 미국 의사들은 평균적으로 체격도 크고 손도 커서 손놀림이 한국 의사에 비해 많이 서툰 편이어서 신뢰감이 덜 간다는 생각도 가지고 있었다. 어쨌든 배 교수는 미국에 산 지 오래도 됐고 의사 소통에도 큰 어려움이 없었던 터라 작정하고 한 번 정밀 검진을 받아보기로 했단다.

그런데 열 손가락을 계속 폈다 오므렸다 하는 것까지는 참을 수 있었는데 계량경제학을 전공한 학자에게 1 더하기 1은 얼마냐는 식의 유치한 질문을 반복하는 일은 참기 어려웠다 한다. 그래서 어느 순간 '일 더하기 일은 삼이다'라고 반농담조로 대답했단다. 그 순간부터 의사는 배 교수를 일단 정신병자로 간주하고 강제로 감금하다시피 했다한다. 사태가 엉뚱한 방향으로 발전하자 일단 이 상황을 종료시키기 위해서라도 의사에게 비굴할 정도로 호의적인 태도를 보여 주게 되었단다. 그런 노력 끝에야 비로소 동료 교수와 총장의 면담이 이루어졌고 일정 서류작업이 이어진 후에야 퇴원이 허용되었다는 것이다. 배 교수는 그 의사가 오히려 정신병자에 가깝다고 보아야 할 일인데 애꿎게 자신이 희생양이 되었다며 미국 의료계를 성토하기까지 했다.

그런데 충격적인 것은 퇴원을 했음에도 불구하고 학교 당국으로부터 강의를 배정할 수 없다는 통고를 받았다는 것이다. 총장을 면담해 보았으나 한 학기 정도는 강의를 쉬는 게 좋지 않겠느냐고 하더란다. 지나친 배려라 하며 강의를 하겠다는 강한 의지를 보였으나 허사였다고 한다. 이제는 총장이나 동료 교수마저 자신의 언행에 대해 색안경을 끼고 보는가 싶어 결국 총장의 제안을 받아들였다고 했다. 나중에야 알게 된 일이지만 병원에서 정신 질환 의심환자로 소견이 나왔던 사람에게 강의를 허용했다가 무슨 일이라도 생기면 고용주인 총장도 처벌을 받도록 되어 있어 총장으로서도 한 학기 동안의 관찰기간을 둘 수밖에 없었을 것이라는 사실이다. 참으로 경계해야 할 미국 문화의 또 다른 단면을 본 것 같았다.

그런데 정신과 환자에 대한 지나친 인권침해 사례는 한국에서도 비일 비재함을 목격한 적이 있다. 아내의 소개로 몇 번 만나본 적이 있는 Y교수는 한국문학계의 유명 인사였다. 많은 문인들이 그러하듯 감성이 이성보다 앞서는 거침없는 언행이 체질화되어 있는 분이기도 했다. 부인이 의사로 엄청난 재산을 모아 본인 봉급은 자신의 용돈에 불과하다며 농담했던 분이다. 뒤늦게 안 일이지만 이러저러한 이유로 부부 간의 금슬은 매우 좋지 않았고 그러다 보니 자식 교육에서도 의견 차이가 심해 다툼이 많았다 한다. 퇴임 후 한 달 가까이 지났을 즈음 Y교수가 연락마저 안 되어 결국 동료 교수들과 지인들이 수소문해 보니 어이없게도 정신병자로 분류되어 폐쇄 병동에 감금되어 있다는 소식을 접하게 되었다 한다.

더욱 놀라운 것은 그곳에 억류를 의뢰한 것이 바로 가족이라는 사실이었다. 더 이상 쓸모도 없는 사람이 문제만 일삼고 다닌다고 판단하여 그리했다는 것인데 아연실색할 사건이었다. Y교수 말에 의하면 일단 그곳에 들어가면 아무리 진실을 말해도 누구도 믿어 주지 않고 그래서 강하게 의사 표시를 하다 보면 신체적 구속까지 당한다며 악몽 같은 감금시절에 치를 떨었다. 나는 미친 사람이 아니라고 호소하는데도 관리자는 그곳에 있는 모든 환자가 모두 그렇게 얘기한다며 들은 척도 안 했다는 말을 전해 듣고는 소름이 돋았다. 결국 Y교수는 얼마 후 서울 시내 한 빌딩 꼭대기에서 투신자살하는 것으로 인생을 마감하고 말았다.

7. 이 사범과 '마틴스빌'

"안녕하세요, 사범님!"

마치 돌림노래로 합창하듯 여기저기서 이 관장을 향해 미국인 제자들이 서툰 한국말로 반갑게 인사를 해왔다. 이 관장은 한국에서 ○○관 관장직을 맡고 있다가 큰뜻을 품고 미국에 온 지 약 2년 만에 인디아나대학이 소재한 '블루밍톤' 시에 태권도장을 열고 자리 잡은 한국인이다. 내가 이분을 만나게 될 즈음 이 관장은 도장 운영이 어느 정도 안정되면서 그간 잊고 지냈던 외로움에 시달리고 있을 때였다. 여유 시간이 날 때마다 약주라도 함께할 수 있는 친구가 필요했는데 이 동네 한국인은 거의 학생들뿐이었고 공부하느라 정신이 없어 술친구를 해 줄 상대는 없었다. 그러던 차에 태권도를 수련한 적이 있고 학생치고는 나이도 든 편에 속했던 나를 만나자 매우 반가워했다. 몇 번 술을 같이 한 적이 있었는데 내가 주량까지 세다는 점이 마음에 들었는지 가끔 연락해 오곤 하였다. 그날은 자기 도장을 구경시켜 주고 싶다고 하여 함께 시내에 있는 도장을 찾아갔던 것이다.

도장 정면 한가운데는 커다란 태극기가 걸려 있었고 모든 수련자들이 들어오고 나갈 때마다 국기에 경례를 하고 있었다. 그리고 모든 구령도 한국말로 하고 있었는데 이러한 관행이 이제는 세계적으로 정착되었지만 당시로서는 파격적인 현상이었다. 문하생들이 앞다투어 인사를 할 때마다 이 관장은 '짜식'이라는 말로 응답했다. 나이가 들어 미국에 오다 보니 대충 알아듣기는 해도 영어로 말하는 것은 매우 서툴다고 했다. 그런데 재미있는 것은 짜식이라는 똑같은 말로 답하고 있었지만 목소리 톤이 전부 달랐다. 나중에 알고 보니 목소리 톤에 따라 반갑다거나 너 오래간만이다, 또는 너는 아직도 수련비를 왜 안 냈느냐에 이르는 다양한 의미를 표현하고 있고 수련자들도 잘 알아듣는다고 하였다. 또한 수련생들 도복에 각자의 이름을 한글로 수놓아 주었더니 모두 좋아하고 자랑스럽게 생각한다고 하였다. 사실인즉 자기 눈에는 미국인들이 모두 비슷비슷하게 보이고 구별이 잘 안 되어서 고심 끝에 고안해 낸 자구책이었다고 했다. 그리고 여러 가지 어려운 일이 많아지던 시기에 제자 중 한 여성과 결혼을 하게 되었고 이후 행정상의 모든 업무는 부인이 도맡게 되었단다. 그래도 여전히 언어 장벽으로 인한 애로 사항을 극복하는 데는 한계가 있다고 푸념하곤 했다.

1970년대 초 중반 미국에는 '콩푸'라는 텔레비전 연속극이 인기리에 방영되었고 이에 힘입어 많은 미국인들이 '콩푸'라는 중국 무술을 배우고 있었다. 그리고 이보다 미국에 먼저 소개된 일본의 가라테 역시 안정적으로 정착해 있을 때였다. 따라서 한국의 태권도가 그 틈을 비집고 들어가 자리 잡기에는 넘어야 할 관문이 많던 시기였다. 영어 소통 능력도 부족했던 이 관장은 미국에 먼저 와서 자리 잡고 있는 제자들이 길러낸 유단자들을 일정 수 인계받아 불루밍톤 시로 진입해왔다고 했다.

이들을 인솔하고 처음 시도한 일은 인디아나대학 내 가라테 동아리 모임을 찾아가는 것이었다고 했다. 그리고는 가라테 사범에게 정중하게 예를 갖추어 인사를 한 다음 한 번 겨루어 보자고 청했단다. 제자들 앞이라 거절할 수 없었던 가라테 사범은 정말 어떤 운동이 더 강한지 실제로 확인하고 싶어 하는 미국인들의 실용적 관심을 피할 길 없자 결국 대련을 받아들였단다. 통상적인 규칙에 따라 각자가 거느린 유단자들부터 대련을 시작하여 자신의 제자들이 모두 패할 경우 마지막으로 사범이 상대해 주는 방식이었다. 손보다 강한 힘을 발휘할 수 있고 또 훨씬 긴 발을 주로 쓰는 태권도가 가라테에 비해 유리해서였는지 이날 이 사범은 인솔해 간 유단자들만으로 가라테 사범을 굴복시켰다. 이러한 소문이 퍼져나가자 결국 가라테 동아리는 해체되었고 대신 이 사범의 태권도 동아리가 학교 내에 자리 잡게 되었다.

그러던 어느 날 검은 도복에 맨발을 한 '콩푸' 사범이 찾아와 두 손 모아 합장하며 대련을 청해 왔단다. 이때 이 사범은 "짜식"이라는 말 한마디하고는 뒷짐진 채 물러나 앉자 제자 중 한 명이 대신 대련에 나섰다. 콩푸 사범이 두 손을 번갈아 돌려가며 대련 자세를 잡으려는 순간 전광석화 같은 동작으로 이 사범의 제자가 두발차기로 공격하였고 시합은 그것으로 종료되었다. 사실 '콩푸'는 무술이기에 앞서 건강체조적 성격을 띠고 있어 격투기로는 경쟁력이 큰 편이 아니다. 속절없이 '콩푸' 사범이 무너지자 이 사범이 관장실로 불러 "귀하는 무술이 아니라 체조 수준에 불과한 운동을 한 주제에 감히 태권도에 도전했다니 가소롭다"고 한 다음 내게 반 년만 운동을 배우라고 권했단다. 이후 콩푸 사범은 흰 띠를 매고 반 년 정도 태권도를 배우다 떠났다. 이로써 이 사범은 이 지역 무림의 패권을 장악하게 되었고 이후 불루밍턴시 경찰서의 태권도 사범직까지 겸하며 시내에 개인 도장을 설립할 수 있었다는 사실을 당일 도장을 찾았던 나에게 전해주었다.

1976년 여름 학기말 시험이 코앞에 와 있는데 이 사범이 또 약주 한 잔 하자고 연락을 해왔다. 사정을 얘기했더니 알겠다고 했다. 순간적으로 미안하다는 생각과 함께 무언가 불안한 생각이 들었으나 어쩔 수 없었다. 그로부터 며칠 후 이 사범이 정말 큰일 날 뻔했다는 소식을 전해 왔다. 내가 시험 때문에 약주를 함께 할 수 없다고 한 그날 이 사범은 하는 수 없이 혼자서 인근 도시로 대형 캐딜락을 몰고 나갔다 한다. 그런데 인근 도시 사정에 어두웠던 이 사범은 절대로 가서는 안 될 곳으로 가고 말았던 것이다. '마틴스빌'이란 조그만 도시인데 당시에는 인근 사람들도 그곳을 통과할 때는 긴장한 나머지 하던 얘기도 중단한 채 지나가는 동네였다. 가끔 여학생이 그 마을 인근에서 실종되곤 했는데 시체도 못 찾는 일이 있었다는 소문도 있다. '마틴스빌'은 KKK단 활동이 격렬할 때 그 본거지 중 하나였던 것이다.

Ku Klux Klan(circle이라는 뜻의 Ku Klux와 단체라는 뜻의 Klan의 합성어)은 남북전쟁(1861~1865) 후 연방의회를 장악한 공화당 급진파들이 흑인들을 정치세력으로 끌어들여 권력구조를 개편하려 하자 이에 반발한 남부 백인들이 급진적 저항세력의 중추적 조직으로 설립한 단체로 1865년 미국 테네시 주 '펄래스키'에서 여섯 명의 은퇴한 남부군 장교(남군 기병대장 출신 네이턴 베드포드 포레스트가 주도)에 의해 설립되었다. 이들이 하얀 가운에 복면을 쓰고 십자가를 불태우는 흑인 협박의식을 통해 테러를 가하는 등 폭력행위가 걷잡을 수 없게 되자 1870년경 제정된 연방법에 의거 형식적으로 해체되었었다.

그러나 1915년 조지아 주에서 제2차 KKK가 조직되었고 인종적, 종교적, 민족적 소수집단 모두를 적대시하는 활동을 재개하였다. 대공황기에는 반공, 반 뉴딜을 강조하였고 나치스와 협력하기도 했는데 2차 세계대전이 종료되며 지지기반을 잃고 소멸되었다. 그러다가 흑인과 자유주의자들의 인권운동이 한창이던 1960년대 세 번째로 KKK가 재건되기에 이르렀는데 FBI의 강력한 단속으로 위축되기도 하였으나 1970년 후반부터는 암암리에 그 활동이 재개되고 있었다. 바로 이러한 조직의 결사체 중 일부가 '마틴스빌'을 근거로 하고 있었던 것이다.

1975년 여름 인디아나대학에 박사과정 학생으로 막 입학할 때였다. 어느 일간지 광고에서 인근의 한 농원이 'fresh sale', 즉 신선한 야채나 과일을 싸게 판다는 소식을 접하고 물어물어 그곳을 찾아나섰다. 그런데 어인 일인지 좁은 시골길로 들어서면서부터 흉악하게 생긴 개들이 내 차를 향해 마구 짖으며 덤벼드는 듯했다. 임시로 차려진 듯한 조그만 가판대가 있는 곳에 이르러 차를 세운 다음 야채를 사러 왔다고 했다. 그런데 매우 살벌한 눈초리로 쳐다만 볼 뿐 아무도 응대해 주지 않았다. 무언가 섬짓한 느낌이 엄습했다. 결국 계속 짖어대는 개소리를 멀리하면서 빈손으로 돌아 나왔다. 바로 그곳이 '마틴스빌'이란 사실을 나중에 알았다. 큰일 날 뻔했다는 얘기를 미국 학생들로부터 들었던 기억이 되살아났다. 심지어 개까지 외부 차량이 들어오면 덤벼들도록 훈련이 된 듯한 그 동네에서의 아찔했던 기억이 선명하게 떠올랐다. 바로 그 동네를 이 사범이 그것도 밤에 혼자서 들어갔던 것이다.

학교에서 약 15분 운전 거리에 있는 그곳에서 이 사범은 무심코 고속도로를 벗어나 시골길로 접어들었는데 아담한 주막이 나타났다고 했다. 주막 앞에 차를 세우고 내리자 수염이 더부룩한 사내 둘이 벤조 같은 악기를 들고 있다가 내려놓으며 다가와 뭐라고 한 모양이었다. 물론 이 사범의 영어 실력으로는 알아듣기 어려웠으리라 생각된다. 아마도 여기가 어딘 줄 알고 왔느냐고 했거나 혹은 신분증을 요구했는지도 모른다. 이 사범은 다짜고짜 사나이의 수염을 비틀며 자기가 가장 자주 쓰는 말, '짜식'이란 말을 내뱉으며 이들을 밀쳐낸 다음 홀 안으로 들어갔단다. 그리고 카운터에 앉자마자 손으로 카운터를 쿵쿵 치며 약주를 달라고 했다.

그 사람들이 알아들을 리 없었겠지만 몸짓을 유추해석해서 일단 위스키 한 잔을 건넨 모양이다. "야, 이 친구야! 큰 잔으로 줘, 큰 잔!"이라고 언성을 높였다 한다. 무슨 말인지 몰라 옥신각신하는 모습을 보고 이 사범은 직접 맥주잔에 위스키를 듬뿍 따라 마시기 시작했단다. 그런데 이 사범 얘기로는 이 친구들이 비싼 술을 팔아 주고 있는데도 친절한 모습이 전혀 없어 보여 매우 불쾌한 표정으로 주위를 둘러보았다고 한다. 그제야 주점 안의 미국식 당구(nine ball 이라 부름)대 근처에서 서성이는 사람들이 하나 같이 조용히 자기만 응시하고 있어 무언가 잘못되고 있구나 하는 생각이 들었단다. 주점의 직원들도 감히 상상도 못하는 일이 졸지에 벌어지고 있어 이를 어떻게 대처해야 할지 확신을 갖지 못한 채 우왕좌왕하고 있었던 모양이다. 예컨대 FBI의 비밀 요원일 수도 있다는 등의 상상을 했을지도 모른다.

마침 그때 밖에 경찰차 점멸등이 번쩍이더니 주점 안으로 여러 명의 경찰이 들이닥쳤다. 자기를 잡으러 왔나 싶어 의아해 하던 중 한 경찰이 "아, 사범님! 왜 이렇게 먼 곳까지 밤늦게 혼자 와 계십니까?"라고 하더니 술을 많이 드신 듯하니 저희가 대신 운전해 집에까지 모셔다 드리겠다고 했단다. 이 사범에게 태권도를 배우는 경찰이었다. 이 사범 차가 밤늦게 '마틴즈빌'로 들어가는 것을 우연히 목격한 경찰이 다른 동료들까지 호출하여 함께 주점으로 들어간 이 사범 구출 작전에 나섰던 것이다. 돌아오면서 그 도시는 앞으로 절대 낮에도 혼자서는 가지 말라는 충고를 들었다고 이 사범이 내게 전했다.

8. 안젤라 오

1992년 4월 29일이었다. LA지역에서 폭동이 일어났다는 뉴스가 급히 전 방송국을 통해 타전되고 있었다. 일부 폭도들은 시내를 활보하며 총을 난사하는가 하면 슈퍼마켓이나 백화점 등에 불을 지르기도 하고 심지어 대규모 약탈을 자행하는 영상이 방영되고 있었다. 그런데 불행하게도 한인상권의 중심인 코리아타운이 폭동의 주 무대가 되고 있었다. 이 충격적인 장면들이 이른바 LA폭동의 서막을 장식하고 있었던 것이다.

본질적으로 4·29 LA폭동은 흑인 로드니 킹(Rodney Glen King)을 집단 폭행한 백인 경찰관들이 1992년 4월 29일 최종 판결에서 무죄로 풀려난 것을 기화로 촉발된 일종의 인종폭동이었다. 또한 흑인 시위대가 한인 타운을 중심으로 약탈과 방화를 일삼으면서 한인 사회에 막대한 피해를 입힌 사건이기도 하다.

그런데 실로 가공할 만한 사실은 당시 미국 사법당국과 지역 언론들이 무자비한 경찰 행위와 인종차별 등 미국 사회에 잠복해 있는 근본적 문제보다는 엉뚱하게 한흑(韓黑) 갈등에 초점을 맞추고 한인들을 희생양으로 삼아 비난의 화살을 피하려 하였다는 점이다. 그 결과 5월 3일 진정 국면으로 들어갈 때까지 LA폭동은 사망자 53명, 부상자 4천명이라는 인명 피해와 함께 7억 5천만 달러에 달하는 재산 피해를 남겼는데 이 중 한인업소들이 입은 피해가 약 40%에 달했다. 그러나 한인들이 입은 이러한 물질적 피해와는 별도로 보이지 않는 정신적 상처는 훨씬 커서 이를 치유하는데 상당 기간이 소요되었으리라 짐작된다.

역사적으로 이민 초기에 미국 노동시장에서의 불리함을 자영업과 근면으로 극복하고 있었던 미국 내 한인들은 흑인 및 히스패닉과 같은 소수민족들의 인근 지역을 중심으로 정착하였다. 결과적으로 백인과 흑인 밀집 지역 사이에 코리아타운이 형성되었다. 그런데 바로 이러한 지리적 특수성을 이용하여 백인들에 대한 흑인들의 분노를 한인들에게 돌리고 있었던 것이다. 즉 백인 거주지와 흑인 거주지 사이에 위치한 한인 타운을 인종폭동의 피해를 흡수할 완충지대로 활용한 것이다. 당시 폭동이 진행되는 동안 부유한 백인 거주 지역인 웨스트우드(Westwood)나 베벌리 힐스(Beverly Hills)에는 경찰력은 물론 일부 군병력과 중화기까지 동원되어 백인들의 재산과 안전을 보호하기 위한 만반의 준비를 해놓고 있었으나 백인 중심 사회답게 이러한 사실을 모든 언론이 밝히지도 않았다. 반면 흑인가에 가까운 한인 타운에서는 경찰들이 초기 진압에조차 적극적으로 나서지 않고 있었던 것이다. 결과적으로 치안을 책임진 당국은 흑인들이 그들의 분노와 갈등을 한인들을 향해 표출하도록 방치했던 셈이다.

한인들을 희생양으로 만들려는 음모는 이에 그치지 않았다. 폭동이 발생하기 거의 일 년 전에 한인마켓에서 한인 주인이 절도 행각을 벌

이던 흑인 소녀를 총기 조작 미숙으로 죽음에 이르게 한 '두순자 사건'
이 발생한 바 있었다. 그런데 폭동이 시작되자마자 미국 언론은 1년
전에 발생했던 그 사건을 다시 들춰내어 집중 보도함으로써 한인과 흑
인 사이의 인종갈등을 부추기고 있었다. 흑인들의 공격의 화살을 엉뚱
한 방향으로 돌리기 위해서였다. 특히 미국 내 ABC방송은 한인들을
한흑 갈등의 피해자가 아닌 원인 제공자인 것처럼 보도했고, 이 밖의
여러 방송들도 흑인 소녀 '나타샤 할린즈'가 두순자에게 총을 맞는 장
면을 여러 차례 방영했다. 뿐만 아니라 삶의 터전이 불에 타고 약탈당
하자 일부 한인들이 자신의 재산을 지키기 위해 총을 들고 옥상에 올
라가 공포를 발사하기도 하였는데 바로 이 장면 뒤에 흑인이 총상을
입고 쓰러지는 장면을 합성시켜 연출함으로써 마치 한인이 쏜 총에 흑
인이 사살된 것처럼 의도적으로 유도하는 방송을 반복적으로 내 보냈
던 것이다. '베벌리 힐즈'에 대기 중이던 대규모 기동타격대나 비상사
태 선언에 따라 동원된 군병력 그리고 중장비들은 모든 언론이 암묵
적으로 보도조차 하지 않으면서.

점입가경으로 ABC방송의 나이트라인이라는 TV 뉴스 프로그램에서
당시 최고의 인기를 누리던 '테드 카펠'이라는 뉴스 앵커가 출연하여
한인들이 돈은 주로 흑인 지역에서 벌고 자신들은 부촌에 살면서도 흑
인 지역에 이익을 환원하는 일에는 매우 인색했다는 등의 망언까지 하
고 나섰다. 심지어 그는 얼핏 들으면 속아 넘어갈 만한 허구적 스토리
를 날조해가며 폭동의 원인을 한인 쪽으로 몰아가고 있었다. 울분을
참기 어려웠지만 한인들이 할 수 있는 일은 거의 없어 보였다.

안젤라 오라는 한인 교포 2세 변호사가 혜성처럼 나타난 것이 바로
이때였다. 그녀는 ABC방송의 테드 카펠과의 화상 인터뷰를 통해 어떻

게 미국 사회의 중추적 역할을 담당하는 방송이 허황된 사실을 날조하여 사태를 오도하느냐고 일갈을 가했다. 항간에 떠도는 소문이 있다 해도 언론은 이를 기사화하기 전에 확인부터 해야 하는데 왜 그러지 않았는지를 항의하기도 했다. 한인들에 앞서 유태인들과 이태리인들이 이민 초기에 한인들처럼 우범지역에서 장사를 하며 재산을 모았으나 사는 곳은 주로 부유한 백인들 주거 지역이었지만 흑인 사회를 위해 봉사하거나 이익을 환원하는 일에 매우 인색했던 사실을 도외시한 채 유독 한인만을 마녀 사냥하듯 희생양으로 몰아가는 것이 공정해야 할 방송이 할 일인가라고 반문하였다. 계속해서 오 변호사는 서구 출신 이민자들과는 달리 한인들은 언어나 문화적으로 이민사회 정착이 훨씬 어려웠고 따라서 흑인 사회와도 상부상조하며 살아남기 위해 이전 이민자들보다도 더욱 흑인 친화적인 삶을 살아 왔다는 증거를 가지고 있다고 항변했다. 결국 테드 카플은 얼버무리면서 즉답을 피하긴 했지만 결과적으로는 큰 망신을 당한 것이나 다를 바 없게 되었다.

여하튼 LA폭동은 한인 사회에 엄청난 피해를 안겼다. 약 2,300개의 한인 업소가 약탈당했거나 전소되어 재산 피해액이 4억 달러에 달했으나, 피해를 당한 한인들의 대부분은 지방정부나 연방정부로부터 응분의 보상을 받지 못하고 말았다. 그러나 안젤라 오와 같은 한인 교포의 활약은 많은 시사점을 한인 사회에 던져 주었다. 폭동의 와중에서 한인 1.5세와 2세들은 소수민족으로서 그들의 부모들이 부당하게 겪는 고통의 현장을 직접 목격하였고, 언어문제와 정치력 부재 때문에 피해를 감수해야만 하는 부모세대를 도울 수 있는 젊은 세대들의 역할에 대해 크게 각성하는 계기가 되었던 것이다. 또한 재미 한인들의 권익은 한인 스스로가 보호해야 한다는 사실을 새삼 일깨워 주기도 하였다.

이러한 자각을 바탕으로 미주 동포사회에서도 소수 민족운동의 성격을 띤 권익운동과 정치력 신장운동이 점차 본격화되었다. 그리하여 90년대 이후 한인 1.5세와 2세들이 중심이 된 권익운동, 민권운동, 소수민족 연대운동이 한인사회의 여러 곳에서 일어날 수 있었다.

당시의 한인 영웅 안젤라 오 변호사는1997년 6월 14일 빌 클린턴 정부 직속기구인 인종 문제 자문위원회 7인 중 한 명으로 임명되기도 하였다. 당시 위원회의 7인은 오 변호사 외에 전 주지사 윌리엄 윈터, 전 주지사 톰 킨, 전국노조 AFL-CIO 부위원장 린다 샤베즈 톰슨, 흑인 목사 수잔 죤슨 쿡, 닛산 미국지부 회장 로버트 토머스, 그리고 하버드 법대 크리스토퍼 에드리 교수 등인 점을 감안하면 한인 2세 오 변호사의 위상이 얼만큼 격상되었는지를 가늠해 볼 수 있을 것이다. 그녀의 활약은 한인 사회의 결집 및 위상 제고 노력은 물론 미국 주류 사회에도 각성의 계기를 만들어 준 쾌거로 기억될 것이다.

9. '항기스토' 경찰서장

1992년 5월 9일에 첫째 딸의 개인 독주회(5월 16일 개최) 기사를 제보하기 위해 한국일보 샌프란시스코 지사에 나가 있었다. 오클랜드로 연결되는 베이 브리지 바로 앞이었다. 당시 나는 아내와 두 딸과 함께 스텐포드 대학에 객원교수(visiting scholar)로 있으며 계량경제학 책을 집필하고 있었다. 첫째 딸이 피아노 전공으로 샌프란시스코 콘서버토리 예비학교에 다니고 있었는데 특별한 재능이 인정되어 개인 독주회를 갖게 되었던 것이다. LA폭동으로 어수선할 때여서 모처럼 즐거운 일을 찾고 싶었던 때였다.

LA폭동이 5월 4일경 진정되자 그곳에서 슈퍼를 운영하던 8촌 여동생의 안위가 매우 궁금해져서 주말을 이용해 내려갔었는데 올림픽대로(Olympic Boulevard)변 한인 타운의 광경은 말로 형언하기 어려울 만큼 폐허로 변해 있었다. 마치 6·25 당시 폭격 맞은 서울을 연상시킬 정도였다. 낙담한 8촌 여동생은 차제에 모든 것을 포기하고 한국으로 돌아가겠다고 하였다. 한인들이 보상 따위를 바라는 것은 헛된 꿈일 뿐이라며. 이러한 상황에 처한 한인들을 돕기 위한 음악회 개최를 코리아 비젼(Korea Vision) 회원 및 주위 사람들과 상의해 보았지만 큰 성과를 거두기는 어려울 것이라며 나서기 꺼려했다. 결국 우리 딸의 연주회에라도 아는 지인들이나마 초청하여 위로하고 싶다는 생각으로 신문에 기사를 제보하게 되었던 것이다.

한국일보 샌프란시스코 지사에 도달했을 즈음이었다. 건물 앞 큰길이 소란해지며 경찰들이 떼지어 몰려들고 있었다. 정작 LA에서는 폭동이 진정되고 있었지만 그 여파가 다른 지역으로 파급되어가고 있었던 것이다. 더욱이 샌프란시스코는 같은 캘리포니아 주내의 도시로서 비교적 LA에 인접해 있었기에 분위기가 사뭇 뒤숭숭했다. 일체의 공장이 없는 청정 도시로 세계 4대 미항 중에 하나가 될 만큼 아름다운 도시여서 지진의 위험을 감수하면서도 떠나고 싶지 않아 하는 도시다. 그러면서 정작 필요한 모든 물자는 베이 브리지 건너편에 있는 오클랜드에서 공급 받고 있는 곳이다. 그런데 이번에는 이 다리를 건너 오클랜드 지역으로부터 대규모 시위대가 건너오고 있었다. 한국일보 기자는 사진기를 들고 다리 입구를 향해 총알처럼 재빨리 달려 나가 셔터를 눌러 대기 시작했다. 그러던 중 무언가 서늘해지는 감각을 느꼈던지 주위를 둘러보게 되었는데 눈을 부라리며 쏘아보고 있던 경찰들이 시야에 들어온 것이다. 순간적으로 상황을 파악한 기자가 카메라를 열고 필름을 꺼내 보이며 양손을 편 채 어색한 어깨짓까지 하자 경찰들은 고개를 끄덕이며 엄한 미소를 띠었다. 들리지는 않았지만 아마도 "good boy"라고 했음직 싶다. 문득 LA폭동시 동원된 군부대의 중장비들은 기사화도 안 되고 방영되지도 않았던 일이 생각났다. 아, 바로 이런 식이었구나 하고 깨달았다.

나는 다른 일정이 있어 곧 그 자리를 떠났다. 그런데 그후 큰 사단이 벌어졌다. 베이 브리지를 넘어온 시위대를 경찰이 무자비하게 경찰 방망이로 구타하여 시내로의 행진을 차단했던 것이다. 구타를 당한 사람들 중에는 기자들도 있었고 백인 인권 단체 회원들도 있었지만 무차별적으로 구타를 가했다 한다. 그럼에도 불구하고 그러한 장면을 찍은 사진이나 기사가 신문에 일체 게재되지 않았고 방송에서 다뤄지지도 않았다. 실로 놀라운 백인 중심 사회의 단면을 보여 준 사례라 여겨진다.

그러나 세상일이 뜻대로만 될 수는 없었던 모양이다. 아마도 구타를 당한 기자 중 한 명이었던 것 같다. 사진은 압수당했는지 실리지 못했지만 기사는 실렸다. 동성애 사회를 대변하는, 타블로이드 사이즈의 가판용 신문 '샌프란시스코 베이 타임즈(San Francisco Bay Time)' 전면에 샌프란시스코 경찰서장인 항기스토(Richard D. Hongisto)가 남성 성기 모양의 경찰봉을 흔들어대며 자위하는 듯한 풍자그림이 실린 것이다. 그림의 제목은 "Dick's Cool New Tool"이었다.

그는 실로 악명이 높은 극우파 경찰서장으로 임명된 지 불과 6주밖에 안 된 사람이었다. 그가 할 수 있는 일은 '눈에는 눈'이라는 방식이었으리라 믿어진다. 그는 가판대에 있는 신문 2천 부를 수거하여 폐기해 버렸을 뿐만 아니라 전날 시위 중 검거된 사람들을 시내 선창가 창고에 구금하기까지 하였다. 결국 그는 그를 임명한 전 샌프란시스코 경찰서장이며 당시 시장이었던 '죠르단(Frank Jordan)'에 의해 해임되었다. 그렇다고 이러한 경찰의 부당한 폭력 행위나 차별이 완화되는 것은 아니다. 미국 보수 사회에는 항기스토 서장을 대체할 극우 인사가 늘 대기 중이기 때문이다. 물론 실패는 했지만 항기스토가 나중에 시장직에 출마까지 하려 했었다는 것은 시사하는 바 크다. 백인 사회가 위협을 받을수록 그에 대한 반발도 커질 뿐이어서 근본적인 백인 우월주의 사고는 쉽사리 사라지기 어려워 보인다. 최근 트럼프 대통령의 등장도 같은 맥락에서 이해하려 든다면 지나친 논리의 비약일까?

10. IMF처방은 과연 옳았을까?

　1999년 가을 학기에 IMF부총재 스탠리 피셔(Stanley Fischer) 교수가 특별 강연을 위해 예일대학을 방문했다. IMF가 구제 금융을 통해 위기에 빠진 나라들을 어떻게 구제할 수 있었는가에 대한 자신의 견해를 밝히려는 강연이었다. 그는 IMF가 마치 위기에 처한 제3세계 국가들에게 흑기사가 될 수 있는 것처럼 성공사례 측면에서 그 기능을 강하게 부각시키고 있었다. 그러면서 IMF 구제금융 덕분에 한국 경제 또한 강하게 되살아 날 수 있었다고 하였다. 말문이 막혔다.

　1997년 12월 IMF는 구제 금융을 제공하는 대가로 이자율을 대폭 인상하고 재정지출은 축소시켜 수요를 억제시킴과 동시에 수입수요를 감소시킬 것을 권고했었다. 동시에 금융시장 개방을 통해 해외 자본유입을 증대시켜 국제수지를 개선시키라고 강요하였다. 얼핏 보면 그럴 듯하지만 실은 위기에 처한 기업과 금융기관들을 줄도산시켜 가치가 폭락한 기업들을 외국 투기 자본들로 하여금 엄청나게 싼 값으로 사들일 수 있는 기회를 제공하는 것이기도 하다. 당시 두 개의 시중은행이 외국인 투기자본에 넘어가는 등 전체 금융사의 25% 정도가 구조조정을 거쳐야 했다. 주가는 폭락하여 미국의 코카콜라 회사 주식 하나만 처분해도 한국 주식을 다 사고도 남을 정도가 되어버렸다. 그야말로 한국 산업 전체가 '바겐 세일' 대상이 되고 말았다.

과연 그러한 IMF의 정책 권고가 당시 한국이 처한 위기 해결에 적절한 것이었는지에 강한 의문을 가질 수밖에 없는 이유가 있었다. 더구나 외환 위기를 경험한 여타 국가들과는 달리 한국의 경우는 경기 과열이나 초과 수요로 인해 국가가 부도 상태에 빠진 것도 아니었기 때문이다. 단지 오랜 동안의 중앙집권적 관리경제체제에서 탈피하지 못함으로써 고비용 저효율 현상이 고착된 데다, 정경 유착과 안일하고 무책임한 낙관적 경제 관리 및 준비 안 된 자본시장의 조급한 개방 등으로 단기적 금융 부실 및 외환 부족 현상이 초래되던 와중에 동남아 외환 위기 국면에 휩쓸리게 된 것으로 보아야 하기 때문이다. 오히려 위기에 빠진 기업과 금융기관에 저금리 구제 금융을 제공하는 것이 더 적절했을 수 있었던 것이다.

실제로 2008년 미국은 국제금융위기에 봉착했을 때 이자율은 거의 제로% 수준으로 낮추고 양적완화를 통해 유동성을 대폭 증가시켰다. IMF는 한국에서와 같은 정책을 미국에는 권고하거나 강요하지 않았던 것이다. 물론 미국은 스스로 달러화를 필요한 만큼 찍어내기만 하면 되므로 IMF로부터 돈을 빌릴 필요가 없었고, 따라서 IMF의 통상적인 정책 권고를 받아들일 필요가 없다. 이것이 바로 강자 위주의 국제 금융질서 및 제도가 갖는 특성이다. 이것이 부당하다고 생각하면 약육강식의 정글에서 희생양이 되지 않도록 스스로 조심했어야 하는데 한국은 자만심에 빠져 방심하다가 희생양이 되었던 것이다. 더구나 IMF

의 권고를 무시하고 독자적인 대응으로 위기를 헤쳐나간 말레이시아의 마하티르 총리가 추진했던 정책 대안을 한국은 아예 고려조차 하지 않았다.

사실 이미 IMF의 대한민국 정책 권고를 두고는 주요 학자들이 엄청난 비판을 쏟아냈었다. 대표적인 학자가 당시 세계은행의 스티글리츠(Joseph Stiglitz) 부총재와 노벨상 수상자인 크루그만(Paul Krugman) 교수 등이다. 특히 스티글리츠 교수의 IMF에 대한 비판은 피셔 부총재 등 지도부에 대해 거의 인신공격에 가까웠다. 사실 스티글리츠 교수는 세계은행에서의 오랜 경험을 통해 후진국이 갖는 어려움과 그 원인에 대한 처방 등에 대해 보다 합리적인 식견을 가지고 있었다. 반면 피셔는 미국 정부 입장을 대변하는 위치에 주로 있어 왔고 따라서 IMF가 주도국인 미국의 이해에 유리하게 기능하는 것을 당연한 것으로 인식하였는지도 모른다.

여하튼 한국 경제가 불과 1~2년 만에 강하게 회복을 보인 것이 과연 피셔의 말대로 IMF 덕이었을까? 1997년 말 대미 환율은 900대 1 수준에서 2천대 1 정도로 폭등하여 한국 화폐 가치가 폭락했다. 큰 기업의 중역 중 약 3분의 1이 해고되었고 남은 중역들의 임금도 대폭 삭감되었다. 따라서 임금이 차지하는 비중이 상대적으로 높은 한국 제조업에서 인건비가 크게 감소하였을 뿐만 아니라 한국 화폐의 가치 폭락으로 인해 달러 표시 수출 가격은 거의 절반 수준 이하로 내려가는 요인이 발생했던 셈이다. 이런 상황에서 수출이 증가하는 것은 지극히 당연한 결과일 뿐이다. 그러나 이러한 수출 물량 증가에도 불구하고 달러 표시 총수출 금액은 여전히 이전보다 낮은 수준에 머무를 수밖에 없었던 사실을 피셔는 무시하고 있었다. 이러한 현실을 무시한 채 과연 한국경제가 IMF 구제금융 덕분에 회복한 것으로 치부할 수 있는지 반문하고 싶다. 더구나 이러한 단기적 반등 현상이 곧 소멸되어 버리면서 한국 경제가 장기적 침체기로 빠져 든 것은 어떻게 설명할 수 있는지도 묻고 싶다.

11. 신세계의 이면

유학 시절과 방문 교수 시절을 합치면 나는 약 9년 가까이 미국에서 생활했다. 그래서 나름대로는 미국에 대해서 잘 알고 있다고 생각했다. 그러나 방문 때마다 왠지 미국의 모습이 새롭게 느껴지곤 했던 것을 보면 사실 나는 미국에 대해 아직도 잘 모르는 것이 많다고 해야 옳을 것 같다. 때문에 미국은 현재도 내게는 여전히 신세계인 듯싶다.

주지하는 바와 같이 드보르작은 1892년 9월 미국에 도착 이후 느꼈던 감흥을 정리하여 '신세계'로 불리는 교향곡 9번을 작곡한 바 있다. 이로부터 91년 후인 1973년 미국 땅을 처음 밟은 내게도 미국은 경탄과 놀라움을 자아내는 새로운 세상이었다. 넓고 광활한 대지, 세계 모든 문화가 녹아드는 듯한 문화적 용광로(melting pot)현상, 혼란스러울 만큼 자유분방한(chaotic freedom) 사회질서, 거침없는 의사 표시와 행동, 희생을 마다 않는 학자들의 헌신적 연구열, 그리고 충격에 가까운 성문화 등 해외여행 경험조차 전무했던 당시의 나에게는 놀라움의 연속이었다.

그러나 미국 생활에 어느 정도 익숙해지기 시작한 이후부터 미국의 새로운 면모나 문제점 그리고 동양적 문화와의 차이점 등을 실감하면서 점차 서구에 대한 비판 의식이 자리 잡기 시작하였다. 특히 이른바 미국의 실용주의(pragmatism)라고 하는 것이 실제로는 어떤 것인지를 피부에 와닿게 체득할 수 있었다. 그리고 무엇보다 중요한 것은 그 근저에는 서양식 자연 질서, 즉 약육강식 내지 승자독식이라는 철학이 자리 잡고 있다는 사실도 알게 되었다. 심지어 그들이 표방하고 있는 자유, 평등, 평화라는 이념도 종종 자신들의 이익을 추구하는 구실로 이용된다는 사실에 경악하기도 했다.

잠시 토마스 모어(Thomas More, 1477~1535)의 『이상 국가론(Utopia)』의 핵심 논리를 재음미해보자. 고등학교 시절 나는 모어가 그 책에서 국가의 이상향을 그려낸 것으로만 이해했었다. 그런데 사실은 그 근저에 고대 로마의 식민지 개념을 정당화하는 논리가 깔려 있다는 것을 나중에 알게 되어 몹시 당황한 적이 있다. 그는 보다 효율적인 토지 활용이란 측면에서 볼 때 생산성이 높은 사람들이 남의 토지를 탈취하는 식민화는 정당화(이를 자연법칙, natural law라고도 함)될 수 있으며 따라서 생산성이 낮은 원주민이나 피정복자들을 무력으로 몰아내도 무방하다는 논리를 편 것이다. 그것이 바로 모어가 지향코자 했던 이상사회였다. 즉 그는 효율적 생산자가 토지를 소유하는 것이 인류 전체로 보아 바람직하다는 논지에 근거한 이상사회를 구상했던 것이다.

이 책에 근거하여 아일랜드를 약탈하는 데 앞장섰던 자가 바로 철혈재상 크롬웰(Oliver Cromwell, 1599~1658)이다. 뿐만 아니라 근대 시민 사상의 대표자로서 추앙받는 존 로크(John Locke)는 북미 대륙의 미개한 인디안들은 토지에 대한 노동 생산성이 거의 없어 백인들이 이들의 영토를 탈취하는 것은 지극히 당연하다고 보았다. 심지어 그는 인디언들은 짐승이나 다름이 없는바 박멸해도 무방하다고 주장하기도 했다. 이런 사람을 우리는 교과서에서 인본사상의 선구자로만 가르쳐 왔던 것이다.

사실 이들이 얘기하는 시민이란 자신들과 같은 백인 지배계층일 뿐이다. 바로 이처럼 가장 강한 자에 의한 모든 자산의 독점을 당연시하는 사상이 아직까지도 남아 있다. 심지어 미인 대회를 보더라도 그렇다. 한국에서는 미스 진, 선, 미 외에 성, 현, 한국일보, 아모래 등의 타이틀로 미스코리아 당선자 군을 발표한다. 그러나 미국은 단 한 명만을 발표한다. 2등 이하는 일등이 유고시 그 직을 대행할 수 있는 권한을 줄 뿐 미스 아메리카 또는 미스 USA라고 부르지 않는다. 최고 실력자만이 모든 혜택을 독식하는 말하자면, 승자독식(winner takes all)이란 원칙이 이 사람들의 기본 철학이다. 많은 사람들이 미국인들이 가난하고 어려운 사람에 대해 도움을 주는 문화를 가지고 있다고 한다. 많은 미국 유학생들이 미국인 교수나 주변 사람들의 따뜻했던 환대와 도움을 감사한 마음으로 기억하고 있다. 이는 우리가 저들보다 열등한 지위에 있을 때이며 우리가 그들과 같은 지위를 두고 경쟁해야 하는 상황에서는 찾아보기 힘든 문화라는 사실도 생각해볼 필요가 있다.

미국 동북부의 가을 단풍여행을 떠난 적이 있었다. 그런데 놀랍게도 버몬트 주와 뉴햄프셔 주 등을 여행하는 동안 유색인종은 한 사람도 본 적이 없다는 사실을 깨닫고 놀란 적이 있었다. 이러한 지역 중에서도 가장 풍광이 수려한 '브레튼 우즈'에서 바로 열강의 금융지배체제 구축을 위한 IMF가 탄생한 것은 우연이 아니었다는 생각을 지울 수 없다. 자유와 평등, 평화는 자기들과 같은 동류 집단에나 적용 가능한 이념일 때가 많다.

제6부

인연과 필연

제6부

인연과 필연

1. 운명의 여인

"혹시 이종원 씨와 J씨 둘이 다 C양을 좋아하며 나를 들러리 삼아 데리고 다닌 것 아닌가요?"

대학 4학년이었던 1970년 초여름경 재경(현재 아내의 아명)이 사뭇 상기된 얼굴로 나를 찾아와 대뜸 건넨 말이었다. 저돌적인 태도에 적잖이 놀랐다. 나로서는 처음 보는 재경의 모습이었기 때문이다. J군이 C양에게 남다른 감정이 있다기에 협조 차원에서 함께 어울려 주긴 했지만 사실은 내가 당신에게 특별한 감정이 있어 함께 어울려 다닌 것이라고 얼떨결에 실토하고 말았다. 내 진심을 알아낸 재경의 표정에 안도의 빛이 확연했다. 결과적으로는 이날의 사건으로 인해 서로의 속마음을 확인한 셈이 되었다.

며칠 후 단둘이서만 만나고 싶다는 생각을 전했다. 흔쾌히 응낙해 왔다. 응축해 있던 에너지가 솟구쳐 오르듯 온몸에 힘이 솟았다. 그리고 첫 번째 데이트를 북한산 내시능 근처 계곡에서 가졌다. 그러나 내용상으로는 정말 유치할 정도의 만남이었다. 기껏 한 것이 술래잡기였으니 말이다. 이때까지도 나는 여전히 순진무구한 숫총각 티를 벗어나지 못하고 있었다. 그래도 그날의 소풍이 계기가 되어 이후 우리는 급속하게 가까워졌다. 그리고 얼마간의 시간이 지난 후에는 하루도 보지 못하면 못 견딜 정도가 되었다. 물론 당시에는 남녀 학생이 함께 다닌다는 소문만 나도 놀림감이 될 때여서 특히 동아리 회원들에게 들통날까 봐 최대한 조심해야 했다.

우리 동아리는 각 학과 별로 최우수 집단의 학생들을 초빙하여 입회시키는 방식을 취하고 있었는데 영어영문과 여학생 두 명이 한꺼번에 가입하였고 그중 한 사람이 재경이었다. 한눈에 반해버린 것은 아니지만 첫 만남부터 매우 인상적이었다. 다소 동그란 얼굴에 통통한 몸매였고 이마가 버스 앞모양처럼 넓고 귀여웠다. 당시 기준으로 본다면 부잣집 맏며느리 감에 해당했다. 내가 좋아하는 형이었다. 특히 매우 밝은 인상을 하고 있었던 점에 호감이 갔다. 평생을 매사에 신중하게 살아오며 강인한 인상은 주지만 남에게 부담스러울 만큼 경직된 내 모습과 달랐기 때문이다.

여하튼 우리는 오래전부터 만남에 굶주렸던 사람처럼 거의 매일 만나지 않고는 못 견디는 사이로 진전되었고 어느새 재경이 살던 안암동 집까지 데려다 주는 일이 일과처럼 되었다. 그리고 헤어지기 싫어 대문 앞에 이르러서도 조금이나마 더 머무르려 안간 힘을 쓰곤 했다. 당시 재경의 집으로 가는 길가에 안암천이 있었는데 그 위를 가로지르는 다리를 심지어 미라보 다리라고 명명할 만큼 심리적 최면에 빠져 있었다.

이런 상황에도 불구하고 재경은 가끔씩 불안한 소식을 전해 왔다. 집에서 특히 큰이모가 우리 교제를 결사적으로 반대한다는 등의 얘기다. 나는 일부러 무시하는 척했다. 반대 이유는 우리 집이 너무 가난하다는 것과 홀시어머니를 모시고 살아야 된다는 것으로 요약된다. 내가 해소할 수 없는 사안이니 일단 무시할 수밖에 없었다. 사실 이런 이유 등으로 해서 두어 차례 재경은 나와의 교제를 정리하겠다고 통고해온 적도 있다. 다행히 처음 한두 번은 논리적 설득으로 위기를 벗어날 수 있었다 그러나 세 번째에는 그 결정이 너무 완강하여 어떤 노력으로도 마음을 돌이키기 어려웠다. 정말이지 여자의 마음은 알 수없는 것 같았다.

여러 날 밤을 지새우고 식음을 전폐하다시피 해가며 재경을 설득시킬 방안에 몰두했다. 그리고는 겨울방학이 끝나가던 2월 하순경 천안에 내려가 있는 재경을 찾아갔다. 그리고 온양 근처 호수가로 불러내어 다시 한 번 최선을 다해 설득해보았다. 도저히 돌이킬 수 없을 만큼 단호한 태도에 억장이 무너졌다. 날씨마저 매우 추웠던 겨울 호숫가에서 내가 할 수 있었던 일은 그저 죄 없는 술만 계속 들이키는 일이었다. 당시의 답답한 심정은 어렸을 적에 억울한 일을 당하면서도 아무리 몸부림쳐 보아도 해결할 만한 방도가 없었던 시절의 칠흑 같은 절망감이었다. 논리로도 상대방을 설득시킬 수 없었던 최초의 경험이었고 그래서 좌절감은 더욱 컸다. 하릴 없이 합승 택시인지에 동승하여 유원지를 떠났던 것으로 짐작되었는데 어느 순간 정신이 몽롱해지는가 싶었는데 이내 기억의 필름이 끊기고 말았다. 자신의 능력을 총동원하여 노력한 성과가 무위로 끝나자 처절한 상실감에 망각의 세계에 의탁했던 것 같았다.

정신이 돌아온 것은 누군가 눈가에 강한 불빛을 비추고 있을 때였다. 병원이었다. 아 이게 도대체 뭐람, 스타일 구기게. 워낙 주량이 세서 과음으로 정신을 잃어 본 적이 없었는데 난생 처음 겪어 본 수치스러운 경험이었다. 그래서 의사가 놓아 주는 주사가 끝나는 즉시 재경의 손을 낚아채어 함께 빠져나왔다. 합승 택시인 듯한 차를 탄 것 같았는데 왜 바지에 흙이 여기저기 잔뜩 묻어 있는지도 이해가 안 되었다. 그렇다고 재경에게 자초지종을 물어 볼 수는 없었다. 그런데 내 입장을 생각해서인지 재경은 고맙게도 그날의 사건을 이후 다시 거론조차 않았다. 그리고 결과적으로는 그날의 사건에서 자신에 대한 나의 지극한 감정을 목격하게 된 재경이 다시 마음을 돌리는 계기가 된 듯싶었다. 그 이후부터 오늘까지 재경은 내 마음의 안주인이 되었다.

2. 피아니스트의 길을 간 큰딸

"수진의 음악적 재능이 너무 뛰어나서 보통 아이들처럼 피아노 학원을 놀이 삼아 왔다 갔다 하기에는 너무 아까워요."

동네에서 어린이 피아노 교실을 운영하던 박 선생이란 분이 집으로 찾아와 건넨 말이었다. 그리고 혹시 자기가 돈을 더 받기 위해 개인 레슨을 권하는 것처럼 오해할 수도 있어 몇 가지 측면에서 수진이 가지고 있는 천부적 재능을 검증해 보이겠다고 했다. 이어 박 선생은 수진을 뒤돌아서게 한 다음 건반의 이곳저곳을 쳐댔는데 놀랍게도 수진은 즉각적으로 그 음들을 한 음도 틀리지 않고 맞추어내는 것이 아닌가. 바로 눈앞에서 믿어지지 않는 수진의 절대음감 능력을 확인할 수 있었다. 피아노 습득 능력은 다른 아이들보다 서너 배나 빠르다 했다. 기쁜 마음으로 즉시 개인 레슨을 허락했다.

약 2년이 경과했을 무렵 이번에는 콩쿠르에 내보내고 싶다는 의견을 박 선생이 전해 왔다. 다른 아이들처럼 유명 교수에게 레슨을 받아본 적도 없는데 괜찮겠냐고 물었더니 해볼 만하다고 했다. 최초로 참가한 콩쿠르는 국민음악회 주최 피아노 경연대회였다. 추계예술대학에서 진행되었는데 예상치도 못했던 1등을 차지하였다. 이후 삼익 피아노 콩쿠르 동상, 한국일보 콩쿠르 1등, 음악춘추 콩쿠르 1등, 그리고 이화경향 콩쿠르 3등 등 나가는 모든 경연에서 한 번도 빼지 않고 입상하였다. 이후 박 선생은 만일 수진을 예원학교에 보낼 계획이 있다면 본인의 지도만으로는 부족하므로 큰 선생님이 필요하다 했다. 그리하여 단국대 K교수를 만나게 되었다.

나와 집사람이 함께 스탠포드 대학 객원교수로 연구년을 떠나던 해에 중학교 1학년이 된 수진을 데리고 갔다. 그리고 K교수의 제자로 당시 피바디 음대 교수로 있던 강 교수를 소개받았고 또 강 교수가 자신의 은사인 센프란시스코 콘서버토리의 메크레이(Mack McCray) 교수를 추천해주어 지도를 받게 되었다. 그곳에서의 1년 동안 수진은 크게 성장했고 귀국 직전에는 피아노 독주회까지 열 수 있었다.

그러나 수진은 귀국 후 경험하기 시작한 한국 음악계의 여러 가지 병폐를 체험해 가며 점차 환멸을 느끼기 시작했다. 이런 시기에 종합예술학교가 설립되어 학생 모집에 나섰다. 그래서 그곳으로 학교를 옮겼다. 그리고 그곳에서 커티스 음악원 출신의 젊은 선생님을 맞게 되었다. 그분은 수진의 재능이 매우 출중하다며 자신이 나온 커티스 음대에 지원해보라는 권고를 해왔다. 그래서 예고 입학을 제쳐 두고 방학 동안을 이용하여 필라델피아에 있는 커티스 음악원에 오디션을 보러 나섰다. 우리 부부가 함께 시내 호텔 스위트룸에 투숙하며 '스타인웨이' 그랜드 피아노를 임대하여 연습에 사용케 했다. 그리고 '수잔 스타'라는 커티스 음악원 교수에게 입시준비용 개인 레슨도 받게 했다.

지금 와 생각하면 당시 우리는 정상적 사고의 한계를 크게 벗어난 일을 하고 있었다. 수진은 타고난 피아노 천재이며 주위의 모든 사람들이 극찬해 왔으니 커티스에도 쉽게 합격하리라 맹신하고 있었다. 입학만 되면 장학생이 된다는 점도 우리로 하여금 무리수를 두게 한 원인이 되었던 것 같다. 세계 각처에서 내로라하는 배경의 천재들이 모여든 오디션 장에서 비로소 수진이만 천재가 아니라는 점을 깨달았다. 결과는 불길했던 예감대로 낙방이었다.

난감했던 일은 예고 입학원서를 제출조차 않고 출국했기 때문에 귀국하여 일 년을 쉬거나 미국에서 고등학교를 다니는 일 중 하나를 택해야 했다. 그나마 수진이 미국에서 태어났기 때문에 가능한 선택이었다. 문제는 미성년자는 후견인이 있는 집에서 거주해야만 고등학교에 입학이 허용된다는 점이었다. 결국 센프란시스코 음악원 근처에 있는 일종의 음악학생 기숙사(music house: 음악원 학생들 중 우수한 소수 학생을 선발하여 숙식을 제공했던 일종의 하숙집)에 머무르며 인근 공립 고등학교에 다니게 했다. 그런데 얼마 후 수진은 학생들의 흡연은 물론 마리화나 밀매, 그리고 교내에서의 문란한 성행위 등을 도저히 견디기 어렵다고 호소해 왔다.

다행히 예비학교 음악원 원장의 도움으로 캘리포니아 주의 유수한 사립학교(San Domenico, 샌도매니코)에 전액 장학생으로 전학해 갈 수 있었다. 그런데 그 학교는 도시로부터 상당히 멀리 떨어진 지역에 위치하고 있었다. 집사람 표현으로는 천당 같은 곳이라지만 수진에게는 군대나 다름없이 고립된, 그래서 지옥 같은 공간이었던 것 같다. 결국 수진은 학교 기숙사 대신 편도 한 시간 반 거리에 있는 예전의 음악학원 기숙사로 돌아와 매일 통학을 하게 되었다. 감수성이 가장 예민한 연령기의 수진에게 단지 타고난 천재로 장래가 촉망받는 미래의 피아니스트라는 환상에 젖어 딸의 정서적 발달을 도와 줄 환경을 제대로 제공해 주지 못하고 만 것이다. 그렇다고 우리 부부 중 하나가 대학 교수직을 그만두고 미국에 가서 수진을 뒷바라지할 수도 없는 일이었다. 결국 수진으로서는 고등학교 3년 기간 동안 갖가지 정신적 불안에 시달리며 인고의 세월을 보내야 했다. 몹시 후회되는 우리의 선택이었다.

그래도 수진은 어려움을 잘 견뎌내고 마침내 피바디 음악원에 입학할 수 있었다. 엘렌 맥(Ellen Mack) 교수가 한국 방문 시 잠시 만나 레슨을 해준 일이 있었는데 그녀는 그때 수진이가 바하의 ○○곡을 쳤던 것까지 수년이 지난 후에도 기억하고 있었다. 그만큼 그녀가 수진의 연주를 인상 깊게 들었던 연고로 쉽게 입학허가가 나왔던 것 같다. 그곳에서 수진은 학사와 석사 과정을 마쳤다. 그러나 수진에게는 피바디 음악원 생활이 또 다른 차원에서 영욕의 시절이었던 모양이다. 연주하는 방법과 접근 방법에 관해서는 공유하는 바가 컸지만 워낙 특이한 성격의 소유자였던 맥 교수와 제대로 화합하지 못하였던 것 같다.

그리하여 연주 중심의 학위과정인 에이디(AD: Artistic Diploma) 과정을 밟기 위해 인디아나대학으로 옮기게 되었다. 비로소 우리도 마음이 놓였다. 자기가 태어난 곳으로 돌아간 것이다. 더구나 그 대학은 대학 중에서는 음악교육이 세계 최고 수준이었다. 더욱 다행인 것은 그곳에서 만난 지도교수와 호흡이 잘 맞았다. 앙드레 와트(Andre Watts)와 같은 세계적인 피아니스트도 있었지만 너무 인위적으로 분위기를 연출하는 것이 싫다 해서 이분을 택했던 것이다. 프랑스인이어서 라벨이나 드비시 등의 작품도 많이 지도하였지만 기본 시각은 맥 교수와 비슷한 독일계 음악 사관을 가진 분이었다.

미국에서 14년간 피아노 공부를 하는 동안 만난 지도교수들이 모두 콩쿠르 같은 경연에 나가는 것을 좋아하지 않아서 결국 수진은 한 번도 경연에 참여조차 못하고 학위를 마치게 되었다. 큰 포부를 갖고 귀국하여 귀국독주회도 성공적으로 마쳤지만 한국의 현실은 냉혹했다. 고등학교와 대학교를 모두 다 외국에서 다녔고 소위 세계적으로 알려진 국제 콩쿠르 참가 경력이 없었던 수진에게는 대학에서 강사직을 얻는 것조차도 어려웠다. 때로는 이러한 참담한 현실에 마음이 아팠다. 그러나 세계적인 연주가가 되지 못해서, 아니면 대학교수가 되지 못해서 실패한 음악가라고는 생각지 않는다. 평생에 걸쳐 윤택한 인생을 구가할 수 있는, 그리고 경우에 따라 생존 수단이 될 수 있는 음악에 대한 전문 지식을 갖춘 피아니스트로서 성장했다는 자부심이 있기 때문이다. 또한 언젠가는 어떤 형식으로라도 자신이 가진 능력과 취향에 걸맞는 일상을 구가해 나갈 것이라 믿고 있다. 그리고 무엇보다 중요한 것은 수진이 그동안의 힘든 과정을 슬기롭게 극복해 가며 우리에게 헤아릴 수 없는 기쁨을 가져다 준 보배와 같은 존재라는 사실이다.

3. 토마토케첩 같은 막내딸

막내딸이 초등학교 2학년 때의 일이다. 무슨 과목이었는지는 기억나지 않지만, 25문제 중 무려 23개가 틀린 답안지를 가지고 돌아왔던 적이 있다. 기가 막혔지만 애시 당초 공부 잘하는 아이로 키울 생각이 없었는지라 전혀 불쾌한 내색을 하지 않았다. 그래도 자신이 받아 온 성적에 대해 한 번쯤은 다시 생각해 보길 바라는 마음에서 틀린 문항 하나에 백 원씩 해서 총 2,300원을 주었다. 그랬더니 신이 난 막둥이는 그 돈을 단짝 친구에게 자랑하며 군것질하는 데 써 버리는 것이 아닌가. 예상을 벗어난 행동에 황당하다는 생각도 들었지만 저렇게 순진한 아이에게 공부를 강요해오지 않은 것은 다행이란 생각이 들었다.

막내에게는 영어학원이나 미술학원 등에 보내는 대신 수영이나 피아노를 취미로 배우도록 권했지만 강요하지는 않았다. 언니가 천재적인 음악성을 타고난 적극적인 성격의 아이였다면 막내는 심성이 지나칠 정도로 착하고 소극적인 아이였다. 그렇지만 하는 행동이 귀여워 장난치고 놀려주고 싶은 아이였다.

그러던 중 초등학교를 졸업하고 중학교에 들어갈 즈음부터 이성에 대해 서서히 눈을 뜨기 시작했고, 성적이 너무 뒤처지면 부끄럽다는 생각을 하는 것 같았다. 그래서 점차 학교 공부에도 관심을 갖게 되었다. 그러나 소극적인 성격은 여전하여 이를 조금이라도 개선해 보기 위해 연극부에 들어가겠다고 하여 허락해주었다. 그러나 담력을 길러준다며 허구한 날 길거리에서 웅변조로 대사를 암송하게 하는 등의 훈련을 끝내 견디지 못하고 그만두었다.

다니고 있는 학교가 대학입시에서 두드러진 성과를 내는 학교도 아닌 데다 성적마저 선두 그룹이 아니어서 대학 진학에 어려움을 겪게 되었다. 결국 거리가 먼 지방 대학에 가서 혼자 생활하기 어려운 성격인 점을 감안하여 서울 시내에 있는 야간대학을 권했다. 그래서 ○○대학 영어영문학과 야간부에 입학하게 되었다. 나름대로 즐겁게 대학일 학년을 다니다가 내가 예일대학에 초빙 교수로 가게 된 것을 계기로 함께 미국에 가게 되었다. 그리고 아내가 방문교수로 있게 된 중부 코네티컷 주립대학교(CCSU: Central Connecticut State University)에서 어학 및 교양 교육 과정을 밟게 되었다.

막내에게 큰 변화가 일어난 것이 바로 이때였다. 미국 대학생들이 얼마나 열심히 학업에 매진하는지를 확인할 수 있었던 것이다. 그 결과 그곳에서 진정으로 공부에 최선을 다하는 습관을 익히게 되었고 귀국 후 일 년간 두 과목을 제외하고는 모두 A+를 받는 놀라운 성과를 내게 되었다. 우리 가족 중 누구도 막내가 이런 정도로 학업 성취도를 높여 나갈 수 있으리라 짐작하지 못했다. 특히 지나치게 여린 마음과 소극적인 태도 등으로 인해 목표 지향성이 높지 않았고 그렇다고 머리가 번쩍번쩍할 정도로 뛰어나지도 않았었기 때문이다. 그러나 막내는 치밀하고 끊임없는 노력을 통해 능동적으로 환경에 적응하는 데 성공해가고 있었다. 마치 토마토케첩처럼 처음에는 아무리 흔들어 짜도 빨리 나오지 않지만, 일정한 시간을 기다리면 뭉텅 뭉텅 쏟아져 나오듯이 막내의 학업 성취도는 일취월장해 가고 있었던 것이다.

결국 대학 입시를 준비하는 단계와는 달리 일단 대학에 입학한 후에는 자기가 원하고 좋아하는 공부를 꾸준히 해나가는 사람이 승자가 된다는 것을 막내는 입증해 준 셈이다. 세속적인 기준에서의 평가에 연연하지 않은 채 자신이 즐길 수 있고, 가치가 있다고 생각한 것을 위해 열심히 노력한 결과라고 볼 수도 있었다. 노력하는 과정 자체가 즐거움을 가져다 줄 수 있는 목표 설정이 무엇보다 중요하다는 생각이 든다.

결단코 대학 입시 때까지의 기준만으로 인생의 성공 여부를 예단해서는 안 될 일이다. 대학 교수의 경우도 마찬가지라 믿는다. 어느 대학을 나와 어디에서 학위를 했는가 하는 등의 세속적 기준이 학자의 성공 여부를 결정해주지 않을 것이기 때문이다. 인간의 핵심 관심사에 대한 관심과 애정을 바탕으로 평생 연구를 추구하는 사람이 궁극적으로 성공한 학자가 될 수 있다는 것이 나의 지론이다.

대학 졸업 후에도 막내의 학구열은 지속되었다. 스스로 미국 유학길을 택했고 박사학위를 취득하여 귀국하였다. 그리고 드디어 수십 대 일의 경쟁을 뚫고 ○○국립대학에 임용되기에 이르렀다.

물론 미국 유학시에도 처음에는 소극적인 태도로 인해 어려움을 겪었다. 그러나 막내의 성실성과 끈기는 교수의 관심을 끌어내기에 충분했고 박사학위 과정의 학생 신분으로 인터넷 강의까지 담당할 수 있었다. 뿐만 아니라 박사학위 예비논문을 미국의 대표적인 전공 소속 학회에서 발표한 결과 최우수 '프레젠테이션' 수상자로 선정되는 성과까지 있었다. 누구도 예상치 못했고 기대도 하지 않았던 성과를 막내는 서서히 그러나 도도하게 실천해 나갔던 것이다. 마치 불리할 수밖에 없었던 토끼와의 경주에서 승리한 거북이와 같이. 비록 느리지만 결국 최종적으로 큰 성과를 이룩해 낸 토마토케첩과 같은 나의 자랑스러운 딸이다.

4. 첫사랑

그녀의 여동생이 황급하게 연락해 왔다. 상황이 위중해져서 중환자실에 있는데 며칠 못 버틴다는 것이다. 복잡 미묘한 감정을 일단 떨쳐버리고 병원을 찾아갔다. 면회 허용 인원과 시간에 제한이 있었고, 가족이 아니면 안 된다고 하여, 하는 수없이 할아버지뻘 되는 친척이라 하고 면회를 하게 되었다. 눈을 감은 채 잠들어 있는 듯했다. 본래 체구가 작은 사람이었지만 더욱 작아진 모습이었고, 얼굴은 황달 현상이 심해서인지 누렇게 변해 있었다. 머리만이 예전의 크기를 유지하고 있었다. 인기척을 느꼈는지 잠시 후 눈을 떴다. 보고 싶다고는 했지만 바쁜 사람이 뭣 하러 여기까지 왔느냐고 했다. 미리 온다고 했으면 단장이라도 했을 텐데 추접해 보이지는 않느냐고도 하였다. 이제 상태가 많이 호전되어 내일쯤이면 일반 병실로 갈 테니 그때 다시 오라고도 하였다. 숨소리는 아주 가늘었고 수명이 다된 라디오 소리처럼 끊길 듯 말 듯 금속성 섞인 음성으로 겨우겨우 이어가며 하는 말이었다.

오래 전, 그러니까 아마도 1966년경의 일로 기억된다. 누가 어머니를 찾아왔다기에 나가보았다. 순간 심장이 멎는 듯했다. 단정하게 쪽진 머리를 한 조그많고 통통한 체구의 여성이었다. 미소를 머금은 눈이 정말 매력적이었다. 어머니가 다니는 동일 방직회사 입사용 추천서를 부탁하기 위해 찾아왔다고 했다. 나는 그때 대학 일학년이었고 입대를 앞두고 있는 나이였지만 한 번도 여성을 가까이서 마주한 적이 없어서 무척 당황스런 대면에 어떻게 대꾸를 했는지 기억조차 나지 않는다.

첫 인상이 너무도 강렬하여 결국 어머니께 그녀가 방문한 자초지종을 전하면서 그 여인을 다시 한 번 만날 수 있었으면 하는 바람을 넌지시 전했다. 스스로 돌이켜보아도 실로 놀랄 만큼 적극적인 의사 표시였다. 어머니는 의외로 반대하지 않았다. 같은 '전의' 이 씨이니 인척간이라는 구차스런 구실을 만들어 어머니와 그 여인의 동생들까지 동석하는 만남을 가졌다. 그날의 만남에서 기껏 한 것이라야 화투를 해서 진 사람이 팔뚝 맞기 정도였다.

물론 그런 정도로 만족할 수 없어 나는 입대를 앞두고 있다는 핑계를 대며 함께 영화를 보자고 하였다. 놀랍게도 선뜻 응해 주었다. 문정숙과 신성일이 주연한 '만추'라는 영화였다. 나로서는 별반 기대 없이 선택했는데 평생 잊을 수 없을 만큼 울림이 큰 영화였다. 관람 후 내친 김에 함께 입대 기념사진을 찍자고 하였더니 할아버지뻘 되는 사람하고 무슨 사진이냐고 망설이다 마지못해 응해줬다. 그러면서 나는 앉게 하고 자기는 의자 손걸이 부분에 걸터앉는 구도로 사진을 찍자고 하였다. 그 당시에는 몰랐지만 보통은 걸터앉는 사람이 손위 사람이라는 의미가 있다는 것을 나중에 알게 되었다. 항렬로는 내가 할아버지뻘이지만, 자연 연령으로는 자기가 누나라는 것을 강조한 것 같았다. 이 여인은 나의 호기심 어린 접근에 이런 식으로 선을 긋고 있었던 것이다.

입대 후 훈련소에서 소지품 검사를 할 때 내무반장이 그 사진을 보고 누구냐고 해서 여자 친구라고 했더니, 이렇게 손걸이 위에 걸터앉은 걸 보면 누나란 걸 다 알 수 있는데 왜 속이느냐며, 당장 소개 안 하면 국물도 없다고 협박했다. 입대 첫날부터 나를 무자비하게 구타를 가했던 놈이 뻔뻔스럽게 그런 부탁을 해오다니 참으로 어처구니없는 일이었다. 여러 번 이 일로 시달림을 받게 되는 바람에 하는 수 없이 편지를 보냈다. 우리가 사귀는 사람이라는 내용의 편지를 써 보내라고 부탁했던 것이다. 물론 당시에는 보안상의 이유라는 핑계로 발송되는 편지가 사전 검열되기도 하였기에 아주 조심스레 간접적인 표현으로 부탁을 했다. 나중에 들은 얘기로는 이러한 나의 부탁을 단지 어설픈 거짓말로 자신을 떠보려는 전략쯤으로만 알았단다. 결과적으로 이것이 계기가 되어 훈련 기간 중 마치 오래 사귄 연인처럼 여러 번 편지를 주고받았다. 항상 일정한 선을 긋는 내용으로 보내오기는 하였지만 그 과정에서 많이 가까워진 것만은 사실이다.

훈련이 끝나고 일선 부대에 배치된 이후에는 외출·외박이 있을 때마다 만사 제쳐놓고 찾아갔다. 그리고 집 근처에 있는 인천 자유공원길을 함께 걷곤 하였다. 나는 그 정도로 만족했다. 더 이상 바랄 것이 없다고 생각했다. 아버지 없이 살아서인지 나는 부부간의 문제를 비롯하여 남녀관계나 성에 관한 지식은 거의 백지 상태였다. 솔직히 고백하자면 군대를 제대할 때까지도 어떻게 임신이 되고 아기가 태어나는지조차 몰랐다. 따라서 이 여인과 만나는 동안 포옹을 한다거나 키스를 해본다는 것은 생각조차 해본 적이 없다. 아예 내 뇌리 속에 그런 개념 자체가 없었던 것이다. 곰곰이 돌이켜 생각해보니 사랑은커녕 좋아한다는 말조차 건넨 적이 없었던 것 같다.

제대하고 복학을 하게 되면서 당시에는 경기도에 속했던 구파발로 이사하게 되었고 거리상 자주 만나는 것이 어려워졌다. 엎친 데 겹친 격으로 이 여인이 같은 직장 상사로부터 청혼을 받았다는 몹시 당황스러운 얘기가 전해졌다. 고심 끝에 비록 대학 재학 중이지만 이 여인과 당장 결혼하고 싶다는 무책임한 생각을 어머니께 전했다. 이런 식으로라도 위기를 극복하고 싶었던 것이다. 어머니는 이러한 나의 의견에 조심스레 동의해 주었다. 아직은 모든 것이 어려운 상황이어서 결혼하기에 적절한 시기는 아니지만 함께 노력하다 보면 극복할 수 있지 않겠느냐는 우려와 격려가 혼재된 의견도 주셨다. 얼마 후 졸업하면 취업도 될 수 있을 것이라 생각에서였던 것 같다.

그러나 이 여인은 나의 제안에 찬성하지 않았다. 우선 자신의 학력이 중졸에 불과한 방직공장 여공이라는 점과 자기가 나보다 연상이라는 점, 그리고 무엇보다 중요한 것은 동성동본이기 때문에 혼인이 법적으로 인정되지 않아 평생 동거인으로 살아야 하고 따라서 아이들의 법률상의 지위도 불안정하게 된다는 점을 들었다. 그리고는 나와의 인연을 빨리 정리라도 하려는 듯 얼마 되지 않아 청혼해 온 직장 상사와 혼인한다는 소식을 전해 왔다. 어머니 말로는 아주 성실하고 온화한 성품의 남자라 하였다. 짐짓 잘 되었다는 식의 전언이었다. 물론 결혼

식장에는 가지 않았다. 그것이 예의라고 생각했다. 이렇게 해서 나에게 처음 이성에 눈을 뜨게 해준 여인은 내 곁을 떠나버렸고 얼마간의 시간이 지나며 나의 뇌리로부터도 사라졌다. 그러면서도 분명히 그 여인도 나를 좋아는 했을 것이라 생각했다. 단지 타고난 여성의 특성이라 할 수 있는 현실주의에 따라 그렇게 결정했을 뿐이라 믿고 싶었던 것이다.

이 여인에 관한 얘기는 아내에게도 여러 번 한 적이 있고, 함께 찍은 사진이 가족 앨범에 있어도 아무렇지 않은 존재로 얼마간 남아 있었다. 그러다가 유학 생활을 끝내고 귀국한 후 인천에 사는 친척 댁에 귀국 인사를 가게 되었다. 집을 몰라 어머니가 동행하게 되었다. 오가는 길에 묻지도 않았는데 어머니가 그 여인의 근황을 전해주었다. 1남 1녀를 두고 단란하게 잘 산다는 것이다. 아마도 내가 해외 유학을 나가 있는 동안 외로울 때마다 가끔 연락하여 만난 적이 있었던 모양이다. 어머니는 그 여인의 남편이 재직할 때 함께 일했던 사람이고 더구나 그 여인이 우리 어머니를 친어머니처럼 잘 따르는 사이였으니 그럴 수 있었던 것 같았다. 그러면서 우리 근황을 전해 주기도 했던 모양이다. 우리가 학위를 마치고 귀국한다는 소식을 듣고 아주 기뻐했다는 소식을 어머니로부터 전해 들었기 때문이다.

불현듯 잊혔던 옛일이 되살아나며 어떻게 사는지 궁금해졌고 한 번쯤은 만나보고 싶다는 생각도 들었다. 눈치를 채셨는지 어머니가 전화를 해 바꿔주었다. 마침 식구 전부가 집에 있다고 하였다. 단둘이 만나는 것도 아니고 남편과 아이들까지 만나는 일이니 아내에게도 미안함은 덜 수 있다는 생각에 방문키로 하였다. 가벼운 긴장과 더불어 흥분까지 되는 것을 억제할 수는 없었다. 남편이란 사람은 정말 인상이 좋아보였고 집안도 아기자기하게 단장하고 단란하게 사는 모습이었다. 그 여인은 남편에게 나를 집안 할아버지뻘 되는 사람이라고 강조해가며 소개했다. 그리고 앉아 있는 내내 몇 번씩이나 할아버지란 호칭을 썼다. 그때 문득 떠오르는 생각이 있었다. 한 번도 그녀를 통상적인 애인관계로 대해 주지 못할 만큼 이성에 무지했던 날의 추억이 되살아났던 것이다. 그래서 배웅 나온 그녀에게 틈을 보아 자그마한 소리로 속삭였다. 한 번도 포옹조차 못해준 바보 같았던 처신에 대해 사과한다고. 얼굴이 발그스름해지며 부끄러워 하는 듯한 모습이 느껴졌다. 그러면서 자기가 현명하게 떠나서 사모님처럼 훌륭한 반려자를 만날 수 있었지 않았겠냐고 했다.

그 이후 워낙 시국도 어수선한 군사독재 하에서 강의 부담마저 극한적인 상황에서 살다보니 그 여인의 일은 까맣게 잊고 지냈다. 그러던 1985년 어느 날 미국으로 연구년을 떠나기 위한 준비에 분주한 때였다. 어머니로부터 그 여인이 간염을 매우 심하게 앓고 있다는 소식을 전해 들었다. 그래서 우리가 사귈 때 여러 번 함께 만나 본 적이 있는 의사 친구에게 잘 좀 돌보아 달라고 부탁하고 떠났다. 간염은 치료 가능한 것이니 찾아오면 잘 치료해 주겠다고 친구가 나를 안심시켰다. 그래서 귀국 후에는 잘 치유가 되었을 것이라고만 생각하고 있었다. 그런데 어느 날 친구가 그 여인이 찾아온 적이 없다는 소식을 전해 주었다. 자존심이 강한 사람이었지만 이렇게 선의의 호의를 거절할 필요가 있었을까 싶은 생각이 들었지만 아마도 다른 병원에서 적절한 치료를 받았으리라 생각했다.

그후 일 년 정도 시간이 지났을 때였다. 어머니가 이번에는 놀라운 사실을 전해 주었다. 그 여인이 치료를 제때에 하지 않아 간염이 간경화 단계를 거쳐 간암으로 발전되었는데 얼마 못 살게 되었다는 것이다. 그리고 죽기 전에 한번 만나보고 싶어 한다는 것이다. 순간 많은 생각이 오갔다. 이런 식으로 연통까지 해왔다면 그 여인도 진정 나를 좋아했던 것임에 틀림없다는 실로 어처구니없는 생각도 들었다. 남편과 아이들이 곁에 없을 별도 시간대에 방문해 달라는 부탁을 여동생을 통해 전해왔기 때문이다. 그래서 더욱 망설여졌다. 좋은 추억으로 간직하고 싶은 사람의 마지막 험한 모습을 보는 것이 내키지 않기도 했지만 그보다는 이 일을 아내와 상의한 후 찾아가 보기도 어색한 일이고 또 상의 없이 혼자 찾아가 본다는 것은 도덕적으로 떳떳치 못하다는 생각이 들었기 때문이다. 며칠간의 망설임 끝에 결국 문병 길에 나섰던 것이다.

그리고 이틀 후 사망했다는 소식을 들었다. 일반 병실에서 보자는 인사성 초청은 무산되고 말았다. 마지막 모습은 초라했지만 고통스러워 보이지도 않았고 평안한 모습이어서 고마웠다. 어쩌면 말기 암 환자들이 겪는 모든 고통을 억누른 채 나에게 좋은 모습으로 남아 있고 싶은 욕망으로 참고 있었는지도 모른다. 그렇게 그 여인은 배터리가 방전된 트랜지스터 라디오같이 끊어질 듯 이어지곤 하던 소리마저 더 이상 전하지 못하고 조용히 그리고 영원히 내 곁을 떠났다. 첫사랑은 원래 이루어지기 어려운 것이고 아름다운 추억만으로 간직되는 것이 바람직하다고들 하지만 그렇다고 그 여인의 마지막 순간을 외면할 수는 없다는 생각으로 나섰던 문병이었다. 다행스럽게도 그녀는 여전히 처음 만났을 당시 살포시 웃으며 다가섰던 해맑은 눈동자의 소유자로 내 마음 속에 남아 있다.

5. 배짱과 결단의 지혜를 가르쳐 준 이 선배

이 선배(이성형)는 나의 대학 선배다. 하지만 전공이 달라 미국에 가서 대면하기 전까지는 만나본 적도 없는 분이었다. 이 선배는 중앙일보 기자로 재직 중 켄트주립대학과의 교환학생 프로그램에서 제1회 장학생으로 선발되어 나보다 2년 앞선 1971년부터 그곳에 와 있던 분이다.

보통 사람이 아니라는 얘기를 들었는데 첫 대면시 높은 굽의 구두를 신고도 나보다 작아 보이는 왜소한 체구를 보고 다소 실망스러웠다. 그런데 이 선배는 금니가 들어날 만한 함박웃음으로 우리 부부를 반가이 맞아주었다. 그리고는 우리에게 미처 자신을 소개할 겨를도 주지 않은 채 다짜고짜 유학 생활에 필요한 단 한 가지 말만 전하겠다고 했다. 긴장까지 해가며 귀 기울였는데 공부를 잘하려면 주말에는 열심히 놀아야 한다는 다소 엉뚱한 멘트를 해왔다.

그저 흘려들어도 될 성싶어 깊이 새겨듣지 않았는데 금요일이 되자마자 우리를 불러내더니 주말이니 함께 놀러 나가자고 하였다. 그러면서 혹시 테니스를 칠 줄 아느냐고 물어왔다. 배워볼 기회가 없었다고 했다. 그러자 이 선배는 당장 자기가 가르쳐 주겠다며 가지고 나온 여분의 라켓을 건네며 즉시 테니스 코트로 안내했다. 가는 도중에 아는 사람이 어찌나 많은지 수시로 자신의 키보다도 더 높이 손을 올려 가며 반가움을 표했다. 그리곤 일일이 우리를 소개했다. 일단 테니스 코트에 도착하자 라켓 잡는 것부터 시작해서 기본적인 동작 몇 가지를 일러주더니 옆에 있는 백보드에서 잠시 연습을 하라고 했다. 그러면서 내일 총장과 복식 시합을 하기로 약속했는데 자기와 함께 팀을 이루면 된다고 했다. 아직 초보 단계이니 전위만 보면 된다는 것이었다.

농담인 줄만 알았지만 혹시나 하는 기대감으로 다음날 학교 도서관 옆 테니스 코트로 나가보니 정말로 총장이 나와 있었다. 글렌 올즈 (Glenn Olds)라는 분으로 국제정치를 전공한 분인데 UN에서도 근무한 적이 있으며 특히 동아시아 지역에 관심이 많았다. 총장의 파트너는 외국인 학생 학사 업무를 전담하던(International Office Director) 씽(Mr. Singh) 이라는 키가 장대같이 큰 사람이었다. 이 선배는 또다시 나를 민망할 정도로 두 사람에게 장황하게 소개하였다. 어안이 벙벙한 가운데 시합 이 시작되었다. 저 사람들은 이형이 왕초보라는 것을 모르니 시치미 떼고 앞 쪽에 달라붙어 기다리다가 오는 공만 막아내라 하였다. 권고 한 대로 한두 번은 오는 공을 막아낼 수 있었다. 그러나 곧 실력이 들 통이 났고 나에게만 집중적으로 공략을 해오는 바람에 결국 시합은 패 하고 말았다.

총장 팀과 헤어진 다음 이 선배에게 어떻게 총장과 운동을 같이할 만큼 친해질 수 있었느냐고 물었다. 나로서는 결코 쉽사리 이해가 안 되는 일이었는데 뭐 별 것 아니라고만 했다. 이 선배와의 만남은 첫 주 말부터 이렇게 시작되었다. 개학이 되어 정신없이 바쁜 일정에 시달리 고 있는 중에도 이 선배는 짐짓 원망스러울 만큼 한 주도 빠짐없이 우 리를 불러냈다. 그래서 충고한 대로 우리 부부는 유학 기간 내내 주말 에는 몸살이 나도 해열 진통제를 먹어 가며 노는 습관을 들이게 되었 다. 야외 바비큐 소풍은 물론 포커 게임, 볼링 등 닥치는 대로 배워 가 며 이 선배와 함께 주말을 보내게 되었다.

그러던 어느 주말 자기가 사는 일종의 '공유 자취집'(rooming house 또 는 share house라 부름)으로 우리 부부를 초대했다. 학생들이 방은 독립적 으로 쓰되 식당과 거실은 공유하는 자취 형 주택이었다. 그런데 집 앞에 있던 미국학생들에게 이 선배를 찾아 왔다고 했더니 그러냐고 답하면서 말끝마다 "형님"이라고 했다. 이 선배에게 그 연유를 물어 보니 미국 학생들이 한국말로는 "Hi"를 뭐라고 하느냐 묻기에 "형님"이라고 가르쳐 주었다는 것이다. 아 그러면 어떻게 하냐고 했더니 이곳에 유학 온 한국 학생들은 대학원생들이고 대부분 얼마간의 사회생활을 한 사람들이니 형님이라 해도 잘못될 게 없다는 것이었다. 어찌 보면 유머로 들을 수도 있지만 참 엉뚱한 발상이었다. 한편 매학기 새 입주 희망자가 방문할 때면 집주인보다 자기가 먼저 만나 본다고 했다. 그리고 인상이 나쁘다 싶으면 이집 주인이 아주 악질이어서 나도 곧 나갈 계획이라며 절대 들어오지 말라고 했단다. 그래서인지 입주한 학생들은 모두 착한 학생 들 뿐인 듯 했다. 적어도 마약하는 학생들은 없어 보였다.

또 한 번은 지인들과 나이아가라 폭포를 지나 캐나다로 여행을 떠났었다고 한다. 호숫가 야영지에 도달해 보니 여행객들이 서로 말 한마디 없이 호롱불에 책만 읽고 있는 장면이 들어 왔단다. 그런데 그만 이런 분위기에 익숙하지 못했던 이 선배의 일행들이 박수 치며 노래를 한껏 불러댔단다. 웬만해서는 싫어도 내색 않는 것이 서양 사람들이지만 정도가 심했던 탓인지 조용히 해달라는 신호를 보낸 모양이었다. 이들은 일부러 전기도 안 들어오고 신문도 없는 곳에 들어가 밖에서의 일상으로부터 일정기간 격리된 생활을 함으로써 힐링 받는 유형의 휴가방식에 익숙해 있기 때문이다. 이런 사실을 이 선배도 익히 알고 있었기에 일단 당황스런 국면을 어떻게 해서든 해소할 필요를 느꼈다. 이때 이 선배가 선택한 대응 법은 그 사람에게 다가가 책은 도서관에나 가서 읽지 이런데 까지 와서 그렇게 귀중한 시간만 축내고 있냐며 손을 잡아끌고 와서는 노래를 시키는 일종의 역습 작전이었다. 선뜻 노래요청에 응하지 않자 "노래 안 하면 쳐 들어간다, 쿵 짜짜 짜짜"를 연발 해가며 반 강제적으로 노래를 시켰단다. 다행스레 주변의 캠핑객들까지 합류하여 일종의 캠프 화이어 행사 까지 하였단다. 내친김에 이 선배는 다음날 숟가락으로 프라이팬을 두들겨 사람들을 모은 다음 이인삼각 달리기 등 약식 운동회 까지 개최한 다음 의기양양하게 전송을 받으며 돌아왔다는 얘기를 들은 적이 있다.

미국에서의 첫 학기가 끝나갈 즈음 나와 함께 경제학을 전공하는 대만 출신 학생 '랴우(Liaw)'가 나에게 고민이 있다며 상의해온 적이 있다. 자기 모교인 대만 국립대학 총장이 이 대학 총장을 예방하게 되었다며 어떻게 학교를 안내하고 식사를 모셔야 될지 모르겠다는 것이다. 이 선배가 이 소식을 듣더니 자기가 알아서 할 터이니 걱정 말라고 했다. 무슨 특별한 계획이 있거나 좋은 음식점을 알고 있는 줄 알았다. 그런데 총장을 초대한 곳은 자기가 거처하는 자취집 지하 식당이었다. 이런 곳에서 타국 대학의 총장을 모셔도 되겠냐고 물었더니 학생이 학생 수준에 맞게 대접하면 되는 것이고 총장께서 관심을 가질 만한 사안에 대한 진솔한 얘기를 전해주는 것이 최선의 대접이라 했다. 논리적으로 틀리는 것은 아니었으나 왠지 불안한 마음은 가시지 않았다. 지하 식당에 온 대만 국립 대학교 총장을 대접한 음식은 불고기와 김치 그리고 한국식 수프라고 소개한 라면이 전부였다. 물론 그 자리에서 사전에 상세히 조사했던 이 학교와 자매 관계에 있는 외국 대학들의 교수 및 학생 교류 실태와 문제점들을 요약해 드렸다. 총장은 처음 경험해보는 학생들과의 진솔한 대화였으며 아주 고마웠다고 여러 번 치사하며 돌아갔다.

이러한 이 선배의 담대함과 자신감은 늘 나에게 귀감이 되었지만 결코 흉내 낼 수 있는 일은 아니었다. 1974년 여름경이었다. 당시 한국인 바이올리니스트 정 경화가 세계적으로 각광을 받고 있어 미국인들이 그 이름만 언급해도 공연히 우리들 어깨가 으쓱해지곤 할 때다. 정경화는 이미 9살 때 바이올린으로 데뷔하였고 12살 때에는 미국의 세계적 명문 음악학교인 줄리아드로 유학, 이반 갈라미언에게 사사했으며 1969년 세계적으로 유명한 '레벤트리트' 국제 음악 경연 대회에서 핑커스 주커만과 공동 우승한 것을 계기로 명성을 날리기 시작했고 뉴욕 필하모니를 비롯해 여러 교향악단과 협연, 절찬을 받고 있었다. 1970년에는 영국 로열 페스티벌홀에서 런던 심포니와 협연을 하였고 이것이 계기가 되어 안드레 프레빈 지휘로 차이콥스키와 시벨리우스 협주곡을 런던 심포니와 취입하기도 했다. 또 이로 인해 안드레 프레빈 과의 염문설이 나돌며 정 경화는 심정적으로 매우 힘들어 할 때였다. 그런데 바로 그 정경화가 인근도시인 클리블랜드 외곽에 있는 '불라썸 음악당'(Blossom Music Center)라는 야외 공연장에 연주를 하러 온다는 것이었다.

당시 클리블랜드 오케스트라는 세계적인 거장 조지 셸이 이끌고 있는 미국 4대 심포니 중의 하나여서 나의 관심은 최고조에 달했다. 비싼 입장료도 마다 않고 표를 구했다. 그런데 어찌 알아냈는지 이 선배는 정경화가 학교 근처 홀리데이 인에 머물고 있다는 것을 알아내어 일차 통화를 하였다. 중앙일보 한국 특파원이란 구실로였다(사실은 특파원 신분이 아니라 사안에 따라 요청이 있을 때마다 현지 소식을 전해주는 정도의 역할을 하고 있었음). 그리고 통상적으로 연주전에는 극도로 민감해져서 절대로 기자들을 만나고 싶지 않다고 하며 연주 후에 기자회견을 갖기로 하되 기자단을 대표해서 이 선배만 만나주겠다는 의견을 주최측에 전했다. 결국 연주가 끝난 후 이 선배는 기자단 대표자격으로 무대 뒤에서 단독인터뷰를 하는 형식으로 정경화를 만나고 나왔다. 어디를 가나 안드레 프레빈과의 열애설만 질문을 해와 기자 기피증에 걸릴 정도였기에 다른 기자들 접근을 막는 방편의 하나로 이 선배를 무대 뒤로 불렀던 것이다. 이 선배는 염문설이 사실이 아니라는 정경화의 말을 전하는 것으로 역할을 마쳤다.

이 선배가 돋보였던 한 가지 사건을 하나만 더 소개해본다. 1974년 9월 18일이었다. 가을학기 준비로 분주할 때다. 당시 성균관대학에서 학생과 동문들이 신임총장 취임 반대를 격렬하게 벌이고 있어 어려움을 겪고 있다는 소식을 접하게 됐다. 불과 약 한달 전인 8월 12일에 황산덕 법대학장이 성균관 대학교 제10대 총장으로 취임하였는데 9월 18일에 법무부장관에 임명되면서 총장직을 사임하였다. 사실 이로 인해 황 교수는 그간 학계로부터 받아온 신망을 잃고 말았다. 학교 총장직을 그 것도 유신 독재 정권의 장관직 따위 때문에 한 달 만에 팽개쳐버렸기 때문이다. 여하튼 학교가 서둘러 후임을 논의하던 중 고려대학교 법대교수였던 현 승종 교수를 제11대 총장으로 선임하였던 것이다. 불붙는데 기름 껴 얹는 격이 되고 말았다. 학내에도 인품이 뛰어나고 학식이 높은 교수가 많은데 왜 타 대학 교수를 영입하느냐는 반발 때문이었다. 교직원이나 동문 그리고 학생 대부분이 정도의 차는 있어도 대체로 비슷한 생각을 가지고 있었다.

그런데 이 선배의 생각이나 행동은 달랐다. 외부에서 총장을 영입할 경우 처음에는 적응하는데 어려움을 겪을 수도 있겠지만 다른 풍토와 문화를 경험한 사람으로이므로 새로운 변화를 선도해 나갈 수도 있다는 것이다. 특히 중요한 것은 일단 선임이 합법적 절차에 의해 결정된 것이니 번복될 수 없다는 점과 따라서 일단 총장이 선임된 이상 세대로 일을 할 수 있도록 구성원들이 대승적 차원에서 협조해야 한다는 것이다. 이 선배는 이어서 신임 현 총장에게 격려의 편지를 보냈다. 신임 총장에 대한 반발은 본질적으로는 학교에 대한 애정에서 나온 것이라 생각하여 긍정적으로 수용해 줄 것과 오직 학교발전에 전념해 달라는 내용의 편지였다. 이 선배는 학위 취득 후 위스콘신대학교 지역 캠퍼스에서 교편을 잡았고 이 후 '북미 한인 학자 협회'(North American Korean Scholar's Association) 등을 설립 운영하는 등 활발한 활동을 벌였으나 예기치 않던 병마로 시달리다가 60대 이른 나이에 끝내 생을 마감하고 말았다. 높은 굽 구두를 신을 만큼 작았지만 마음만은 담대했던 이 선배, 분명 그는 사회를 위해 헌신할 수 있는 귀중한 인재였는데 그야말로 하늘은 무심했다.

6. 껄떡이

껄떡이는 내 친구 J의 별명이다. 어느 소설 속의 주인공 이름(1958년 『현대문학』 6월호에 실린 오영수(1909~1979)의 「명암」이라는 단편소설 속에 나오는 인물)이었는데 가난에 찌들다 보니 먹고 싶거나 가지고 싶은 것이 있을 때 침을 삼켜가며 껄떡거리는 모습을 빗대어 친구들이 붙여준 별명이다. 적어도 삼십대까지는 본인도 이 별명으로 불리는 것을 마다하지 않았다.

내가 기억하는 J네 집은 옛날 인천시 용현동 인근에서 독을 짓던 곳인 '독쟁이'고개 자락에 자리 잡은 허름한 오두막집이었다. 어머니는 주로 송도 앞바다에 나가 조개와 맛살을 잡아다 독쟁이 고개에서 팔곤 했다. 오랜 기간 어머니를 쫓아다니며 인천 앞바다에서 조개를 잡던 껄떡이는 가장 유능한 조개잡이꾼 중의 한 사람이 되었다. 내가 한 되 정도 잡는 동안 J는 거의 한 말 가까이 잡곤 했다.

J는 가래라는 도구를 목에 걸고 쟁기 끌듯 긁어 나가면서 탁탁 소리 내며 떠오르는 조개를 쉴 새 없이 부대 속에 넣곤 하였다. 한편 나 같은 아마추어들은 혹시라도 밀물 때로 착각하여 나오는 시기를 놓치는 경우 목숨을 잃을 수도 있다는 두려움 때문에 보통은 위험해지기 훨씬 전 갯벌을 빠져 나오곤 했다. 그러나 J 같은 전문가들은 마지막 순간까지 조개잡이를 계속하다가 밀물에 수로가 잠겨 버린 후에도 안전한 길목을 이용하여 나오곤 했다.

이렇듯 생업을 이어가고 있던 껄떡이네는 식솔이 많아 먹을거리가 항상 부족했던 것 같다. 그러다 보니 허구한 날 우리처럼 형편이 어려운 집에까지 찾아와 머물곤 했다. 한 번은 껄떡이가 무슨 병인지도 모른 채 고열에 시달리게 되자 일주일 이상을 우리 집에서 앓아누워 있던 일이 있었는데 껄떡이네 집에서는 아무도 찾아 나서지 않았다. 먹을 입이 하나 줄었으니 애써 찾을 필요가 없었던 것 같다. 또 한 번은 어머니가 식구들과 함께 먹으려고 은밀하게 보관했던 과일을 모두 먹어 치웠다가 몹시 꾸중을 들었던 일이 있었는데 오늘날까지도 우리는 그날의 추억을 안주 삼아 얘기하곤 한다. 친구들 중에서도 특히 껄떡이네 궁핍함이 제일 심했던 것 같다. 아니 실제로는 살림살이가 비슷했는데 유독 껄떡이가 배고픔에 취약했는지도 모른다. 어쩌다가 가정교사 집에서 월급이라도 받는 날에는 가격 대비 가성비가 높은 만두집을 주로 찾곤 했는데 껄떡이는 따라놓은 간장까지 핥아먹곤 하였다. 그런 지경이다 보니 껄떡이의 외양은 아프리카에서 온 난민처럼 삐쩍 말라 피골이 상접한 모습을 하고 있었다. 그나마 키가 작아 장작개비 같은 형상에서는 벗어날 수 있었다.

껄떡이는 몸이 삐쩍 마르고 가벼워서인지는 몰라도 마라톤을 잘 뛰었다. 모교인 인천중학교와 제물포고등학교에서는 매년 개교기념일인 11월 27일 전교생들이 인천 시가지를 가르는 마라톤 대회를 개최하곤 하였는데 껄떡이는 항상 1~2등을 차지하였다. 그래서 경기도 대표로 전국 체전에도 참가한 적이 있었다.

내가 군 복무중인 1967년 5월경이었다. 당시 서울대학교 사범대학에 재학중이던 껄떡이는 오랜 동안 벼러 왔던 서울대 교내 마라톤 대회에 참가할 것이란 계획을 알려 왔다. 당시 태능 근처에 있던 서울 공대 교정에서 중랑교까지 왕복하는 코스였다. 상금을 받으면 거하게 한턱 쏘겠다고 하였다. 그러나 시합 당일 껄떡이를 만나 보니 식사를 걸러서인지 입술까지 하얗게 말라 있었다. 군대 월급이 130원일 때였지만 그 중 상당액을 할애하여 삶은 계란 3개를 사주었다. 눈가에 이슬이 그렁그렁한 채 껄떡이는 삽시간에 계란 3개를 뚝딱 해치웠다. 함께 들고 간 소금을 찍을 겨를도 없이. 혹시라도 먹은 게 위에 부담을 주어 경기에 지장을 주면 어쩌나 걱정이 될 정도였다.

친구 상렬과 내가 역할을 나누어 상렬은 반환점 근처에, 그리고 나는 중간 지점에 서 있다가 물을 제공하기로 했으나 껄떡이는 쳐다보지도 않고 지나쳐 버렸다. 우리는 버스를 이용하여 결승점이 있는 공대로 돌아갔다. 껄떡이가 환한 얼굴로 맞아 주었다. 일등을 했다는 것이다. 적어도 오늘 하루는 포식할 수 있을 것이라는 생각에 쾌재를 불렀다. 아 그런데 이게 웬일? 기대했던 일등 상금은 한 푼도 없었고 단지 우승 트로피만 수여받았던 것이다. 우리는 눈물을 머금고 트로피를 안은 채 인천까지 돌아왔다. 그리고 우리 집으로 가서 계란 3개 사고 남은 돈으로 막걸리를 사다가 우승 트로피에 부어 함께 마시는 것으로 자축을 대신했다. 지금까지 술을 담아 마셔본 것 중 가장 큰 잔이었다. 껄떡이는 후일 이 트로피를 처분하여 배고픔을 달래는 데 써버렸다고 했다.

껄떡이가 사범대학을 선택한 이유는 오로지 등록금이 쌌기 때문이었다. 서울대 여타 단과대학 등록금이 8천 원 안팎이었는데 사범대학은 3천 원 선, 그리고 서울 시내 주요 사립대학은 2만 원 이상이었던 것으로 기억된다. 그러나 등록금 문제가 해결된다 해도 생활비를 마련해야 학교에 다닐 수가 있는 형편이어서 입주 가정교사(당시에는 대학생들이 학생 집에서 숙식을 같이 하며 가정교사로 지내는 것이 보편화 되어 있었음) 자리를 찾아야 했다. 일단 자리는 쉽게 찾곤 했다. 서울대 학생에 그것도 사범대 학생이란 것이 유리하게 작용하였던 것 같다. 그러나 학부형들이 막상 껄떡이의 외양을 보고는 혹시 가짜 대학생이 아닌가 의심하곤 했다. 체구가 작고 삐쩍 마른 데다 얼굴은 햇빛에 검게 그을려 서울대 학생들에게서 느낄 수 있는 지성미를 찾아보기 어려웠기 때문이다. 그러나 일단 신원 확인을 하고 나면 의문이 풀려 가정교사로 채용은 되었다. 그런데 껄떡이가 가진 또 한 가지 특징은 언변이 매우 어눌하다는 점이다. 이로 인해 채용이 되더라도 얼마 못 가서 결국 또 다른 곳을 찾아 나서게 되는 일이 자주 발생하였다.

그러던 어느 날도 가정교사를 하던 집에서 갑작스레 다른 사람을 찾아보겠다는 의사를 보여 하는 수 없이 그 집을 나오게 되었다. 당장 그날 먹고 잘 장소를 찾는 일이 시급하게 되었다. 결국 생각해낸 것은 같은 죽마고우로 서울대 의예과에 다니며 역시 입주과외 교사로 있던 친구 한상렬 군을 찾아가는 길뿐이었다. 껄떡이가 온다 하여 상렬은 먹을 것까지 준비해 두었다가 내주었다. 그리고 잠자리에 들었는데 껄떡이가 빈 속에 성급히 먹은 밥이 체했는지 배탈이 나는 바람에 화장실이 급하다 했다. 문제는 상렬이도 그 집에 들어간 지 오래 되지 않아 어디에 화장실이 있는지를 숙지하지 못하고 있었다. 껄떡이는 디귿 자 집이니 아마도 부엌이 딸려 있는 쪽 끝 부분에 화장실이 있을 것이라 짐작한 채 바깥으로 나섰다. 칠흑 같이 어두운 밤이었다. 껄떡이는 더듬더듬 벽을 짚어가며 화장실이 있을 것이라 짐작했던 지점에서 문을 열고 들어간 다음 발 받침대인 듯한 부분을 딛고 급하게 일을 보고 돌아왔다. 그리고 새벽 일찍 그 집을 빠져 나왔다.

그후 대 소란이 일어났다.

"아니 어떤 놈이 남의 집 솥에 똥을 쌌단 말인가?"

도둑놈들이 도둑질을 한 다음 대변을 보고 도망가면 잡히지 않는다는 속설이 생각난 주인집 식구들은 잃어버린 것이 없는지 찾아보자며 집안 이곳저곳을 뒤지고 다녔다. 그리고 상렬에게도 혹시 잃어버린 것이 없느냐고 물어왔다. 없다고만 간단히 대답할 수도 있었으나 마음 약한 상렬은 사실대로 이실직고하였다. 다행히 주인 댁 식구들이 마음이 착한 사람들이었고 짧은 기간이었지만 상렬이가 그간 보여준 성실한 과외 지도 때문이었는지 껄껄 웃으며 사태를 수습해 준 적이 있었다. 그 이후에도 껄떡이의 행보는 우리가 어려웠던 시절을 잊지 않도록 경각심을 일깨워 주는 촉매제가 되어 주었다.

7. 코다리

코다리, 나의 죽마고우 한상렬 군의 별명이다. 코다리는 중고등학교 동창으로 남달리 코가 큰 것이 특징적이라 부쳐진 이름이며 이는 고등학교 은사였던 최승렬 선생이 코보라는 별명을 먼저 차지한 나머지 이와 차별화하기 위해 친구들이 만들어 낸 사전에도 없는 신조어였다.

코다리는 머리가 매우 크기 때문인지 모르지만 특히 언어 능력에서 천재 급이다. 서울대학 입학시험에서 지원자 대부분의 국어 성적이 낙제에 가까운 수준을 기록했지만 코다리는 80점대 중반 성적을 받았다고 전해들은 적이 있다. 문학을 좋아해서인지 여러 측면에서 나와는 사뭇 달랐다. 우선 감성이 충만했다. 그래서인지 세속적 기준에는 매우 둔감했다. 그가 가까이 지내는 친구도 다른 사람들에겐 그다지 주목을 받지 못하는 사람이 많았다. 그리고 만사에 매우 느긋했다. 그래서 약속 시간을 지키는 적이 거의 없었다. 한두 시간 늦는 것은 보통이고 어떤 때는 며칠을 늦는 경우도 있었다. 시간이나 약속을 안 지키면 무시당한 기분도 들고 해서 이후에는 상대조차 않는 것이 나의 대인관계 철칙 중의 하나였는데 무슨 이유에서인지 유독 이 친구와 껄덕이에게는 적용이 안 되었다. 학교에서는 지각생들에게 수업 후 화장실 청소라는 벌칙을 주곤 하였는데 껄덕이는 3학년 3반, 코다리는 4반 청소를 일 년 내내 하다시피 했다. 그 무섭던 고래(이과 계열 수학을 가르치던 고태흠 선생의 별명임. 후에 경기고등학교로 자리를 옮김)와 코보 선생의 가혹한 응징에도 일 년 내내 시정이 안 되는 타고난 늦장꾸러기였다.

코다리는 첫해 의예과에서 실패하고 제2 지망이었던 치과대학에 합격하였으나 포기하고 재수를 선택하였다. 그러나 재수 기간 중 폐결핵을 앓는 어려움을 겪었다. 그럼에도 불구하고 이듬해 의예과에 당당히 합격하였다. 그런데 입학과 동시에 타고난 문학도 기질이 살아나 매일 시와 소설 등에 탐닉하다가 결국 1년을 낙제하고 말았다. 심지어 특별

기사원을 발굴한답시고 종삼이나 인천의 옐로우 하우스라는 창녀촌을 취재차 방문하였다가 봉변을 당한 적도 있었다. 여하튼 코다리는 특히 본인과 정반대의 성격을 가진 나에 대해 많은 관심과 애정을 가졌던 것 같다.

한 번은 서울의대 문예반에서 시낭송회가 있다며 초청을 해왔다. 문학적 소양이 태부족일 뿐만 아니라 비논리적인 미사여구로 점철된 글에 반발감이 컸던 나였기에 단번에 거절했다. 그랬더니 자기가 쓴 시의 주제가 바로 나라고 했다. 과연 나를 어떻게 묘사했는지 궁금하기도 하여 일단 초청에 응했다. 지금 기억으로는 동숭동 대학다방이거나 의대 근처의 장소였던 것 같다. 그런데 코다리가 낭독하는 시를 끝까지 경청해 보았지만 거기에는 내 이름도 또 나와 관련됨직한 그 어떤 내용도 없었다. 사기 당한 기분이었다. 원래 시는 현상을 구체적으로 설명하는 방식으로 쓰지 않는 것이라며 애써 나를 설득하려 했지만 끝내 납득이 가지 않았다.

본과에 올라간 후에는 아마도 지금의 처와 사귈 때였던 것 같은데 너무나 열렬한 연애를 하다가 결국 또 한 해를 낙제하고 말았다. 그래서 선후배간 위계질서가 매우 엄격한 의학 분야에서 동기생보다 3년이나 늦게 졸업하게 되었다. 한 번은 내게 와서 의대 교재가 너무 비싸서 어려움이 많다며 하소연을 해왔다. 나는 당시 한국은행에 다니고 있었다. 그래서 상당 금액의 돈을 건네주었는데 책을 사기는커녕 술 마시는 데다 써버리고 말았다. 술에 만취하는 바람에 인천에 있는 자기 집으로 내려가지 못하게 되자 구파발에 있던 우리 집으로 왔다. 무슨 이유 때문에 그토록 마셨는지는 몰라도 결국 책 살 돈을 모두 탕진한 듯한데 밉지는 않았다. 아니 부러웠다. 나는 항상 집안을 책임져야 한다는 강박관념 때문인지 코다리처럼 일탈을 시도해 본 적이 거의 없었기 때문이다. 그런데 문제는 추가로 일 년을 낙제했다는 사실을 집에 숨겨왔다는 점이다. 결국 코다리가 실제로 의대를 졸업하기 일 년 전 부모님이 졸업식에 참석하겠다고 나서는 바람에 들통이 나고 말았다.

코다리(이후 상렬)는 일 년 후 의젓이 의대를 졸업하였다. 인턴을 마치고는 군의관으로 근무하였다. 백령도 등 오지와 논산, 춘천 등지를 오가며 군의관의 직무를 다했다. 남들 같으면 마다했을 오지에서의 근무를 상렬은 내심 즐겼다. 자식들과 함께 개구리 잡고 붕어 잡으러 다닐 수 있는 환경을 귀중하게 생각했던 것 같다. 그러면서 자식들에게 어떤 유형의 과외도 시켜 본 적이 없었다. 아이들이 고3이 되었을 때까지도 같은 원칙을 지켰다. 심지어 학교 내에서 하는 심화 학습도 수강료만 내고 다니지 못하게 하였다. 이렇게 자라난 큰아들을 고3 때 만나 본 적이 있는데 얼굴이 뽀얗고 홍조가 띨 정도로 건강한 모습을 하고 있어 놀란 적이 있다. 이러한 교육 방식에도 불구하고 큰아들은 서울대와 연세대 그리고 포항공대에 모두 합격하고 그 중 하나를 선택해야 하는 복에 겨운 고민을 하다가 연세대학교 전자공학과에 입학하였다.

이렇듯 자유로운 영혼을 가진 상렬은 종합병원과 같이 질식하리만치 박제화된 의료계 질서를 견디기 어려웠는지 얼마 안 가서 개인 병원을 차리게 되었다. 많은 친구들이 만류했다. 사업적 마인드란 눈곱만큼도 없어 생존 가능성이 희박해 보였기 때문이었다. 처음에는 수원 근교에서 개업했는데 예상대로 얼마 안 되어 문을 닫았다. 그러나 그때의 경험을 바탕으로 상렬은 큰 병원들의 의료 혜택이 제공되기 어려운 곳을 찾아 다시 병원을 열었다.

이렇게 해서 선택한 곳이 당시로서는 제반 여건이 매우 열악했던 거여동 지역이었다. 개업 파티를 할 때 가보았다. 서울대 동문 의사들이 개업 축하 선물을 가지고 와서 치즈를 곁들인 포도주를 나누며 조언도 하고 덕담도 하는 그런 분위기와는 달랐다. 주요 초청자는 인근 동사무소 직원들과 초등학교 교사들 그리고 무작위로 전단을 보고 찾아온 동네 아주머니들이었다. 일부 아주머니는 소문을 내어 다른 친구들까지 데리고 이차 삼차 방문하여 차려진 음식을 축내기도 했고 또 어떤 사람은 일부 음식을 싸가는 경우까지 있었으나 상렬은 마다하지 않았다.

사는 집도 모두가 기피하는 장애인 아파트 근처로 정했다. 집값도 싸고 병원도 가깝다는 것이 이유의 전부였다. 이후 병원은 소문이 날 정도로 잘 운영되었다. 머리가 벗겨진 한모라는 의사가 있는 거여동 근처로 갔다가는 오래 버티지 못하고 망해버린다는 소문이 특히 새로 개업하려는 의사들 간에 회자되고 있었다. 그러나 당사자인 상렬은 괴로워했다. 환자 한 사람 한 사람에게 최선을 다해 진료하다 보니 밀려드는 환자들을 감당하기 어려워졌고 어떤 날은 앞에 앉아 있는 환자가 아이인지 노인인지 또는 남자인지 여자인지도 헷갈릴 정도로 육체적으로 힘들다는 하소연을 해온 적도 있다.

그러던 어느 날 중간시험 기간 중이어서 강의가 없었던 4월 중순경 연락도 없이 병원을 찾아갔었다. 병원 진료에 너무 시달려 반가운 친구 만나서 소주 한 잔 하는 것이 가장 즐거운 일이라고 넋두리하던 모습이 떠올라 놀래도 줄 겸 병원 문 닫을 시간쯤 갑자기 방문했던 것이다. 그런데 그만 아연실색할 상황이 벌어지고 있었다. 그 병원을 다녀간 환자 한 명의 병세가 심상치 않아 보여 큰 병원으로 이송 조치했었는데 얼마 안 되어 사망하는 사고가 발생했다는 것이다. 그런데 큰 병원을 상대로 의료 분쟁을 벌이기 어렵다고 판단한 유가족은 엉뚱하게도 일차 진료자인 상렬을 상대로 상상하기 힘들 정도의 폭력을 가하고 있었다. 나는 일단 불법적인 물리적 행패부터 막을 필요성을 느끼고 유가족과 대면해 보았으나 사태는 쉽사리 해소되기 어려워 보였다. 더구나 유가족 중에 이 사태를 이용하여 사익을 추구하려는 일부 전문꾼까지 끼어들어 쉽사리 해결될 기미가 보이지 않았다.

상렬은 인근 세무서로부터 뇌물을 건네주지 않았다는 이유 때문에 세무사찰을 받은 적도 있었지만 일체의 부정도 발견되지 않은 적이 있다. 위기를 정면 돌파했던 것이다. 따라서 그날의 사태도 부당한 행패에 대해서도 일단 의연히 대처하는 자세를 견지하고 있었다. 그리고 사망한 여학생의 부모님을 집중적으로 설득하는 데 온힘을 기울였다. 그럼에도 불구하고 친척이라는 일부 난동자들이 상렬이 사는 아파트까지 몰려가 물건을 압류해가겠다고 나섰다. 그런데 이들이 들이닥친 상렬의 집은 20평도 안 되는 작고 허름한 아파트였고 장모와 처조모까지 모시고 살고 있어 들어가 앉을 자리마저 부족한 사실을 보고는 매우 놀라워했다. 호화주택에 비싼 장식과 패물로 가득할 것이란 이들의 예상에서 매우 벗어난 현실을 발견한 것이다. 뜯어낼 것이 없다는 사실이 확인된 셈이었는지 이들의 공세는 약화되기 시작했고 급기야는 사망한 여학생의 아버지가 찾아와 집안 사람들의 행패에 대해 사과하고 물러나는 선에서 사태가 수습되었다.

그러나 이때의 충격으로 인해 상렬은 병원을 6개월 가까이 닫은 채마음의 안정을 찾기 위해 노력하였다. 그 과정에서 난공불락이던 거여동 4거리의 대머리 한 원장 병원의 위력도 점차 쇠하기 시작했다. 병원이 닫힌 동안 밀려든 새 병원들이 나름대로 자리를 잡아 갔고 진실을 알길 없는 지역 주민들의 의아심도 어느 정도 증폭되어 갔기 때문이었다.

얼마간의 휴식 후 상렬은 망우리 근처 장애인촌 근처로 옮겨 다시 개원했다. 이 어려운 시기를 거치는 동안 아내인 임 여사가 간호사 자격증을 취득하여 둘이서 병원을 운영하는 체제로 전환하였고 이후 상당 기간을 성공적으로 경영해갔다. 상렬처럼 양심적인 의료행위라는 원칙을 준수하면서도 생업을 이토록 오래 유지할 수 있었다는 것이 기적 같았다. 내가 유학 나가 있는 동안 나의 어머니가 지병이었던 자궁근종이 심해졌을 때 나에게는 알리지도 않은 채 직접 자궁 적출 수술을 집도해 주었던 나의 영원한 벗, 그는 페스탈로치나 자선을 행하는 의료 천사는 아니었으나 의사로서의 본분에 충실하게 양심적이고 성실하게 아픈 사람들을 진료하는 존경받을 의료인임에 틀림이 없다. 그리고 무엇보다도 상렬이 평생 나의 가장 가까운 벗으로 남아 있다는 사실에 감사하고 있다.

8. 기인, 장 선생

"개는 먹어도 개와는 안 먹는다."

이것은 아내와 같은 학과 선배 교수 장신재 선생이 정년을 몇 년 앞두고 기념으로 발간한 수필집의 제목이다. 개고기는 먹어도 개 같은 놈들하고는 함께 밥을 먹고 싶지 않다는 의미다. 이 책이 발간되자 동료 교수들 상당수가 식사를 같이 하자고 부탁해 왔다고 내게 우스갯소리를 한 적이 있다. 개가 되고 싶지 않았던 모양이라며.

물론 이 책의 제목은 조막만한 개들을 옷까지 입혀서 데리고 다니는 사람들 행태에 얼마간의 이의를 제기한 것으로 이해된다. 또 한 번은 산책 중 마주친 개 주인 부부들이 "애야 엄마한테 가거라." "그래 엄마한테 오렴."이라는 식으로 대화했던 사실을 두고 그 책에서는 이렇게 기술하고 있다. "아, 요즘은 사람이 개도 낳는구나 싶어 참으로 신기했다"고.

장 선생은 한마디로 말해서 더 이상 현대 사회에서는 용납되기 어려울 만한 기행을 그것도 일상적으로 행하던 사람이었다. 성적으로 수치심을 유발하는 언어를 여학생은 물론 여자 교수들에게도 서슴지 않는가 하면(요즈음 같았으면 성희롱 내지 성추행 교수로 지목되어 곤경에 처했을 것임) 본인 기준으로 용납하기 어려운 인사들에게는 쌍시옷 자가 들어가는 막말도 거침없이 뱉어냈던 분이다. 그리고 세속적인 기준이나 이해득실을 따져 사람을 사귀는 법이 없었고 그래서 다양한 사람들과 진정성을 가지고 교우했다. 예컨대 식당에서 일하는 아주머니들 하고도 쉽게 친해져서 노래방까지 함께 가는 일도 종종 있었다. 그러다 보니 아예 식대를 안 받거나 장 선생에게만은 최상의 음식을 내놓는 식당이 여러 곳 있었다. 학교 근처 식당에는 장 선생을 따르는 일종의 '장사모'가 형성되기도 했던 것이다.

그러나 뭐니 뭐니 해도 장 선생하면 제일 먼저 떠오르는 것은 그의 음주 문화다. 나도 대학시절 주당 대회에서 우승할 만큼 두주불사형이었는데 장 선생과 한 번 술자리를 같이 해본 후부터는 의도적으로 피하게 될 정도로 주량이 대단했다. 장 선생은 심지어 연구실 조교를 뽑을 때에도 성적 따위 등은 전혀 상관 않고 단지 점심에 술동무 해줄 만큼 술을 좋아하는지만 확인하곤 했다. 사실 장 선생이 나와 평생 호감을 갖고 교우했던 이유 중 하나도 내가 술을 좋아하고 또 잘한다는 사실 때문인지도 모른다.

1980년대 후반 어느 봄날이었던 것 같다. 장 선생이 매주 화요일과 토요일마다 대남문 방향으로 북한산을 등반한다는 것을 잘 알고 있었기에 가능한 한 장 선생이 오를 만한 시간을 피해 산행을 하곤 했다. 나도 매주 수요일과 토요일에 같은 코스 등반을 하고 있었기 때문이다. 그런데 바로 그날 아내와 함께 발밑만 주시하며 깔딱 고개를 막 올라설 때였다. 가쁜 숨 몰아쉬고 얼굴을 드는 순간 그곳에 장 선생이 앉아 있었다. 그는 마치 몇 년 만에 처음 만난 반가운 친구를 본 듯 큰 소리로 환영하며 다가왔다. 가슴이 철렁 내려앉았다. 장 선생은 그날도 고정 등산 동호인인 모 대학 교수 그리고 탈속한 신부와 함께 있었는데 오늘은 모처럼 새로운 술 동무가 생겨 신이 난다고 하였다. 이들 일행의 배낭은 한 되들이 패트 병 소주들로 가득 차 있었다. 그런데 대남문에 이르자 아무래도 식구가 늘어 술이 모자랄 것 같다며 그곳에서 좌판을 벌이고 장사하는 아주머니로부터 술을 추가로 사들였다. 그리고 대남문을 지나 좌측 능선으로 20여 미터 올라가 오른편에 있는 큰 바위 위에 자리를 잡고 앉았다. 그곳은 바로 장 선생이 선녀바위라고 명명한 바위였다.

한 번은 아내가 장 선생을 포함한 같은 학과 교수들과 이곳에 오른 적이 있었다 한다. 그런데 이 바위 위에 요란한 복장을 하고 주위를 아랑곳하지도 않은 채 고성으로 음주가무를 즐기는 아주머니 한 패와 마주친 것이다. 이런 장면을 목격하자마자 장 선생이 대뜸 다가갔다. 평소의 성격이나 거친 입을 잘 알고 있는 동료 교수들이 이거 야단났구나 싶어 장 선생을 말리려 하였단다. 그러나 그 순간 장 선생은 이미 아주머니들과 한 무리가 되었더란다. 어디서 온 분들인데 모두 이렇게 아름답고 노래도 잘하냐며 아예 아주머니들 사이를 비집고 들어가 자리를 잡고 앉더라는 것이다. 동료 교수들까지 합석할 것을 종용해 가면서. 그런 연후에 술을 권하고 함께 노래도 하며 음담패설도 주도해 가던 중 갑자기 일어나더니 "오늘 이렇게 아름다운 여성들을 만나 즐거운 시간을 가진 것을 영원히 못 잊을 것 같다. 이후로 이 바위를 선녀바위라 칭하겠다."라고 선언했단다. 그리고 아주머니들로부터 열화와 같은 환호를 받았다던 바로 그 바위 위에 우리 팀이 좌정하게 된 것이다.

그날 도무지 얼마나 마셨는지 기억은 없다. 장 선생 일행은 늘 하던 대로 술이 깬 다음 하산하겠다며 바위 주위에서 잠을 청하는 것을 보고 나와 아내는 서둘러 산을 내려오기 시작했다. 저녁에 동문회에 참석해야 했기 때문이다. 내려오는 즉시 세워 두었던 차에 올라 차를 몰기 시작했을 때까지도 취기가 그다지 크게 느껴지지 않았다. 그만큼 당시에는 주량이 아주 센 편이었다. 또 당시까지만 해도 음주 운전이 커다란 사회문제로 부각되거나 단속 대상이 되기 전이었기에 무심코 운전대를 잡았다. 잠실에 있는 집을 향해 올림픽대로로 접어들었을 때 서서히 취기가 오르기 시작했다. 설상가상으로 토요일 오후 극심한 교통체증 현상으로 올림픽대로에서 3시간이나 머물러 있게 되었는데 나중에는 앞서 가는 차가 두 개로 보였다 세 개로 보였다 하는 것이었다. 극도로 불안해졌으나 어쩔 도리가 없었다. 기적적으로 무사히 귀가한 것까지는 기억하지만 막상 내가 눈을 떴을 때는 다음날 정오가 다 된 시간이었다. 물론 전날 동문회는 참석조차 못하고 말았다. 바로 이날의 아찔했던 경험으로 인해 이후 장 선생과의 술자리를 피하게 되었던 것이다.

내가 스텐포드대학에 연구년을 나가게 되면서 장 선생으로부터도 해방될 수 있었다. 그런데 어느 날 갑자기 장 선생이 국제전화를 해서 이 선생이 없으니 함께 할 술친구가 별로 없어 사는 재미가 없다고 푸념을 해왔다. 농담 삼아 여기 미국으로 오면 마음껏 술 대작을 해주겠다고 했다. 물론 미리 작정한 일이었겠지만 며칠 후 술도 마실 겸 이 선생이 있는 스텐포드대학으로 가겠다는 전화가 왔다. 정말 낮도깨비 같은 사람이란 생각이 들었다. 모월 모일 센프란시스코 공항에 도착할 터이니 우선 시내 차이나타운 ○○중식당에 가서 북경오리를 안주삼아 '빼알'을 한잔한 후 우리가 살던 센 호세 근처로 함께 내려가자는 것이다. 철학과 ○○ 교수와 교무처장이 동행한다 했다. 그리고 약속한 대로 배낭을 멘 체 공항에 나타나더니 이 선생이 초대해 줘서 술 마시러 왔다고 했다. 정신이 번쩍 들었다.

그런데 우리 부부 외에 장 선생을 마중 나온 사람이 또 한 사람 있었다. 장 선생 고등학교 동창이라 했다. 함께 예정대로 일단 차이나타운으로 가서 북경오리를 안주로 술을 마셨는데 어인 일인지 '빼알' 대신 포도주로 하자고 했다. 다행이라 생각했다. 그러나 센 호세에 있는 횟집에 가서는 미리 사온 큰 사이즈의 불루 리본(BLUE RIBBON) 보드카 두 병을 꺼내 들었다. 정말 비싸고 귀한 그리고 독한 술이었다. 목으로 넘어 가는 동안 타는 듯한 짜릿함이 느껴졌다. 아무데서나 구하기도 어려운 것을 어느 틈에 구했는지 모르지만 오랜만에 독주를 일단은 유쾌하게 마셨다.

식사 후 우리가 살고 있던 타운 하우스 근처 모텔로 안내했더니 입가심이나 하고 가라며 내놓은 술이 시버스 리걸 두 병이었다. 인사치레 겸 다음날 아침 집으로 초대하여 해장술을 대접했다. 손님 대접하느라 워낙 긴장도 했고 또 술에 강한 체질이여서 술에 취한 것은 아닌데 평소에도 자주 불편하던 위장이 폭음으로 인해 매우 불안정했다. 장교수 일행을 공항까지 배웅하기 위해 운전은 하였지만 입을 열 수가 없었다. 언제라도 넘어올 듯한 구토 증상 때문이다. 주차장에 차를 세우고 출구로 가겠다는 약속은 결국 지키지 못했다. 곧장 화장실로 직행하여 불편함을 해소하는데 상당 시간을 보내야 했기 때문이다. 나중에 들으니 우리 집을 떠나 타호 호수(Lake Taho), 로스앤젤레스(LA)와 그랜드 캐넌(Grand Canyon)을 거쳐 하와이에 도착하기 전까지 매일 그 정도로 술을 마셨다 한다. 그러나 하와이에 도착해서 머무른 일주일 동안은 술은 일체 입에도 안 대고 자전거만 타다가 귀국했다고 전해 들었다. 실로 예측 불허의 인사다.

　장 선생이 자주 만나는 사람들은 모두 주당들이라는 공통점이 있었다. 공항까지 나와 여행에 동참했던 고등학교 동창이란 분은 원래 실리콘 밸리에서 컴퓨터 관련 직종에 근무하다가 해직된 후 먹고 살기 위해 벌인 사업이 출장 음식 서비스(food catering)업이라 했다. 고객 대접 상 자주 술을 마시게 되고 그러다 보면 과음하는 경우도 간혹 있었다고 했다. 그래도 술에 강한 체질이라 별 탈 없이 지냈었는데 어느 날 교통사고에 연루된 상태에서 음주 측정 결과 만취 상태로 판정이 나 현장에서 구속되고 말았다 했다. 본인이 구속되면 집안 식구들이 굶을 수밖에 없는 처지였기에 유능하다는 유태계 변호사를 고용했단다. 그는 형기를 두 배로 하되 낮에는 일을 하고 저녁부터 아침까지만 감방에 투옥되는 방식의 처분을 받아내 주었다 한다. 참으로 요상한 판결이다. 단 교도소와 직장 사이만을 오가는 것을 허용하되 이를 입증할 수 있는 기계적 장치를 본인 비용으로 차에 부착시키는 조건이었다 한다. 그럼에도 장 선생을 만나 함께 여행하며 벤을 운전하는 동안 장 선생과 내내 폭음을 했다니 그 또한 술에 관한 한 납득하기 어려운 인사였다. 불행하게도 얼마 후 결국 그분은 과음으로 인한 교통사고로 유명을 달리 했다는 안타까운 소식을 들었다.

이렇듯 특별한 인연으로 가까워진 장 선생에 대한 우리 가족의 애정 때문에 나의 둘째딸 혼인시 주례를 부탁했다. 하도 입만 열면 욕을 잘해서 주례할 때도 무심코 거친 언어가 튀어나올까 다소 긴장도 되었지만 기우였다. 물론 피로연에서는 본래의 모습대로 찬란한 표현의 언어를 거침없이 내뱉고 있었다. 다른 사람이 흉내 냈다가는 큰 변을 자초할 그런 얘기들을 주례사에서 못 다한 덕담인 양 안주삼아 쏟아낸 것이다. 술에 장사 없다더니 70대 중반에 들어서면서 장 선생은 심한 알콜성 치매를 앓게 되면서 정신적 식물인간이 되고 말았다. 아내가 정년퇴임 하는 기념식에 나오기는 했지만 왜 거기 있는지 내 아내가 누구인지조차 인지하지 못하는 장 선생을 보고 있자니 만감이 교차했다. 사소한 일상사에 얽매여 절치부심할 때마다 떠올리면 큰 위안이 되어주었던 분이었기에 더욱 그렇다.

9. 나의 인생 교향악단

내 일생을 통해 내게 큰 울림을 준 사람들 중 그들과의 특별한 인연을 소개하려고 구상했던 글은 약 30편에 달한다. 이곳에 소개되든 소개되지 못하든 간에 이들을 비유적으로 표현한다면 내가 꾸려온 인생 교향악단의 단원과 같은 사람들이라 할 수 있다. 단 지면을 감안하여 어머니, 집사람, 두 딸, 첫사랑, 죽마고우 두 사람, 그리고 인생의 선배 두 사람만을 이곳에 소개할 수밖에 없어 유감스럽다.

물론 내가 오케스트라 지휘자들이 갖는 지도력을 가졌다고 생각한 적은 한 번도 없다. 그러나 전장에서의 야전 사령관이나 축구에서의 중앙 미들 필더와 같은 역할을 맡으려고 노력한 정도는 된다고 생각한다. 그리고 때로는 악단의 드럼 연주자와 같은 역할을 맡았다는 생각도 든다. 본인이 주변 사람들의 도움으로 각광을 받을 수 있는 위치(예컨대 축구에서의 센터 포드)에 서는 일이란 결코 없었기 때문이다. 오히려 주위 사람들이 제대로 능력을 발휘할 수 있는 여건을 조성해 주는 데 진력하였다고 여겨진다. 이러한 태도를 굳이 말하자면 'servantship' 이라고 부를 수 있지 않을까 싶다. 사실 나는 이러한 태도야말로 현대 사회가 요구하는 진정한 'leadership'이라 믿고 살았다. 자신이 모든 것을 다 잘 알고 있고 그래서 자기가 모두 직접 진두지휘해야 한다는 발상은 구시대적 유물이라 생각해 왔던 것이다.

돌이켜 보면 어머니는 내 교향악단의 콘트라베이스 주자 같은 역할을 해주었고 아내는 모든 구성원들을 조화롭게 융합시켜 주는 악장과 같은 역할을 해주었다는 생각이 든다. 한편 두 딸은 바이올린 및 비올라 주자, 친구들과 선배들은 관악기 주자, 그리고 첫사랑을 경험하게 해준 여인은 플루트 연주자로서 내 인생교향악단이 조화롭고 역동적인 활동을 해 나갈 수 있도록 이끌어주었다는 생각이 들곤 한다. 이들이 없었다면 결코 현재까지와 같은 내 인생역정은 존재할 수 없었으리라 여겨진다.

어려서부터 나는 꿈속에서 자주 날아오르는 꿈을 꾸었다. 두 팔을 휘저으면 몸이 공중 높이 솟아올라 적으로부터의 공격을 피할 수 있었고 또 몰래 공중으로 적진을 침투할 수도 있는 그런 기분 좋은 내용의 꿈들이었다. 돼지꿈이나 불꿈이 그렇게 좋다는데 열심히 노력해 보았지만 평생 한 번도 꾼 적이 없다. 유독 하늘로 날아오르는 꿈만 50대가 될 무렵까지 자주 꾸었던 것이다. 나는 그 연유와 의미가 무엇인지 알고 싶어 해몽서를 샅샅이 찾아보기도 하였지만 끝내 알아내지 못했다. 그런데 신기하게도 60대를 넘어서면서 날아오르는 꿈은 더 이상 꾸어지지 않았다. 나는 이것을 아마도 젊어서는 큰 꿈을 가지고 스스로 높이 비상할 수 있도록 노력하라는 뜻을 암시해준 것이고 이제는 지상에서 주위 사람들의 비상을 도와줄 수 있는, 말하자면 'servant'로 거듭나라는 뜻인 것으로 받아들이고 싶다. 그래서 특히 인연과 필연으로 엮인 주위 사람들, 즉 내 악단의 단원들이 멋진 연주를 할 수 있도록 최선의 노력을 기울이고자 한다.

제7부

인생에 정답은 없겠지만

제7부

인생에 정답은 없겠지만

1. 이별은 극복했으나

우리 부부가 유학에 나섰던 시절에는 김포공항이 한국의 대표적인 국제 공항이었다. 당시에는 내국인의 해외 여행이 매우 드문 현상이어서 많은 사람들이 공항까지 나와 배웅하곤 했다. 그리고 시계탑 앞에서 출국 기념사진을 찍거나 출국하는 이의 뒷모습을 한 번이라도 더 보고 싶은 심정에 2층 송영대에서 손수건을 흔들어 가며 이별을 아쉬워하곤 했다.

1973년 7월 미국 유학길에 나선 우리 부부가 출국 수속을 위해 송영대를 막 떠나야 할 때였다. 마지막으로 어머니가 보고 싶어 두리번거리며 찾아보았으나 보이지 않았다. 북적대던 환송객 사이사이를 찬찬히 살펴보니 아들 모습이 잘 보이지도 않는 구석진 곳에서 말 한마디 건네보지 못한 채 서성이고 있었다. 홀로 남아 겪어야 할 그리고 당시로서는 불투명한 미래 때문에 불안 가득한 모습으로 뒤켠에 밀려나 있는 모습이 시야에 들어왔다. 아, 내가 도대체 무얼 하고 있는 것인가 싶은 생각이 스멀대는 바람에 콧등이 시큰해졌다. 어머니가 돌아가시고 없는 지금도 당시의 초라하고 쓸쓸했던 어머니의 모습이 가슴 저미는 회한으로 남아 있다.

여하튼 당시 우리 부부의 출국은 어머니에게 엄청난 충격으로 다가갔을 것이다. 홀로 남겨진 어머니가 얼마나 두려웠을지 우리로서는 가늠하기조차 어려웠다. 6·25 때 남편을 잃고 자식 둘만 바라보고 살아왔는데 이제는 그 중 맏이인 아들이 멀리 기약 없이 떠나고 있다는 사실을 어떻게 쉽게 받아드릴 수 있었겠는가? 천만다행으로 우리 부부는 둘이 다 장학금 혜택을 받게 되었고 휴직중 한국은행으로부터도 기본 급여를 받을 수 있어서 재정적으로는 어머니께 어려움을 드리지 않을 수 있었다. 그러나 문제는 어머니가 감내해야 할 외로움이었다.

어머니의 정서적 고충을 해결하기 위해 출국 전 어머니께 교회에 다녀볼 것을 권했다. 이와는 별도로 출국 이후 귀국시까지 한 주도 빠짐없이 어머니와 처가에 편지를 써 보냈다. 물론 그에 대한 대가로 우리도 "사랑하는 며느리, 아들 보아라."로 시작되는 어머니의 편지, 삐뚤빼뚤 하고 맞춤법도 많이 틀리지만 우리들에겐 더 이상 반가울 수 없는 글을 매주 받아볼 수 있었다. 그래서 편지가 도착할 즈음이면 외출마저 반납한 채 우편함 앞을 서성이곤 하였다. 어머니가 보내오는 편지가 없었다면 어떻게 견뎠을까 하는 생각이 들기도 했다. 그리고 이러한 끊이지 않는 서신 교류는 우리가 귀국하였을 때 떨어져 있었던 기간에도 계속 함께 살아온 것 같은 편안함을 느낄 수 있게 해주었다. 질긴 생명력 같은 끈으로 우리 가족을 이어준 편지 교류가 지속될 수 있게 도와준 어머니의 인내와 슬기가 못내 고맙고 자랑스러웠다.

그런데 그러한 어머니가 80대 중반에 이르러 그리고 우리 부부가 정년을 앞두고 새로운 삶을 준비해 나가고 있을 때 모든 사람들이 그토록 두려워하는 치매를 앓게 되었다. 1973년에는 우리가 김포공항에서 어머니를 남겨두고 미국행 비행기에 올랐었는데 이번에는 어머니가 우리 곁을 떠나 망각의 세계로 가는 비행기에 오르게 된 듯싶었다.

2. 치매와 우울증

요양원으로부터 전화가 왔다. 필시 좋지 않은 일이 생긴 것이란 느낌이 들었다. 좋은 일로 전화할 일이 없기 때문이다. 발걸음을 재촉했다. 예상대로 어머니는 손목 골절로 병원 이송이 필요한 상태에 있었다. 치부 들어내기를 죽기보다 싫어하는 어머니가 간이용 변기 사용을 거부하고 밤늦게 혼자 화장실을 가다가 넘어져 손목이 골절된 것이었다. 다행히 인근 병원으로 이송되어 손목을 고정하고 간이 깁스를 하는 정도로 수습될 수 있었다. 가슴에 묵직한 돌이 내려앉는 듯하였다.

같은 학과 교수의 어머니가 10년 가까이 치매를 앓다가 돌아가셨는데 가족 모두의 건강이 크게 손상될 정도로 타격이 큰 것을 목격한 적이 있었다. 내가 이제 그런 일을 감당하게 된 시점에 다다른 것이었다. 그러나 나는 독자여서 간호를 함께 할 형제마저 없는 데다 우리 부부가 다 직장인이라 집에서 간병을 한다는 것은 아예 불가능한 실정이었다. 그래서 그토록 내키지 않았던 요양원에 입원을 시킬 수밖에 없었다.

일단 교회가 운영하는 요양시설에 어머니를 의탁하게 되었는데 시설이 열악하기 이를 데 없었다. 수용 인원은 많고 전문 인력이 부족한 데다 제어가 안 되는 노인들이 원내를 휘젓고 다니기 일쑤여서 마음이 편치 않았다. 게다가 어머니는 우리 아들이 곧 데리러 올 것이니 내 몸에는 손도 대지 말라며 고함치고 소란을 피우는가 하면 입원시 준

비해 간 속옷 등을 꼭 부여안고 퇴원할 때 입을 거라며 옷장에 넣지도 못하게 하는 모습을 차마 눈뜨고 보기 어려웠다. 결국 내가 어머니를 고려장이나 다름없는 상황으로 몰아낸 것이라는 죄책감이 들 때가 많았다. 그러던 어느 날 밤 그만 손목이 골절되는 사고까지 나고 말았던 것이다. 더 이상 심정적으로 감당할 수 없는 상황이란 생각에 어머니를 시립병원 시설로 옮기게 되었다. 요양원 생활 세 달 만의 일이었다.

애당초부터 시립병원에 입원시키려고 했었다. 그런데 부담스런 비용문제를 제외하더라도 세 달 이상 계속 머무를 수 없다는 제도적 한계가 있었다. 환자 수에 비해 수용시설이 터무니없이 부족했기 때문에 만든 정책이라 했다. 입원할 곳이 바뀔 때마다 정서적으로 안정되기까지 상당한 진통을 감수해야 하는 문제 때문에 결국 시립병원 입원을 그동안 미루어 왔던 것이었다.

시립병원은 시설이 상대적으로 양호하고 전문 간호인 등이 상주하고 있어서 마음이 훨씬 놓였다. 그러나 본인으로서는 집으로 돌아간 것이 아니란 생각에 여전히 심한 거부감을 보였고 심지어 눈을 부릅뜬 채 의료진을 거부까지 하였다. 한 번도 들어본 적이 없는 욕을 무작정 해대는가 하면 밤새 고함을 지르는 일이 빈번해졌다. 결국 병원에 있었지만 별도 비용을 지불하고 간병인을 고용할 수밖에 없었다. 그리고 밤에는 낙상 방지 등을 이유로 손발을 침대에 묶어 놓는 일이 일상화됐다. 거의 3달이 다 되어서도 어머니는 여전히 정서적 안정을 찾지 못하고 있었다. 어쨌든 최대 입원 허용 기간이 만료되어 요양원이나 다른 병원으로 옮겨야 했다. 어머니가 입원했던 곳이 서북시립병원이었기 때문에 남부나 동부로 옮기는 일이 가능했지만 집에서 너무 멀리 떨어져 있어 자주 방문해야 하는 나와 아내 입장에서는 쉽지 않은 일이었다. 그래서 오래 머무를 수 있는 요양 시설 중 시설과 평판이 좋은 곳을 수소문해가며 경기도 일원을 훑었다. 그리고 우리가 이사할 예정인 용인시에서 상대적으로 가까운 양지 요양병원/요양원으로 옮겨 가게 되었다. 병원과 요양시설이 같은 건물 내에 있고 전년도 요양기관 평가에서도 최우수 판정을 받은 기관이었다. 2010년 5월경이었다. 그러나 요양원으로 옮긴 후 심리적으로 안정되기까지는 일 년 이상이 소요되었다. 안정이 되었다기보다는 점점 판단 능력이 떨어져 더 이상 심리적으로 저항해야 할 상황 자체를 제대로 인식하지 못하게 되었다는 것이 옳을 것이다.

어머니는 3년 이상 같은 요양원에서 머물다가 2013년 7월 13일에 돌아가셨다. 상당 기간 동안 아들을 제외하고는 찾아오는 사람들이 누군지도 알아보지 못한 채 본인 상상 속의 일상 속에서만 사셨다. 아이스크림을 먹여드리거나 어릴 적 내게 해주었던 귓밥 파주기를 해드리는 것 외에 내가 달리 할 수 있는 일은 없었다. 그러던 어느 날 마치 유효기간이 만료된 배터리가 완전히 방전되어 버리듯 어머니 육신으로부터 영혼이 빠져 나갔다. 탈출이 용이치 않아서인지 육신을 떠나는 마지막 과정은 몹시 힘들어 보였다. 그러나 얼마 후 고통이 사라진 육신은 마치 화석같이 평온한 형상으로 남겨졌다.

어머니가 돌아가시기 전 쏟아지던 그처럼 많은 자책과 회한이 막상 돌아가시는 순간부터는 눈 녹듯 사라지는 듯했다. 눈물조차 나오지 않았다. 이것도 어머니가 내게 주는 축복인가 싶을 정도로 마음이 평안해졌다.

그런데 어머니가 돌아가시기 2년여 전인 2011년 봄부터 나는 이유도 모른 채 가슴앓이를 하고 있었다. 남자이다 보니 누구에게 치부를 드러내기 어려운 점도 있어 그저 혼자 견뎌가고 있었다. 어머니를 제대로 된 여건에서 모시기 어려워지면서 겪기 시작한 증상이었다. 차오르는 서글픔을 주체할 수 없을 때에는 샤워기를 틀어 놓고 무작정 소리내어 울어도 보았지만 별 도움은 되지 않았다.

정년을 대비해 설립 운영하기 시작한 다산경제연구원 사무실은 실평수가 약 10평 정도로 자그마한 사무실이었다. 그런데 이곳이 갑자기 너무 좁게만 느껴지며 목을 죄는 듯 답답해지기 시작하였다. 불을 환하게 켜고 문을 모두 열어 놓아야 그나마 진정이 되곤 하였다. 주차는 주로 지하에 해왔는데 지하로 내려가는 것이 몹시 두려워졌다. 즐겨 다니던 수영장도 지하에 있어 드나들기 두려워졌다. 또 머리를 물속에 박은 채 수영하는 일을 감당하기 어려워졌다. 참으로 이상한 일이라고만 생각했다. 집에서도 집사람과 함께였지만 불을 끈 폐쇄된 공간에서 잠을 자는 일이 몹시 답답하게 느껴졌다. 그래서 잠이 잘 안 와서 거실에서 자겠다고 하고는 작은 등 하나 정도를 켜놓고 창문도 열어 놓은 채 잠을 청하곤 하였다.

나는 이것이 무슨 징후인지 전혀 몰랐다. 그저 견디다 보면 사라지리라 생각했을 뿐이었다. 그런데 이것이 바로 연예인들이나 현직에서 물러난 고위직 공무원, 그리고 사업에 실패한 사업가들이 흔히 앓는다는 이른바 공황장애였다. 자타가 공인할 정도로 강인한 정신력을 가진 내가 이런 증상에 시달릴 것이라고는 예상치 못했다. 그러나 역설적으로 보면 너무 강해 부러지기 쉬운 성격이었는지도 모른다.

시간이 지나며 증상은 점차 악화되어 더 이상 아내에게 숨길 수 없는 단계에 이르렀다. 거의 잠을 이룰 수 없었고 어쩌다 잠시 잠이 들어도 악몽을 꾸기 일쑤였다. 돌아가신 외할머니가 나타나 이제는 나하고 같이 가자는 꿈을 자주 꾸곤 하였다. 두려움에 제대로 잠을 자지 못하면서 정신이 혼미하고 심신이 허약해졌다. 심지어는 어지러움이 지나쳐 마치 광우병 걸린 소처럼 몸이 한 쪽으로 계속 기울어지며 넘어지는가 하면 구토 증세가 심하게 나타나기도 하였다. 집 앞에 흐르는 손곡천 가에 앉아 있자면 20여 센티미터 남직한 개울물이 회오리바람 돌 듯 땅속 깊은 곳으로 소용돌이치는 모습으로 다가왔고 그 속으로 빨려 들어가고 싶은 충동이 생기곤 하였다. 혼자 바깥 출입하기가 어려워 항상 아내가 동행하게까지 되었다. 자살 충동을 일으킨다는 우울증 단계에 이르렀던 것이다.

우울증이란 어감상으로는 공황장애보다 온건하게 들리는 말이지만 증상으로는 훨씬 심각한 질환이었다. 그저 마음이 울적해지고 걱정거리가 생기면 '나 우울증에 걸린 것 같아.'라고 하는데 그것은 적절한 표현이 아니었다. 방치하면 스스로 목숨을 끊게 될 정도로 심각한 질병이다. 그제야 사업에서 실패한 후 가상적 두려움으로 고생하다 50대 후반에 스스로 생을 마감한 장인 생각이 났다. 당시까지만 해도 이러한 질병에 대한 진단과 처방이 별로 없었던 시기여서 헤어나지 못했던 것인데 집안 식구 누구도 장인의 고통을 헤아리지 못했던 것이다.

결국 자존심을 버리고 개업중이던 죽마고우 상렬에게 상담을 하였다. 당장 정신신경과에 가보아야 한다고 했다. 옛날식으로 나쁘게 표현하자면 정신병 환자가 되는 것으로 생각해서는 안 된다고도 했다. 신경계에 균형이 깨져 오는 현상일 뿐이라 했다. 내키지 않는 일이고 또 누가 알기나 하면 어쩌나 싶은 걱정도 들었지만 선택의 여지는 없었다. 이후 약 3-4개월에 걸친 투약 끝에 비로소 공포의 심연에서 탈출할 수 있었다. 이러한 어려움을 왜 겪게 되었는지는 아직도 정확히는 모르겠다. 그러나 그 심연에는 어느 정도 어머니에 대한 죄의식이 원인을 제공했던 것이라 믿어질 뿐이다. 아울러 어머니의 죽음은 내게 정신적 고통 외에 부모자식 간의 관계나 죽음 등의 문제를 보다 높은 차원에서 되돌아볼 수 있는 기회를 제공해 주었다. 부모는 심지어 죽음을 통해서도 자식을 교육시키는 듯싶었다.

3. 정년퇴임

대학교수는 65세에 정년퇴임을 한다. 예전에는 이를 '停年退任'이라 표기했다. 오랫동안 봉직해온 직분에서 물러나 쉰다는 의미에서다. 그러나 요즈음에는 定年退任이라 표기하기도 한다. 단지 법으로 정한 퇴임 연령에 도달했다는 의미이다. 오늘날 평균 수명이 길어지고 또 65세 이후에도 활발하게 활동할 만한 건강을 유지할 수 있지만 사회적 여건 등을 감안하여 편의상 법으로 그렇게 정했을 뿐이라는 의미를 담고 있다.

미국 등의 국가에서는 교수 정년이 아예 없다. 본인이 스스로 물러나기 전에는 법으로 퇴임을 강제하지 않는 것이다. 그렇지만 퇴임하여 연금을 받는 것과 현직에 남아 있는 것이 소득상 큰 차이가 없기 때문에 자발적으로 일정 연령에 달하면 제2의 인생을 위해 대학을 떠난다. 교수 급여가 여타 직종에 비해 매우 낮아서 젊고 유능한 학자들을 학교로 초빙하는 것이 매우 어렵다는 현실이 이러한 제도를 도입하게 된 사유 중 하나이기도 하다. 한국의 경우는 교수 급여가 상대적으로 낮다 하더라도 유능한 젊은 학자들이 계속 공급되고 있어 아직 그럴 필요가 없다고 볼 수 있다. 아울러 대부분의 경우 막상 65세 정도 되면 점차 학생들과의 세대 차이를 극복하기 어려워지고 자신의 학문 영역에서 전성기와 같은 연구력을 유지하기도 어려워진다. 뿐만 아니라 후학들에게 길을 터주는 것이 좋겠다는 생각도 강해져서 법으로 퇴임시기를 정한 데 대해 별반 이의는 없다.

정년 퇴임시 나는 우스갯소리 삼아 정년 퇴임을 영어로 'retire'라 하는데 이는 '타이어(tire)'를 갈아 끼우라(re-)는 것과 같다고 했다. 그리고 타이어까지 갈았으니 이제는 새로운 길을 더 빠른 속도로 달리고 싶다고 했다. 또한 이처럼 새로운 길을 헤쳐 나갈 수 있기 위해 송골매처럼 과감히 환골탈퇴하겠다는 다짐도 했다.

송골매하면 흔히 1979년 배철수 외 3인이 결성한 록 밴드를 연상할지 모르나 이는 천연기념물 323호로 지정된 위기종의 매 이름이다. 특히 몽골에서는 하얀 송골매와 징기스칸 간에 얽힌 일화로 인해 이를 국조로 삼아 높이고 사랑하는 새이기도 하다. 그러나 정작 송골매와 관련하여 주목할 만한 사실은 따로 있다.

송골매의 수명은 대략 20년 정도로 알려져 있는데 이때쯤이면 부리가 휘고 발톱이 뭉툭해지며 날개깃이 두터워져서 더 이상 사냥을 제대로 할 수 없기 때문이라 한다. 그런데 이러한 상황에서 상당수 송골매들은 높은 산 위 바위에 몸을 부딪쳐가며 부리와 발톱을 뿌리만 남긴 채 부러뜨리고 깃털도 모두 뽑아버린다고 한다. 피투성이가 된 채약 6개월 정도 인고의 세월을 보내면 새로운 부리와 발톱 그리고 깃털이 생겨나게 되는데 이런 과정을 통해 다시 젊은 시절의 모습을 되찾고 10년 정도의 수명을 연장한다는 것이다. 정년 퇴임 후 새로운 인생을 영위할 활력소를 찾아내기 위해서는 송골매와 같은 특단의 용기가 필요하다 생각되었다.

40년 가까이 봉직해온 정년까지의 교수직으로 이미 나는 내가 대학에서 할 수 있는 일은 충분히 했다고 생각했다. 그래서 정년 후에는 일단 정형화된 제도권 내의 속박에서 벗어나 다른 차원의 일을 도모하고 싶었다. 우선 칼로 무 베듯 정년과 동시에 본교는 물론 타교에서의 초빙강의도 모두 정중히 거절하였다. 외국 대학으로부터의 초빙에는 더욱 관심을 두고 싶지 않았다. 지금까지 해왔던 일을 반복하는 일에 예전 같은 열정이 생길 수 없기 때문이었다. 뿐만 아니라 결국 몇 년 후엔 끝나고 말 일에 연연해하며 귀중한 여생을 허비하고 싶지 않았다. 이제 여생을 어떻게 보내는 것이 나에게 가장 의미 있고 즐거울지를 우선적으로 생각해 볼 때라 생각했다.

물론 그렇다고 내가 평생 추구해온 경제학 연구로부터 스스로를 단절시키고자하는 것은 아니었다. 그래서 정년 훨씬 전부터 정년에 대비한 활동 계획을 세웠다. 그 중 하나가 연구원의 설립 및 운영이다. 다산경제연구원이라는 비영리 사단법인을 후학 및 제자들과 함께 설립한 것이다. 연구 용역을 수행하되 얻은 수익금 전부는 공익사업에 쓰기로 하였다. 한국경제연구학회의 국제 학술대회의 지원, KWE(Korea and World Economy)라는 국제 영문 학술지가 매년 시상하는 최우수논문상(Best Paper Award) 상금 지급, 지당 박준서 교수 세미나의 주관 및 후원, 가멸학술상 지원, 전문 서적의 발간 및 기타 장학사업 등이다. 물론 최소한의 수익사업 영위가 불가피하겠지만 우리 관심사가 아닌 연구는 가능한 한 사양하기로 했다. 단순히 돈을 벌기 위한 연구가 아니라 한국 경제의 본질적인 문제에 대한 심도 있는 연구에 주력하고 싶기 때문이다. 그러면서도 이 사업이 동료 학자 및 후학들과의 협력을 통해 차후 독자적인 학풍까지를 정착시키는 데 일조할 수 있는 연구 거점으로 자리 잡아 나갈 수 있기를 희망하고 있다.

이상과 같은 계획을 실천하기 위한 노력의 일환으로 우선 정년 퇴임식부터 차별화하여 실행하였다. 예전에는 정년은 물론 회갑 기념 논문집까지 제자들이 출간하여 헌정하고 호텔 등에서 큰 연회를 베풀어 드리는 것이 관행화되어 있었다. 나름대로 의미는 있지만 부작용도 많았다. 그래서 당초에 나는 일체의 정년퇴임식 행사를 생략하고자 했다. 그러나 내 생각과는 달리 제자들 일부가 독자적으로 기념행사를 준비하고 있었다. 받아들일 수 없다고만 해서 해결된 일이 아닌 듯싶었다.

결국 제자들의 입장을 감안하여 정년 기념행사는 조촐히 하되 모든 비용과 행사의 계획 일체를 내가 주관하겠다고 했다. 1부는 제자들의 학술 발표 중심으로 한국 경제의 진로 모색이라는 주제의 세미나를 개최하고 2부에서는 정년을 기념하기 위해 출간한 통일에 대비한 경제정책이라는 책을 하객 모두에게 무상으로 배부함과 동시에 그 핵심 내용을 정년 퇴임 기념 발표 형식으로 소개하였다. 그리고 3부는 나의 정년을 축하하기 위해 기념 행사에 찾아 준 하객들을 위해 소연을 열기로 했는데 이 또한 모든 비용을 내가 부담하는 조건으로 수용했다.

아울러 그 자리에서 전 재산의 약 10%에 해당하는 1억 원을 해외 유학 장학금으로 모교에 기부하였다. 단 그 수혜자는 세계 상위 10위에 해당하는 대학에서 입학허가를 받은 자에 한정했으면 좋겠다는 의견을 제시하였다. 장학금은 재정적 보조(needs) 차원보다는 학업 성취(merit) 위주가 되었으면 하는 것이 나의 지론이었기 때문이다. 집안 형편으로는 매우 큰 금액이었지만 아내가 흔쾌히 내 뜻에 동의해 주어 고마웠다. 이렇게 함으로써 재직시 추진해온 여러 가지 유형의 장학 및 연구 장려 사업[다산 석좌교수 제도의 도입, 비천당 석좌교수 제도의 도입, 대학원 수석 입학생에 대한 졸업시까지의 전액장학금 후원자 영입(권봉도 회장의 현대통상 장학금, 김봉학 이사장의 문봉 장학금, 한국경제 현안에 대한 논문 공모, 석박사학위 논문 중 최우수 논문상 수여 등)] 체계를 동료 교수들과의 협조를 통해 완성할 수 있었고 아울러 정년 이후 활동의 새로운 지평을 여는 계기를 마련할 수 있었다.

4. 차라리 '문·사·철'을 공부할 걸

풀브라이트(Fulbright) 초빙교수로 예일대학교에서 한국 경제론을 강의하게 되었으나 거처는 중부 코네티컷주립대학교(CCSU: Central Connecticut State University) 캠퍼스 인근에 정했다. 아내가 그 학교에 방문교수로 오게 되었고 내가 예일대학까지 출퇴근을 할 수 있는 거리에 있었기 때문이다.

그러던 중 CCSU가 방대한 한국학 관련 자료들을 하버드대학과 예일대학으로부터 기증받아 이를 정리하고 있다는 소식을 들었다. 일단 기증받은 도서를 도서관 임시 보관소에 모아놓고 한국계 미국 학생들을 임시 고용하여 보관할 가치가 있는 것과 버릴 것 그리고 시중에 팔아넘길 수 있는 것으로 분류해 달라고 했다 한다. 그러나 한국계 미국인들은 생활 용어 수준의 한국말을 하거나 알아듣는 정도여서 그들로부터 전문적인 한국의 학술도서들에 대한 가치 판단을 기대한다는 것은 애시당초 불가능한 일이었다. 이 소식을 접한 나는 혹 묻혀버린 귀중한 자료라도 찾아낼 수 있지 않을까 하는 기대감에 도서관장에게 제안을 하였다. 틈나는 대로 도서 분류를 해줄 터이니 6개월 정도 기간을 달라고 했다. 단, 작업이 끝난 후 내가 원하는 10권의 책이나 자료를 가져갈 수 있게 해달라고 했다. 흔쾌한 대답을 얻은 후 거의 매일 일과 시간이 끝날 때마다 도서관 임시서고에 가서 열심히 자료 분류를 시작하였다.

　날을 거듭해가며 자료를 검토해가는 과정에서 나의 장밋빛 기대는 점차 실망으로 바뀌어갔다. 버려야 할 자료만 산더미처럼 쌓여갔고 보존할 가치가 있는 책들은 좀처럼 늘어나지 않았기 때문이다. 거의 세 달 가까이 되었을 즈음이었다. 그때까지도 깨닫지 못하고 기계적으로 도서를 평가하고 분류만 해나갔었는데 문득 뇌리를 파고드는 충격적인 사실을 깨닫게 되었다. 경제학 관련 도서는 99.9% 모두가 버려야 할 책으로 분류되고 있었던 것이다. 나의 은사, 선배 및 동료 교수들이 저술한 도서들이 거의 다 거기에 포함되어 있었다. 경제학뿐만 아니라 정치학이나 기타 사회과학 분야 도서들도 거의 모두 폐기 대상이 되었다. 사회과학 분야 저작물이 갖는 시간적 한계성을 이토록 처절하게 체감한 적은 없었다. 결국 언젠가는 내가 평생 심혈을 기울여 저술한 책들도 이처럼 비참하게 남의 손에 의해 휴지로 전락할 수밖에 없다는 생각에 이르자 온몸의 힘이 빠졌다. 자연과학 분야에서도 시간과 공간을 초월하는 진리가 존재하기 어렵다는데 하물며 사회과학에 있어서야 오죽할까 싶은 생각을 한 적은 있었지만 그 한계성을 이토록 피부에 와닿게 실감한 적은 없었다. 결국 나는 시간적 제약이 이토록 큰 학문에 뭣 때문에 평생 목을 매왔는가라는 자조 섞인 회한에 빠지게 되었다.

　하루이틀 쉰 다음 다시 도서 평가 작업을 계속했다. 그리고 보관가치가 큰 것으로 분류된 고서들을 일별해 보니 그 대부분은 언어, 역사, 문학작품이었다. 학문을 하려면 '문·사·철(문학, 사학, 철학)'을 하라는 선배들의 충고가 새삼스런 회한으로 뇌리 속을 스쳐갔다. 그나마 다행스러웠던 것은 이때의 충격이 이후 나의 경제학 연구 방향에 새로운 계기를 마련해 주었다는 점이다. 영원히 남을 만한 이론의 개발이 아니라면 오히려 제도나 정책에 대한 역사적 자료를 정리하는 작업이 역사적 보존 가치가 높을 수 있다는 사실을 터득했기 때문이다. 이러한 깨우침은 정년 이후 나의 학술 활동 및 저술 계획에 지대한 영향을 주었다. 단순히 실증 분석이라는 기술적 접근 단계를 넘어 경제이론이나 제도의 변화 추이 등 역사적 접근에 초점을 맞추게 된 것이다. 이러한 인식의 연장선상에서 나는 『쿠오바디스 한국경제: 공급 중시 경제학이 길이다』라는 제목의 저서를 우리말로 출판(2017)하였다. 그리고 현재는 실현을 확신할 수 없지만 『인적자본』에 관한 책과 『茶山 경제윤리의 현대적 해석』 그리고 『소설 한국경제』 등의 도서 출판을 계획하고 있다 .

5. 작곡가의 꿈을 펼쳐 보며

고등학교 동기동창 부부들 120여 명이 시청 앞에 있는 프라자 호텔 그랜드 볼룸에서 졸업 50주년을 기념하는 모임을 갖게 되었다. 놀랍게도 그곳에서 기념식 초두에 친구들이 내가 작사 작곡한 곡 중 인중제고 동문회가를 합창하고 있었다. 기념식이 거행되기 전 함께 다녀온 2박 3일 여행 중 버스 안에서 가사를 보며 익혔다고 했다. 경제학자가 어떻게 작곡까지 하였느냐고 공치사하는 친구들도 있었다. 작곡 공부한 보람을 느꼈다.

어릴 적에 아버지가 음악을 몹시 좋아하였다는 얘기만 어머니를 통해 전해 들었을 뿐 내가 음악에 소질이 있는지는 몰랐다. 그러던 중 중학교 1학년 때 작곡가 오동일 선생님이라는 분이 부임해 왔는데 다양한 유형의 노래를 강당에서 들려준 적이 있다. 그 중 특히 〈White

Christmas〉나 〈Amazing Grace〉 등의 노래를 듣고 가슴 뭉클한 감동을 느꼈었다. 2학년이 되어서는 바리톤 가수 온규택 선생님이 부임해 오셨는데 이분으로부터 음악 통론을 배우게 되었다. 대다수 학생들이 이해하기 어려워했으나 나는 너무 재미있었을 뿐 아니라 이해하기도 어렵지 않았다. 그래서 '2학년 6반 반가'와 '어머니'라는 곡을 작곡해 선생님께 보여드린 적이 있다. 선생님은 매우 칭찬하시며 학생들에게 인천의 베토벤이 탄생했다고까지 하였다.

이것이 계기가 되어 나는 음악가가 되고 싶다는 꿈을 갖게 되었다. 그런데 중3 때 이러한 희망을 당시 성악을 가르치던 양윤식 선생님께 상의 드렸더니 그만두라는 것이 아닌가? 피아노를 만져볼 수조차 없는 집안 사정으로 볼 때 음악 공부하기는 어려워 보인다는 것이었다. 집에서도 야단이 났다. 열심히 공부해서 좋은 데 취직하여 고생하는 홀어머니께 효도할 생각은 안 하고 허황된 꿈만 꾼다면서. 밥 빌어먹기 십상인 음악을 한다는 것이 가당키나 하느냐는 것이다. 결국 음악가의 꿈을 버리고 말았다. 음악을 배워 음악 교사가 되고 미술 잘하는 여선생을 만나 결혼하고 싶다는 소박한 어릴 적 꿈은 이렇듯 산산 조각이 나고 말았다.

잊혔던 음악에 대한 관심을 다시 가지게 된 것은 정년을 맞게 되면서부터였다. 아마도 첫째딸의 피아노 공부를 오랜 동안 뒷바라지하는 과정에서 음악에 대한 애정이 커 왔는지도 모른다. 집안에 상사가 나도 눈물을 잘 흘리지 않는 성격인데 좋은 음악을 듣다 보면 눈물을 주체하지 못하는 경우가 종종 있었다. 대중가요는 한 번 들어도 이 곡이 유행할지 여부를 쉽게 판단할 수도 있었다. 그리고 어떤 노래든 원곡이 진행되는 동안 이에 어울리는 알토나 바리톤 멜로디를 즉석에서 흥

얼거릴 수 있는 능력도 남달랐다. 그렇다고 절대 음감이 있는 것은 아니었다. 단지 조성의 특이성과 어울림을 파악하는 능력이 남달랐다고나 할까? 그러다 보니 잘 알려진 피아노곡은 누가 연주한 것인지도 쉽게 판단할 수 있었다. 또한 유명 오케스트라들의 특성화된 음색과 연주 실황을 판단하는 능력도 생겼다. 그렇다고 연주곡들의 제목이 무엇이고 누가 작곡한 것인지 등을 기억하려고 노력하지는 않았다. 그저 좋으면 그뿐이라 생각했다. 그래서 내가 특별한 재주를 가지고 있다고 스스로 믿어본 적은 없었다. 단지 음악에 대한 애정과 관심이 남다르다 생각했을 뿐이다.

나이 들어 피아노를 배우는 일은 너무 힘들었다. 그러나 연주를 위해서보다는 음악 이론의 이해를 위해 피아노를 배우기 시작했다. 그리고 작곡 공부할 계획을 세웠다. 그러나 정식으로 작곡을 배울 기회 찾기가 쉽지 않았다. 그래서 일단 동네 학원에 나가 보았으나 작곡을 제대로 지도할 사람을 만나기는 더욱 어려웠다. 결국 서점에 나가 독자적으로 이해하기 쉬운 교재들을 사들여 무작정 읽어 나갔다. 물론 그러한 방법만으로 음악 이론을 터득할 수는 없는 일이었다. 이론 자체가 어렵기 때문이기도 하지만 제대로 된, 그리고 이해하기 쉬운 교재를 찾기 어려웠기 때문이었다.

그러던 중 지인의 소개로 광고 음악을 제작하는 젊은 작곡가를 소개받아 개인 레슨을 받게 되었다. 그는 타고난 음악적 재능을 가진 사람이어서 편곡을 해야 될 경우에는 내가 상상했던 수준 이상의 결과를 만들어 주기도 하였다. 이 작곡가 도움으로 나는 첫 번째 앨범을 낼 수 있었다.

내가 작곡하고 싶었던 음악은 장르와 형식을 떠나 우리가 공유할 수 있는 인간의 본질적인 희로애락을 자연스럽게 노래로 표현하는 일이었다. 따라서 주제는 어머니, 손자, 친구, 고향, 삼팔선, 부부, 인생의 사계(소년기, 청년기, 장년기와 노년기) 등이었다. 그리고 언젠가는 슈베르트의 〈마왕〉과 같은 곡을 하나라도 작곡할 수 있으면 하는 바람을 가지고 있다.

지금까지 쓴 곡 중 가장 심혈을 기울인 것은 〈금낭화〉라는 곡이다. 금낭화는 영어로 'tear drop'이라는 별칭이 있어 세월호 사고로 자식을 잃은 가족들을 위로한다는 차원에서 쓴 곡이다. 가사는 친구 한상렬 군의 도움을 받아 작성했다. 국민 모두가 그러했겠지만 세월호 사건 직후 나 또한 억장이 무너지는 듯한 충격을 받았었다.

그런데 그 정도는 아니었지만 2005년 4월 6일 낙산사 화재시 소방헬기 부족으로 화재를 진압하지 못하여 천년 사찰이 화마로 소실되는 장면을 TV로 보면서 충격과 분노를 주체할 수 없었던 적이 있다. 사실 그 이후 원인도 모른 채 심한 가슴 통증으로 고생한 적이 있다. 협심증에 먹는 약을 복용해가며 정밀 진단을 몇 군데에서 받았는데도 원인이 밝혀지지 않았는데 약 6개월이 지난 후에야 서서히 그 고통에서 벗어난 적이 있었다.

나중에 미루어 짐작컨대 낙산사 화재를 목격하며 얻은 충격 때문이 아닌가 싶었다. 그래서 세월호 사건 때 몹시 겁이 났다. 숨을 제대로 쉴 수 없을 만큼 심했던 가슴의 통증이 또 나타날까 봐서였다. 그래서 이번에는 어떤 방식으로든 대비를 해야겠다고 생각하던 차에 노래를 쓰기로 했던 것이다. 그런 심정에서 쓴 곡이 바로 〈금낭화〉다. 음악적 완성도나 정밀도가 뛰어난 곡은 아니지만 나에게는 특별한 의미가 있는 곡이었다. 음악으로 스스로의 아픔을 예방한 것이랄까? 확실치는 않지만 적어도 그런 방향으로 노력한 것만은 사실이다. 그래서인지는 모르겠으나 전에 겪었던 극심한 가슴 통증은 발생하지 않았다.

이러한 음악의 힘과 매력에 반해서 그리고 음악을 통해 소통할 수 있는 불특정 다수의 애호가들을 위해 나는 계속해서 작곡 작업을 해나갈 계획이다. 그리고 가능하다면 인생행로에 대한 연가곡 형식의 노래를 작곡할 수 있기를 희망하고 있다. 슈베르트의 〈겨울 나그네〉와 같은 노래를.

6. 문학 강좌가 깨우쳐 준 사실

"오늘 이 강좌를 듣기 위해 아침에 일어나서부터 이곳에 오기까지 들은 것, 본 것 그리고 생각한 것 열 개씩을 각 문항 당 1분 내에 써보세요."

첫 날부터 늦지 않을까 싶어 서둘러 도착하다 보니 느닷없는 질문에 쉽사리 답을 써내기가 어려웠다. 초행길이었고, 주차하느라 15분 정도 허비한 후 또 10여 분 정도 잰걸음으로 도착했기에, 쌀쌀한 기운이 채 가시지 않은 봄날이었는데도 몸은 땀에 흥건히 젖어 있었다.

성남 아트센터 산하기관인 책 테마파크(성남시 율동공원 내에 있음)가 2016년 4월부터 개설한 문학 강좌에서 시 강의를 담당한 H선생이 첫 강좌에서 던진 질문이었다. 시에 대해 뭔가 배워보려고 왔는데 처음부터 답변하기 어려운 질문에 다른 수강자들도 다소 불편하거나 당황스러운 눈빛을 보였다.

사실 내가 그 순간 기억해낼 수 있는 모든 것은 번지점프를 뛰던 젊은이의 비명소리와 호수 위에 줄지어 서서 어미 뒤를 따르던 오리 떼 정도였다. 30개 중 달랑 두 가지만 공책에 써놓았는데 주어진 3분이 다 가버렸다.

H선생은 "전체 30가지 중 20개 이상 쓴 분 손 들어 보세요."라고 질문했다. 서너 명이 손을 들었다. "그러면 10개 이상을 쓰신 분은요?" 이번에는 대 여섯 명이 손을 들었다. 그러자 H선생은 "답하기가 쉽지 않죠?"라고 하더니 더 이상 질문을 하지 않고 강의를 시작했다. 참 싱거운 분이란 생각이 들었다.

일주일 후 두 번째 강의를 들으러 책 테마파크로 갔다. 이번에는 좀 더 가까운 주차장도 발견하고 지름길을 찾아내어 이전보다는 일찍 도착해 안정된 마음으로 수강에 임하고 있었다. 그런데 두 번째 강의도 첫 주와 똑같은 질문으로 시작하는 것이 아닌가. 허를 찔린 듯하였다. 전보다는 나아졌는데도 열 개를 넘기지 못하고 말았다. 다소 난감한 심정이었다. 그러나 다행히 H선생이 이번에는 몇 개씩 썼는지를 묻지 않고 강의를 다음과 같은 말로 이어갔다.

"여러분들 이곳에 오는 교통편이 불편하여 많은 시간이 걸렸죠? 나도 그랬습니다. 묻지 않아도 오늘도 제 질문에 만족할 만한 답을 쓴 분은 거의 없을 것입니다. 이곳에 시간 맞춰 오느라고 마음도 쓰였고, 짜증도 나다 못해 한 시간짜리 강의 한 번 들으려고 이렇게 귀중한 시간을 소비해야 되나 싶은 의문도 들었을 거구요. 그런데 사실 이 강의가 아니더라도 여러분들은 항상 교통체증과 바쁜 일정 때문에 무심하고 무감각하게 세월을 흘려보낸 것은 아닌지요? 정작 자신의 주위에 무엇이 있는지 보지도 듣지도 그리고 생각도 하지 않은 채 말입니다. 시는 무덤덤하고 감성과 생각이 메마른 여러분의 생활 방식부터 바꾸지 않으면 제대로 공부할 수 없는 분야입니다."

무엇인가에 한 대 크게 얻어맞은 듯한 기분이 들었다. 수업 후 집으로 돌아오면서부터 주위에 귀를 기울이고 눈도 크게 뜨고 여기저기 살

퍼보게 되었다.

　지구 온난화 때문에 더위가 일찍 찾아온다고 했지만 그 해는 늦게까지 날씨가 쌀쌀했고 그래서인지 4월 중순에야 개나리, 진달래, 그리고 산수유 등이 거의 동시에 피어나고 있었다. 원래 생물 분야에는 관심이 별로 없었기 때문에 기억하는 꽃이나 나무 이름이 몇 개 되지 않았다. 그런데 그간 H선생의 말씀에 정신이 번쩍 든 시점인지라, 손곡천과 동막천 그리고 탄천을 산책하며 봄꽃들을 면밀히 들여다보게 되었다. 그리고 어릴 적 교과서에서 배운 것과는 달리 봄꽃들은 수술보다 암술이 길고 꽃의 아래 부분에 삐죽이 나와 있었음을 발견하게 되었다. 대다수의 꽃들은 암술이 가운데 위치하고 이를 수술들이 둘러싼 형태의 모양을 하고 있으며 암술 주위에 있는 당분을 먹으려고 벌 나비가 날아들다가 수술에 묻은 꽃가루를 암술에 묻혀 준다고 배웠었는데 그렇지 않은 것이었다.

　곰곰이 생각해 보았다. 아직 벌 나비가 본격적으로 나오기는 이른 시기에 피어나는 봄꽃들은 아마도 벌 나비를 유혹해 꽃가루를 옮기기가 어려워, 꽃샘바람에 떨어지는 꽃가루를 받아내기 편하게 암술이 아래쪽에 길게 떠받치는 모양을 한 것은 아닌가 하고. 물론 이것이 생물학적으로 맞는 논리인지는 확인할 수 없었다. 그러나 평생 무심히 지나쳐 버렸던 자연 현상을 관찰하는 과정에서 나는 심지어 자신과 가장 가까이에 있는 사람들에게 과연 얼마나 관심과 애정을 보여 왔는지에 생각이 미치게 되었다. 주변에 대한 관심과 자신에 대한 성찰을 비롯한 인식의 전환이 있어야 좋은 시를 쓸 수 있다는 H선생의 메시지가 비로소 피부에 와닿았다.

　사실 한 시간 강의를 듣기 위해 오전 하루를 다 소비하는 일은 심적 부담이 컸다. 그래도 언제 잡힐지 모르는 물고기만 기다리며 시간을 소비하는 낚시보다는 훨씬 유익한 것 같다고 자위하며 임했다. 물론 단순한 시간 죽이기용 활동에 비해서는 더욱 그러하다고 생각하면서. 그랬던 내가 결국은 그토록 소원하게 대해 왔던 시를 좋아하게 됨으로써 새로운 지혜를 터득하게 된 것은 실로 기적 같은 변화였다. 애당초 나는 시 공부 자체보다는 작곡 활동에 필수적인 작사에 도움이 될 것이란 생각에 그 강의를 듣게 되었기 때문이다. 그런데 시 쓰기 공부를 하면서, 마음의 여유는 물론 나 자신과 가족 및 지인들, 그리고 자연에 대한 관심과 애정이 커져가는 정서적 성숙을 체험하게 되었고, 늦게나마 문학이 인간에게 베푸는 윤택한 일상과 즐거움을 조금이나마 경험할 수 있었던 것이다.

7. 아름다운 노을이기를

앞서 나는 청·장년기 삶이 '앙가주망'으로 거듭난 후레자식의 길이었다고 술회한 바 있다. 그러나 장·노년기에도 과연 전과 같은 저항 일변도의 길을 고수할 것인가에 대해서는 다소 망설여졌다. 단순한 실존 단계를 넘어 행동하는 갈대이기를 추구해 왔다고 항변해 보았으나 엄밀히 말해 나는 그저 소극적 저항단계에 머문 용기가 부족한 자에 불과하다는 생각을 떨쳐 버리기 어려웠기 때문이다.

언젠가 조정래의 소설『아리랑』, 이병주의 소설『지리산』과『산하』등을 읽으면서 내가 소설 속 시대의 청·장년이었다면 과연 나는 어떤 유형의 인물에 가까웠을까 하는 생각을 해본 적도 있다. 아마도 울분을 참지 못해 불평·불만이나 토로하는 수준에 머무르지 않았을까 싶은 생각이 든다. 더구나 그 정도의 저항도 때로는 두려움 때문에 망설여지곤 했던 경우가 허다했을 것임을 부정할 수 없었다. 결국은 이렇다 할 성과도 거두지 못한 채 사소한 의사 표현으로 인해 본보기적 희생양이 되었을 가능성이 클 것 같다는 생각에 자괴감에 빠지기도 하였다.

한편으로는 이런 저항이 과연 무슨 의미가 있을까 의문이 들기도 했다. 개인적 희생만을 초래할 뿐 결국 우리의 노력과는 상관없이 태양은 내일 또다시 같은 자리에서 떠오르게 되는 것처럼 세상은 결코 쉽게 변화하지 않을 것이라 생각했던 것이다.

이러한 인식으로 인해 나는 보다 능동적이고 실효성 있는 '참여(engagement)문학관'을 지속적으로 모색하게 되었다. 물론 자신은 사회변화를 선도할 만한 지혜를 갖추거나 용기를 가진 사람이 못 된다는 생각에 적극적 사회운동가로 나서는 등의 일 따위는 엄두조차 내지 못했다. 그렇다고 다소의 사회적 부조리쯤은 과감하게 포용해가며 새로운 시대가 요구하는 질서를 주도해 나갈 능력이 있는 것도 아니란 생각에 스스로 초라해지기도 하였다.

그러던 중 문득 나는 모든 일을 자신이 주도해 나가는 방안에만 탐닉해 왔다는 지극히 평범한 사실을 깨달았다. 남들과 더불어 도모하되 주어진 업무에 누가 가장 적절한 사람인지를 알아내어 그 일을 맡기고 자신은 뒤에서 총괄적 지원과 격려를 담당하는 것이 대승적 차원에서의 능동적 참여행위가 될 수 있다는 사실을 간과해 왔던 것이다. 결국 이것이 바로 보다 성숙된 단계의 앙가주망이 될 것이란 심증이 굳어졌다. 그래서 나는 이러한 행위를 현대적 리더십 또는 '서번트십(servantship)'이라 명명하고 인생 후반기의 행동지침으로 삼게 되었다.

이러한 인식의 연장선상에서 나는 전보다 더 주위 사람들에 대해 관심을 갖고 배려하는 방식으로 생활 패턴을 정착해 나갔다. 그러기 위해서 특히 비록 작은 동기나 목표라 하더라도 가시적인 성과를 낼 수 있는 일부터 시작하되 주위 사람들과 더불어 추진해 나가는 방식을 택했다. 특히 정년 후 참여한 문학 강좌에서 터득한 지혜가 이러한 인식의 생활화를 가속화시켜 주었다는 생각이 든다. 어쨌든 단순히 비판적 견해를 피력하는데 그치지 않고 남들이 공감할 수 있는 현실적 대안을 제시하고 실천해 나가되 이를 가장 잘 수행할 수 있는 사람들로 하여금 주된 역할을 맡도록 배려하고 나는 주로 이들을 후원하고 격려하는 일에 전념하게 되었다. 비록 작은 일이라 하더라도 이것이 남은 여생동안 내가 가장 잘할 수 있고 또 하고 싶은 능동적 참여의 길이라 믿게 되었기 때문이다.

동시에 이상과 같은 나의 인생행로를 기록해 두기 위해 이 수필집을 쓰게 되었다. 내 삶의 의미를 반추해보는 동시에 나의 자녀들과 지인들 그리고 불특정 독자들이 스스로의 존재감을 찾는데 조그만 도움이나마 제공할 수 있으리란 희망에서였다. 아울러 어차피 인생은 누구에게나 시행착오의 연속이고 미완성으로 남을 수밖에 없다하더라도 마지막 순간까지 삶의 의미를 탐구해보는 노력이야말로 자신의 존재가치를 찾을 수 있는 지름길이라 믿기 때문이기도 했다.

주지하는 바와 같이 1678년에 설교가 겸 작가인 존 번연(John Bunyan)은 신앙인이 장차 올 세상에 이르기까지 겪을 만한 구원과정을 비유적으로 묘사한 『천로역정(天路歷程, *The Pilgrim's Progress from this world to that which is to come*)』을 출간한 적이 있다. 죽음에 대한 관념을 약간 다른 시각에서 표현한 것이지만 한국에는 "나 하늘로 돌아가리라"로 시작되는 천상병 시인의 「귀천(歸天)」이란 시가 만인의 사랑을 받아 왔다.

우울하고 두려운 죽음을 낭만적이고 아름다운 시어를 통해 인생역정을 관조한 순수 서정시다. 종교인이거나 시인이 아니더라도 죽는다는 것이 피부에 와닿을 만큼 실감나는 연령에 이르면 한 번쯤은 읽거나 낭송해 보고 싶은 작품 들이다. 바로 이러한 심정으로 나는 본서와 같은 형식을 빌려 내 삶의 의미를 회고해 보고자 한 것이다. 아울러 생의 후반기를 맞이하여 성숙된 '앙가주망'으로 천상병 시인의 말처럼 '아름다운 이 세상'에서의 '소풍'과 같은 만년의 일상을 구가할 수 있기를 꿈꿔본다. 아울러 본서를 통해 많은 사람들과 나의 생각을 공유할 수 있기를 희망해 본다.